U0135399

诺贝尔文学奖作家文集·黛莱达卷

常青藤

[意] 格拉齐娅·黛莱达 / 著

沈萼梅 / 译

L'EDERA

漓江出版社

·桂林·

出版说明

"诺贝尔文学奖作家文集"系我社近年长销经典品种，是对二十世纪八九十年代我社品牌图书、刘硕良主编的"获诺贝尔文学奖作家丛书"的继承与发扬，变之前一人一书阵容为每位作家多卷本。如果说老版"诺贝尔"是启蒙版，那么新版就是深入版，既深入作者的内心，也满足读者的深度需求，看上去是小众趣味，影响的是大众阅读倾向。这就是引领的意义，也是漓江版图书一贯的追求。

漓江出版社中外文学编辑部

格拉齐娅·黛莱达

（ Grazia Deledda, 1871—1936 ）

黛莱达画像

黛莱达和她的丈夫

G. Deledda

黛莱达手写签名

作家·作品

她那为理想所鼓舞的著作以明晰的造型手法描绘海岛故乡的生活，并以深刻而同情的态度处理了一般的人类问题。

——1926年诺贝尔文学奖授奖词

作为一个描绘自然的作家，在欧洲文学史上很少有人可以与她比美。她并非无意义地滥用她那生动多彩的词句，但即使如此，她笔下的自然仍然展现出远古时代原野的简洁和广阔，显示出朴素的纯洁和庄严。那是奇妙新鲜的自然与她笔下人物的内心生活的完美结合。她像一个真正伟大的艺术家，把对于人的情感和习俗的再现成功地融合在她对自然的描绘中。

——诺贝尔基金会主席亨里克·许克

《常青藤》是一部全面体现黛莱达创作风格和艺术特色的小说。全书浸透了撒丁岛的传统风俗，富有浓厚的乡土气息；体现了作者罪与罚的伦理道德观；以优美细腻的抒情笔触描绘了海岛旖旎的自然风光。堪称黛莱达最具代表性的作品之一。

——沈萼梅

目　录

译本序

格拉齐娅·黛莱达是意大利当代著名的女作家，她像一颗璀璨的明珠，在意大利二十世纪的文坛上闪烁出灿烂夺目的光彩。

1926 年瑞典文学院把当年的诺贝尔文学奖授予了黛莱达，因为"她那为理想所鼓舞的著作以明晰的造型手法描绘海岛故乡的生活，并以深刻而同情的态度处理了一般的人类问题"[1]。

这位以其作品"给人类带来甘露，使人的身体和精神都因此而富有活力"[2]的意大利女作家，以她那生机勃勃的风格、高超的技艺、新颖的结构，或者说社会的现实意义，为当时意大利的小说创作开辟了崭新的一页。黛莱达是意大利迄今为止唯一获得诺贝尔文学奖的女性小说家。

黛莱达的作品植根于撒丁岛。她在那里度过了童年和青少年时代，生活了整整二十五个春秋。她从那里的自然环境和人民生活中获得的感受，后来成了她文学创作灵感的源泉和灵魂。是撒丁岛这块古老而又贫瘠荒漠的土地，以及世世代代生活在那里的质朴敦厚的人民，抚育了她，熏陶了她。

黛莱达在其近五十年的文学创作生涯中，共写了长篇小说、中篇小说和短篇小说集五十余部。在诗歌、戏剧、翻译等领域，也显

---

[1][2] 引自诺贝尔基金会主席亨利克·许克《授奖词》。

示了难能可贵的才华，发表过诗集，改编过剧本，还翻译了巴尔扎克的《欧也妮·葛朗台》。她以其特有的艺术表现力，传达出了撒丁岛人的心声，丰富了意大利和世界文学的宝库。

1871年9月27日，黛莱达诞生在撒丁岛东部一个名叫努奥罗的小城镇里。父母生育了两男四女，她排行第四。生活在富裕农庄主家庭的黛莱达，本来有足够的条件接受高等教育，但当地的传统观念和风俗习惯却禁止女孩子外出求学，"她们只能去教堂听听弥撒，偶尔在乡间散散步"。所以，黛莱达上完小学四年级之后就被迫辍学在家。她看着自己的兄弟跟随同学们纷纷就读于半岛上的"名牌"高等学府，心里异常羡慕。

然而，身居封闭、狭隘小天地里的黛莱达却有一颗遨游浩瀚知识大海的勃勃雄心。父亲和叔父的私人藏书为她博览群书提供了极为有利的条件，她不仅拜读了许多古典名著，还广泛披览了现实主义作家巴尔扎克、左拉、维尔加以及唯美主义代表作家邓南遮和福加扎罗的作品；俄罗斯著名作家屠格涅夫、托尔斯泰和陀思妥耶夫斯基的作品，对她也有极大的吸引力。刻苦地攻读各国名著，大大启迪了这位自幼就"对文学充满激情的少女的创作之魂"。她特别崇拜唯美主义代表作家邓南遮早期的作品，从中吸取了丰富的营养，这为她后来所形成的细腻、高雅的文采和浓厚的抒情风格奠定了基础。黛莱达在创作中，还把这种艺术风格融入具有撒丁岛地方色彩的真实主义表现手法中，从而形成了她独具一格的创作特点，并结出了累累硕果。

自幼就喜欢"舞文弄墨"的黛莱达，17岁就在罗马的一家周刊上发表了她的第一篇短篇小说《在山上》（1888）。同年，《撒丁人的血》也在罗马的《新潮》杂志上刊出。次年，又发表了《童年轶事》。此后，在1890年至1900年期间，黛莱达曾为多家刊物撰稿，发表了一系列描绘撒丁岛的风情，表现撒丁岛人豪迈气质和强烈激情，揭示人与人之间感情纠葛和家庭中复杂关系的中篇和长篇小说，从而引起了意大利文坛的注目。其成名作《邪恶之路》（1896）的问世，标志其文学创作进入了一个新的阶段。小说以浓郁的乡土气息和对主人公的细致入微的心理刻画，展示了罪恶与愧疚、爱情与道德之间的冲突这样一个主题，这也是贯串黛莱达此后众多作品的一根主线。

才华出众的黛莱达不仅从此闻名于意大利文坛，还赢得了不少崇拜者和追求者。就在她21岁至28岁风华正茂的青春时期，有好几位对文学有爱好和信仰的人士都眷恋过这位撒丁岛的才女，其中有为她撰写文章赞扬其文采的报社编辑，有为她作诗谱曲的诗人和音乐家，还有远在意大利北方频频飞鸿求爱的记者以及撒丁岛当地的教师，他们都是些有地位、有才华、气质不凡而又很有前程的人，但黛莱达的家庭要她选择律师、大夫或工程师作为配偶，而不是小说家、诗人或记者。

1899年10月至12月，黛莱达去撒丁岛首府卡利亚里旅行，在友人家里结识了一位从罗马去那里出差的财政部官员帕尔米罗·莫德桑尼，两人一见钟情，并于次年1月结为伉俪，真可谓"千里姻缘一线牵"，同年4月这条线又把在撒丁岛生活了长达二十多年的黛莱达牵到罗马定居了。从此，婚后的黛莱达就更全身心地投入文学创作之中，她深居简出，很少出入繁华首都上流社会的沙龙，但她结识了许多文学界的著名人士，如著名的存在主义小说家费代里科·托齐（1883—1920）就是她家的座上客；当时著名的小说家马里奥·莫雷蒂（1885—1979）同其也有密切的联系，在1913年至1923年期间，黛莱达与莫雷蒂一直有频繁的书信往来，他们在信中相互切磋创作技巧，交流写作心得，探讨文学界的动向。

1900年至1926年是黛莱达创作的鼎盛时期。在此期间，她先后发表了一系列颇有影响的作品，如《埃里亚斯·波尔托卢》（1900）、《灰烬》（1903）、《常青藤》（1908）、《风中芦苇》（1913）、《玛丽安娜·西尔卡》（1915）、《孤独人的秘密》（1921）、《逃往埃及》（1925）等。黛莱达鼎盛时期的创作，题材广泛，思想内涵深刻，表现技巧娴熟。她在吸取唯美主义的艺术特点和效仿现实主义模式的基础之上，结合撒丁岛的风情，运用叙事与抒情交融的手法，独创性地把唯美主义和表现主义的手法与具有浓郁地方色彩的真实主义艺术风格熔为一炉，突出了人物的内心冲突，弘扬了道德主义和人的良知，从而使作品带有抒情性、社会性和心理分析的特点，确立了黛莱达独树一帜的艺术风格。

1926年之后，黛莱达又先后发表《阿纳莱娜·比尔希尼》（1927）、《老人与儿童》（1928）、《风的家乡》（1931）和《孤独教堂》（1936）等多部著作。其中的《风的家乡》（1931）是黛莱达唯一一部用第一人称叙述的长篇小说。

1936年8月15日，黛莱达因病在罗马逝世，终年65岁。《柯西玛》(1937)是她去世后发表的一部自传体小说，作品有如一部日记，又酷似一部童话，叙述了作者在童年和青少年时期的各种经历，书中撒丁岛的风光像是儿时的梦幻一样展现在读者面前。

《常青藤》是黛莱达的一部代表作。小说发表后，作者又将其改编为三幕话剧，曾在首都罗马的"阿根廷剧场"连续公演十个晚上。1914年，《常青藤》一书长达286页的手稿，由作家亲自送给了撒丁岛的萨萨里大学图书馆，现珍藏在作者故乡努奥罗市的市政博物馆里。

故事发生在撒丁岛一个牧民聚居的小镇里。富贵的德凯尔基家由于败家子帕乌鲁的挥霍无度而债台高筑，以致不得不把住宅和最后一片牧场抵押出去。婚后不久就丧妻的帕乌鲁，对女仆安内莎一直有着缠绵的恋情。因患严重气喘长年卧床不起的祖阿大叔嫉恨帕乌鲁与安内莎的私情，不仅不愿出资赎回抵押出去的房产，还终日让安内莎守候在自己身边随时伺候。绝望中的安内莎怀着对少爷帕乌鲁炽热的爱情，在一个暴风骤雨的夜晚，用被子闷死了手无缚鸡之力的老人祖阿大叔。为了逃避法网，安内莎上山躲在山洞里，并一口咬定老人是因气喘病发作去世的。当法医与警方确认老人是窒息而死后，安内莎虽然逃脱了法律的追究，但却因自己犯下的罪孽而从此心神不得安宁；尤其当她从神甫那儿得知被她害死的老人在弥留之际表示过要出钱赎回住宅和牧场的意愿后，更是时时受到良心的责备。为了摆脱罪孽的阴影，她毅然离开了从小收养了她的恩人德凯尔基一家，另去他处帮佣谋生，以寻觅心灵上的安宁。后来，她目睹恩人家的败落和贫困，百感交集，昔日的情人帕乌鲁也病魔缠身、百无聊赖，她深感自己只有回到少爷帕乌鲁身边，才能真正赎清自己的罪孽。她的一生已与她的恩人家结下了不解之缘，犹如常青藤一样，一旦攀缘在墙头上，就不再脱落，一直到藤条枝叶干枯为止。

《常青藤》是一部全面体现黛莱达创作风格和艺术特色的小说。全书浸透了撒丁岛的传统风俗，富有浓厚的乡土气息；体现了作者罪与罚的伦理道德观；以优美细腻的抒情笔触描绘了海岛旖旎的自然风光。堪称黛莱达最具代表性的作品之一。

小说用相当的篇幅描述了当地的传统习俗和婚丧礼仪，充分体现了撒丁岛的历史传统和民族特点。作品一开始就描写了当地人们祭祀保护神的宗教节日：百名牧人进献羔羊和麦子；女人们准备丰盛的甜食、美酒和一筐筐刚出炉的面包；陪伴着亲朋好友一醉方休的男人；端着肉墩子食用烤熟的羊肉、吃着撒丁岛的杏仁饼和薄煎饼的牧民……小说像是把读者带入原始部落的社会里似的。隆重的祭祀仪式，震耳欲聋的鼓声，漫天的烟火，相互的祝福令人如醉如痴……然而，就在这欢快的节日气氛的背后，却正在酝酿着一场人间悲剧。

爱情与悔罪是黛莱达诸多作品的永恒的主题。安内莎出身卑微，与比她小十岁的年轻长工甘蒂内早已定了终身，但她心里却始终燃烧着对少爷帕乌鲁的激情。在黛莱达的小说中，爱情很少被看作是一种纯洁的感情，经常被看作是一种带有罪孽的冲动，看作是要补赎的罪过。这种把爱与罪等同起来的观念构成了作者的伦理道德观，因而她笔下的主人公往往都为摆脱爱情的诱惑而痛苦地折磨着自己。

全书充满了善与恶、人性与兽性之间的矛盾与冲突。但小说的女主人公安内莎所铸就的罪孽是有其历史性和社会性的。她出于对少爷帕乌鲁的爱怜，违反了封建家庭的婚姻禁律和当时的社会道德准则，这就深刻反映了安内莎"个人"的爱情与当时已处没落阶段的封建贵族"群体"之间的冲突。作品在揭示安内莎的矛盾心理的同时，还深刻地揭示了她犯罪的社会背景；在同情她悲惨命运的同时，还追溯了她所遭遇的厄运的社会根源，即面对新兴的城市资产阶级崛起的封建贵族"群体"所面临的深刻的危机。

综观全书，作者的道德观包含有两种效果截然不同的基因的撞击和冲突：一方面是赞颂炽热的爱的激情对固有的世俗观念的抗争和反叛，因而富有典型的浪漫主义的风格；另一方面是对爱的冲动和逆反行为的禁锢，使人物向传统法规和世俗的观念忍让、屈服以至最后就范，表现出一种宗教意识支配下的道德观念。作者既不姑息罪恶，也不否定伦理道德的准则，更不为罪恶开脱，而是启迪人们去悔罪，走向自我救赎。《常青藤》的最后部分，通过维尔迪斯神甫的长篇教诲，传达了上帝提倡的戒律，力图规劝在人生道路上迷了途的安内莎，要求她用行动来补赎罪过。

在传统道德观念的熏陶下，封建宗法制度和家长式的统治在人们的心目中有绝对的权威，所以老人的形象在《常青藤》和《风中芦苇》等作品里占有十分重要的地位。作者笔下的老人是家族尊严和权势的象征，岁月的流逝、年代的变迁、坎坷的经历，造就了他们特有的性格。他们言谈中的寥寥数语往往蕴含着深刻的含义，就像是训世格言。《常青藤》中的祖阿大叔是一代传统的维护者和古老智慧的传人，他像大家庭的保护神似的被供养着，即使已是沉疴在身卧床不起，却还支配着这业已处于风雨飘摇之中的大家庭的命运。

黛莱达作品的艺术价值还与她能成功地描绘撒丁岛上的绮丽景色密不可分。在小说《常青藤》中，她以细腻的笔触、诗一般的意境和音乐性的语言，展现了这个被文明社会忽视和遗忘了的角落。数千年来，被海水冲刷和侵蚀的悬崖峭壁，形成了各种奇形怪状的石峰。它们千姿百态，魅力无穷，每一座山峰几乎都有一部自己的历史和神话传说；宽阔的海面时而平静如镜，时而又像是一头咆哮的雄狮；峡谷蜿蜒千里，在阳光下呈现出各种绚丽的色彩，黄澄澄、绿茵茵、蓝湛湛；这寂寥荒漠海岛的一年四季从黎明到黄昏，在作者笔下时时呈现出生动而又变化无穷的诱人画面，似乎是从作者孩童时代的记忆中挖掘出来似的，读来令人感到格外真切，声音、色彩、光线与画面融为一体，给人一种身临其境之感。

作者不仅善于把景色的描绘与撒丁岛的历史传统和地理概貌结合在一起，还善于把景色作为烘托人物的感情和心态、强化故事氛围的一种表现手段，使它们成为互不可分的一个组成部分，使作品更富有艺术感染力，更富有戏剧性和抒情性。在《常青藤》中，作者在描绘安内莎闷死患气喘病的祖阿大叔之前的矛盾心理时，洒脱自如地刻画了女主人公思想感情的波澜起伏："外面的雷雨越来越猛，雨水泼打着大门，隆隆的雷声像发了狂似的。而她依然把脑袋顶在门上，想念着在雷电交加的夜晚、在狂风暴雨吹打下痛苦茫然的帕乌鲁，而且，她似乎觉得，大自然如今也跟命运和世人沆瀣一气，残酷无情地与不幸的人作对。"从而把即将犯下深重罪孽的女主人公与故事情节置于一种阴森可怖的环境之中，充分流露出作者对女主人公命运的关切，同时又渲染出当时那种凄怨、沉郁、悲凉的气氛，揭示了人物内心世界的剧烈冲突。这种把对外部世界景色的描绘转化为人物内心感情的抒发，用景色来烘托故事情节的发展的艺术手法，正是黛莱达独创一格的寓情于景、以景托情、情景交融的抒情风格。

《常青藤》是黛莱达鼎盛时期的作品，是以爱情为主题，以撒丁岛的风情为背景的抒情性心理小说。所以，谨此译出，以飨读者，希望大家能喜欢这部译作。

由于时间仓促和水平所限，译文如有不妥或错误之处，敬请广大读者予以批评和指教。

沈萼梅

1995 年 3 月于北京

常青藤

第一章

那是一个星期六的晚上，巴鲁内依镇的保护神圣·巴西里奥节日的前夕。远处传来了嘈杂的喧闹声；几声爆竹的噼啪声，一阵擂鼓声和孩子们的喊叫声；然而，在披着玫瑰色晚霞，砾石铺成的斜坡小路上，就听见唐·西莫内·德凯尔基那浓重的鼻音。

"反正孩子失踪了。"年高德劭的老人说道。他坐在自己家门口，跟另一个老人科西姆·达米亚努大叔在议论着，这位老人是唐·西莫内的一个儿子的老丈人。"谁见到他啦？他去哪儿啦？无人知晓。人们怀疑孩子被父亲杀死了……这一切是为了什么，人们不再惧怕上帝了，无诚实可言了……我们那个年代里，一个父亲杀死自己的儿子，连想都不敢想……"

"当然，如今人们心目中再也没有上帝了。"科西姆大叔反驳道，他的声音与唐·西莫内很相像，"但这不说明什么问题。《圣经》故事里也有对可怜的无辜者肆意进行诬陷的。再说，失踪的男孩是牧人桑图斯的儿子，这孩子真是个小魔鬼。13岁就成了个惯偷，桑图斯拿他没办法。他用棍棒揍了孩子一顿，孩子就失踪了，到处流浪去了。孩子临走时对常同他父亲一起的一位老牧人说：'我走了，我将像羽毛一样随风飘落四方，你们再也不会见到我了。'"

唐·西莫内摇晃着脑袋，他半信半疑，望着远处，朝街道的尽头极目远望。一个黑色的瘦小身影沿着低矮的灰黑色房子的墙根走过来。

另一个本村姑娘的身影出现在一个明亮的淡黄色门洞里，她像是在专注地聆听着两位老人的谈话。

从唐·西莫内家敞开着的大门，瞥见一间前厅，前厅深处有另一道门，从那儿可以通向树林。

德凯尔基家的房子很古老，也许是中世纪时候建造的；框缘呈尖拱形的高大的黑色大门，上楣柱，以及快要坍塌下来的两个铁制的小阳台，使这所老房子与镇上别的简陋的住房迥然相异。这是一座显得破败不堪的房子，然而却仍然保持着某种高贵的甚至不可一世的气派。那泥灰脱落已露出风化了的石头的墙头，那尖拱楣缘底下已遭虫蛀的大门，犹如一位戴着纹章标志的没落贵族，那长满荆棘的屋檐，那用灰绿色的古色古香的锦缎制作的破旧、闪亮的床罩，依恋地从楼上的一个阳台上悬垂下来，带有几许伤感和自豪，又带有几分神秘，并重又唤起镇上那些一向把德凯尔基家视为当地最古老最高贵的家族的人的赞叹。

唐·西莫内酷似他的住宅：着平民的服装，却戴着一顶撒丁岛帽，而且衬衣领子上饰有金纽扣；再有，他精神颓废却又自豪，身材高大却弓着个背，牙齿疏落，却有一双熠熠生辉的眼睛。一头浓密的白发，一缕又短又白的山羊胡子，使他那副长着大鼻子、颧骨凸出的茶褐色的面容有一种特别的风采，既像个族长，又像个冒险的老兵。

与德凯尔基一家人共同生活的科西姆·达米亚努大叔很像唐·西莫内。一样的身材，一样的白发，一样的脸部轮廓，一样的声音；不过，他身上那种难以形容的粗野、未开化，以及他穿的当地特有的服饰，都显示出他是个平民百姓，是个谦卑而又坚韧的劳动者，跟像唐·西莫内这样的一个上等人长期共同生活，从物质上和精神上都对他有一种引诱力。

"十天过去了，男孩仍没回来。"他继续说下去，"于是父亲启程去寻找，一直寻到奥齐耶里和加路拉一带。他遇上了一位牧民，他问牧民：'你看见过一个天蓝色眼睛、额头上长颗黑痣的男孩吗？''啊，我见到过：是加路拉一个牲口围场的佣工。'牧人答道。于是桑图斯放下了心，回到镇上。而如今愚蠢的人们说得神乎其神，女人们的闲言碎语竟成了确凿的事实了，可怜的父亲被众人纠缠不休。现在，人们说他又动身去寻找儿子去了。"

唐·西莫内摇着头，微微地冷笑着，他觉得，科西姆大叔真是一个天真幼稚的人！但科西姆大叔对尊贵的老人对他的明显的讥讽并不生气，他激动地问道：

"可是我的天哪！你为什么总把别人往坏处想呢？"

唐·西莫内收敛起了笑容：他变得严肃，近乎忧郁了。

"世道不好。如今谁也不怕上帝，现在什么事都可能发生。年轻人不相信上帝，而我们这些老家伙……我们就像是加了糖和鸡蛋和好的面，你瞧，这样……"说话的同时，他用手做着拉软面的动作，"日子过得飞快，一个月三十天，一年十二个月，年复一年……

一切都付之东流了。"

"这，也许是真的！"科西姆大叔大声说道。他开始用拐杖敲击一块卵石，而且不再说话了。唐·西莫内看了看他，又笑了起来。

"我像是法官：我总把事情往坏里想，而且经常推测……科西姆·达米亚努，如果我们还能活下去，就会亲眼看到的！"

科西姆大叔不断用拐杖敲击地面：他们俩想着同样的事情，更确切地说，是想着同一个人，却一个伤心，一个面带笑容。

这时，一位上了岁数的女人，围着一条黑色带垂饰的绣花长披肩，翻过街道的斜坡之后，在两位老人身边停住了。

"罗莎在哪儿？"她一边稍稍掀开披肩，一边问道。

"大概跟安内莎在院子里吧。"科西姆大叔答道。

"天哪，真热，教堂里闷极了。"女人说道。她个子高高的，眼圈发黑，额头上系着两条灰色的头饰缎带。

科西姆大叔看了她一眼，摇了摇头。他宠爱的女儿个子那么高，围上她的黑披肩后，脸色显得那么苍白，在他看来他女儿活像是哀悼儿子的圣母。

"教堂里很闷吗？"他用略带嗔怪的口吻说道，"就因为这个你就老不回来了？你在那儿磨蹭个什么呀？"

"我在那里忏悔了，明天是举行圣礼的日子。"女人简捷地回答道。随后，她就径直朝屋里走去，但她又转过身来说："保罗没有回来吗？他这个时候还不回来，今晚就不会回来了。我这就去准备晚餐。"

"有什么吃的，拉凯莱？"唐·西莫内打着哈欠问道。

"爸，我们还有鳟鱼，再煎几个鸡蛋。幸好我们没来客人。"

"嗳，还可能来客人的！"科西姆不无愠怒地大声说道，"客店是寒酸些，不过，对那些不想多花钱的人来说还是方便舒适的！"

"我们还有鳟鱼，我倒没想起来！"唐·西莫内一想到将有一顿美味的晚餐就高兴地大声说道，"要是有客人到，也有他们的份儿！对，我想起来了，以往每逢节日，少不了来客人的；有一年我们有过十位到十二位客人。如今，人们不再时兴参加宗教节日活动了，不愿再听圣人的故事了。"

"如今人们穷了，我的西莫内，不过宗教节日也照样活。"

"兔子不去教堂照样能奔跑。"尊贵的老人说道，科西姆大叔的异议令他恼怒。

正当两位老爷子在议论时，拉凯莱穿过前厅，走进里面靠着厨房的那个房间。

最后一缕黄昏时的微光从朝向菜园子的窗户照射进来。当拉凯莱站起身折叠披肩时，传来了一个令人讨厌的声音：

"拉凯莱，你不能点一盏灯吗？你们留下我一人，让我一个人像死人似的待在黑暗中……"

"叔叔，天还亮着呢，不点灯凉快些。"她慢声细语地回答道，"我这就点灯。安内莎！"她随即从厨房门口探出身，"你还在和面呢？快点弄，不早了。罗莎在哪儿？"

"那不，就在院子里。"一个含糊而又近乎微弱的声音回答道。

拉凯莱点上灯，并把它放在房间尽头门厅出口和窗户之间那张乌黑锃亮的大橡木桌子上。宽敞的房间，低矮而被烟熏得黑黑的，木制的天花板用硕大的房梁支撑着，整个房间显得比那盏浅黄色的小油灯还要惨淡，而且里面的一切也显得那么陈旧而又歪七扭八的。可是布面已破烂不堪的古旧的长沙发、橡木桌子、虫蛀了的柜子、摇纱机、带雕饰的木制椅式箱，总之，所有这些破烂、古旧的家具仍保留着某种高贵非凡的格调。在屋子尽头的一张小床上，坐着一位患气喘病的老人，他呼吸困难，脑袋倚靠在红白格子印花布的枕头上。

"对，不点灯凉快些，凉快些。"他又气喘吁吁地恼怒地咕哝起来，"至少你自己是凉快了！安内莎，你这魔鬼的女儿，你总得给我端点水来喝呀！"

"安内莎，给祖阿大叔端点水去。"拉凯莱大婶一边请求着，一边穿过烟熏火燎的宽敞的厨房。

安内莎先把盛面粉的篮子放在门口，随后站起身来，抖搂一下衣服，而后又拿起水罐，倒了一杯水。

"安内莎，你端不端水来呀？"气喘病老人几乎是尖叫道。

安内莎走进房间，靠近床边，老头儿喝了水，女人望了他一眼。没有比他们两人的形象相差更悬殊的了。

她娇小纤细，像是个妙龄少女，油灯的光亮照在她那橄榄色的圆脸上，使其面容呈现出一种古铜色，腮上的酒窝使她脸上增添了几分稚嫩和秀美。丰腴的嘴唇，皓齿如玉，细密整齐，嘴角上总挂着一丝无情的讥讽神情，墨黛色的眼帘下那双蔚蓝色的眼睛温柔而又忧郁。在这位寡言少语、病体柔弱的女佣的脸上，看到的是某种带有讥讽和柔美的神情，既有狠心老妇的微笑，又有少女忧郁的目光，她的脑袋总往后微仰着，似乎是让盘绕在后颈窝上的金黄色的发辫的重量拽着似的。袒胸露肩的衬衣，露出了比脸部肌肤还白皙的长长的颈脖。小小的胸脯上套着当地妇女穿的紧身上衣。她身上的一切都是那么小巧玲珑，洋溢着青春的魅力，只有那双细长干瘪的手才显示出她已是个成熟的女子。

患气喘病老人的形象却令人想起古时候某个隐居在洞穴里的奄奄一息的隐士。

他那张因病痛的折磨而满布皱纹的脸，令人想起用羊皮纸做的一种面具。整个面部均呈黄褐色，像是被烟熏成似的。开襟的衬衫露出了毛茸茸的气喘吁吁的胸部，蓬乱的头发，焦黄的胡子，关节粗大的干瘦的双手，床单下是因极度痛苦而颤动着的骨瘦如柴的四肢，这些都呈现出一种悲切和忧郁的形象。

他总是这么说：

"如今我活着只是为了痛苦地颤抖。"

一切都使他感到厌烦，他也使所有的人感到非常厌烦，他活着似乎只是为了让别人承受他的痛苦。

"安内莎，"当她手里拿着空杯子走开时，老人呻吟了一下，"你把窗关上。你没看见那么多蚊子吗？蚊子怎么来叮我，魔鬼就怎么来缠你。"

但安内莎既不回答，也不关窗；她回到厨房，把杯子放在水罐旁，然后从屋里出来走到院子里，在棚子的角落里生起了火。为了使热气和烟不进入患病老人躺着的屋子里，夏天，她总在外面这临时搭起来当厨房用的棚子里烧饭。

一种凄凉的宁静，笼罩着几乎已被一堆干柴塞满了的狭长的院子。在灰泥剥落的墙头外面，一弯新月悬挂在惨淡灰白的空中，照耀着棚子这个角落。远处传来了人群的喧闹声、烟火的爆裂声和一声长长的号角声，这号声低沉、幽微，仿佛想吹出一种庄严的旋律：

思念，

展开你金色的翅膀

飞吧……

安内莎把黑色的三脚支架放在火上，当拉凯莱大婶去食品柜取油往锅里倒时，一个六七岁的小女孩，把她那长着稀疏的淡黄色头发的大脑袋从菜园子半掩着的小门探进来。

"安内莎，安内莎，你快来，这儿看烟火特清楚。"她用一种像是掉牙的老太太发出的微弱声音喊道。

"你回家吧，罗莎，已经太晚了，蜥蜴会咬你的腿的……"

"不会的，"微微颤抖的声音回答道，"快来，安内莎，快来……"

"不行，我说了，你快回家。还有青蛙呢，这你知道……"

女孩子进来了，胆怯地走到棚子底下。一件滑稽的饰有黄花边的红衣裳使她那畸形的身躯显得更丑陋，更难看的是她那像没了牙的小老太似的苍白而呆板的小脸，像是被患脑积水的特大外突的前额压着似的。

"你坐到那儿去，"安内莎说道，"待在这儿也看得见烟火。"

几缕烟火像金色的带子一样划破了浅淡的夜空，似乎想飞到月亮上去似的；随后，突然一声爆裂，迸发出红、蓝、紫五彩缤纷的火星。

罗莎坐在院子中央撒丁岛式的小车上，高兴得全身抖动，低着脑袋，希望而又生怕那奇妙的雨一样撒落下来的火花会掉到她身上似的。

"给我一颗火花，"她低着大脑袋，伸着小手喊道，"我要一颗火花！那颗金色的应该是一颗星星！"

"是颗晨星！"拉凯莱奶奶说道，她端着盛满油的平锅从屋子里出来。

安内莎把平锅放在三脚支架上，妇人又进屋去铺饭桌。

"火花落在很远的地方吗？"女孩子又问道，"是不是？落在树林里？有蜥蜴出没的地方？"

"噢，当然了，落在相当远的地方。"妇人回答道，她在着手煎鳟鱼呢。

"哪儿很远的地方？公路上？你不觉得有个火花正掉落在我爸爸近旁吗？是不是就落在他身上了？"

"那谁知道！"安内莎若有所思地说道，"罗莎，你说，他今晚能回来吗？"

"我？是的，我相信！"女孩子敏捷地大声说道，"安娜①，你呢？"

---

① 安娜是安内莎的正名，安内莎是小名。

"我不知道。"安内莎说道，似乎已后悔刚才说的话。"他什么时候想回来就回来。"

"他是主人，是不是？他那么能干，他能指挥所有的人，是不是？"罗莎以一种不容他人否认的口吻问道，"他可以想干什么就干什么；他也可以干坏事，是不是？没有人敢惩罚他，是不是？"

"是的，是的。"安内莎声音低沉地应和她。

随后，女孩儿坐在小车上，安内莎站在炉火跟前，两人都沉默不语，若有所思。

"安内莎，"罗莎突然叫喊起来，"喏，他来了！我听见马蹄声了。"

但安内莎却摇了摇头。不对，那不是帕乌鲁·德凯尔基的马蹄声。她能辨认得很清楚，那是经过长途跋涉后疲惫而归的那种有节奏的马蹄声。然而罗莎听见的马蹄声却在大门口前停下来了。

"我想是来客人了，"安内莎恼怒地说道，"但愿这是第一个，也是最后一个。"

但拉凯莱大婶又从屋子里出来到了院子里，把兜在围裙里的几个鸡蛋递给安内莎，高兴地说道：

"我早就说过，不要失望。这不，来客了。"

"好消息！"安内莎反说道。

"你去开大门，安内莎。过节没有客人上门可不吉利。"

安内莎把鸡蛋放在火边，开门去了。

一个粗壮的矮个子，长着浓密的褐色胡子的乡下人从马上下来，他问候了一声仍然坐在门口的两位老人。

"你们身子还硬朗吧，愿圣·安娜保佑你们！"

"我们很好，"唐·西莫内回答说，"你看，我们俩像不像是两个初出茅庐的小伙子？"

"帕乌鲁呢？帕乌鲁呢？"

"帕乌鲁可能明天早晨回来，他去努奥罗镇办事去了。"

"拉凯莱大婶，您好吗？是你呀，安内莎。"客人一边牵着马走进院子，一边说道，"怎么，你还没有嫁人哪？把马系在哪儿？系在棚子底下这儿吗？"

"行，你自己来吧。"拉凯莱大婶回答道，"你就跟在自己家一样，随便些好了。你就把马系在棚子底下吧，马厩里堆满了稻草包。"

安内莎听到拉凯莱在撒谎，觉得很好笑。

"是的，"她痛楚地思量着，"过节没有客人不吉利，不过，圣人们有时也会说谎的，马厩的顶棚坏了，没有钱整修……"

"你的姐妹们都好吗？"接着，拉凯莱大婶一面帮着客人拴好马儿，一面问道，"你妈妈也好吗？"

"都很好，两姐妹出落得跟鲜艳的玫瑰花似的，"那人一面从大口袋里取出一篮子东西，一面大声说道，"喏，这是我母亲捎给你们的。"

"啊呀，真不该给你们添麻烦。"拉凯莱大婶一面接过篮子一面说道。

她走进厨房，客人跟在后面，安内莎沮丧而又不屑理睬地蹲在火旁，轻轻地在用石头临时搭起的炉灶上磕鸡蛋。

罗莎艰难地从小车上下来，也好奇地跟着走了进来，她很想知道篮子里是什么东西。

患气喘病的老人睡的屋子也兼作餐厅用，餐桌上已摆好了四个人用的餐具，拉凯莱大婶又添上一副刀叉，客人走近了祖阿大叔。

"您好啊，怎么样啊？"他好奇地望着老人问道。

老人喘着气，用一只手抚着胸口，胸口上一条油渍斑斑的细绳上挂着一枚军功奖章。

"不行了，不行了。"老人一面盯着客人看，一面回答说，他一时没认出他来。"啊，是你，巴洛雷·斯帕努。现在我认出来了。你的姐妹们嫁人了吗？"

"眼下还没有。"客人有些尴尬地回答道。

这时，那两位老人拖着椅子进来了，他们跟客人、拉凯莱和女孩儿一起在餐桌旁就座。

"这是帕乌鲁的女儿吗？"客人看着罗莎问道，"他就这么一个女儿？他不打算续弦啦？"

"噢，不，"拉凯莱回答道，脸上挂着一丝忧郁的笑容，"第一次婚姻太不幸了；眼下他绝对不考虑结婚的事。对，这是他的独生女。巴洛雷，你吃呀，你怎么什么也不吃呢？你吃这块鳟鱼，这一块，看见了吗？"

"你们的本堂神甫，就是有一次被人拦路打劫的那位老神甫还活着吗？"科西姆大叔问道。

"当然还活着！还硬朗着呢……"

他们正这样聊着时，突然听见有人敲大门。

"该是又来客人了，"拉凯莱说道，"我听见了马蹄声。"

"也许是爸爸。"罗莎说道，她从椅子上下来，跑出去看。

另一位客人在大门跟前正与安内莎协商。那人黑黑的，瘦骨嶙峋的，穿得很寒酸。安内莎不认识他。她以明显的敌意望着他。

"这是唐·西莫内·德凯尔基的家吗？"客人说道，"我是从阿里祖来的，我叫梅尔基奥雷·奥比努，是唐·西莫内的好朋友帕斯夸莱·索莱的教子。我的教父要我把一封信交给他。"

"店门开着呢！"安内莎嘟哝了一句，不过她还是进去向唐·西莫内禀报，说他的朋友的教子求见，德高望重的老人当即吩咐在餐桌上再放上一副刀叉。

可是来客却愿意留在厨房，安内莎刚把一篮子面包、奶酪、猪油放他跟前，他就立刻狼吞虎咽地吃起来了。他一定很穷：衣衫褴褛，他那忧郁的大眼睛显得很疲惫，像是生过一场大病似的。安内莎看着他，不想再难为他了。毕竟，德凯尔基家的人对所有的人都敞开了大门，与其招待像那个巴洛雷·斯帕努那样有钱的骗子，还不如给穷人一口饭吃。

"哎，你吃这鳟鱼，"她把自己的晚餐分一部分给他的时候，说道，"我马上给你弄喝的。"

"上帝会报答你的，我的大姐。"他边吃边说道。

"你是来赶集市的？"

"对，我是来卖马刺和缰绳的。"

安内莎给他斟了点酒。

"上帝会报答你的，我的大姐。"

他喝了酒，看了她一眼，像是刚见到她似的。尤其是她的头发吸引住了他的目光。

"你是女佣？"他问道。

"是的。"

"你是本地人吗？我看不像。"

"我不是本地人。"

"你是外乡人？"

"对，我是外乡人。"

"你是哪儿的？"

"世上的某个地方……"

她走到旁边的屋子里，然后又走到院子里，又走进屋来。

穷苦的来客趁她不在的时候又倒了一杯酒，而且变得快活起来了，近乎是傲慢无礼了。

"你订婚了？"当安内莎回屋里时，他问她道，"要是还未订婚，你看我对你是不是合适。我是来卖马刺和缰绳的，另外给我自己寻找一个媳妇。"

但是这个玩笑令安内莎很不高兴，她重又变得忧郁又好挖苦人了。

"你可以用你的一根缰绳套在某个女人的脖子上，这样你可以一直把她拖到你的家乡去。"

"别这样。"客人还一个劲儿地问，"告诉我，你是不是有未婚夫了。从你与我说话的粗暴方式来看，好像是没有，也许他是个十分丑陋的男人。"

"可惜你错了，亲爱的兄弟，我的未婚夫比你漂亮多了。"

"你让我认识认识。"

"当然可以。你等着。"

她又走进餐厅，端上鳟鱼后，又端去了洋葱煎鸡蛋，最后端去了一张烤饼和鲜奶酪。

"我们原来以为不会有客人来，"拉凯莱大婶异常谦恭地转向巴洛雷·斯帕努请他谅解，"如果有什么怠慢之处，巴洛雷，就请你多包涵了。"

"你们像对待一位王子一样招待我。"客人一边回答，一边开心地吃着喝着。

两位老人也开着玩笑。唐·西莫内似乎显得愉快而平静，就像巴洛雷素常了解的那样。而在科西姆大叔的笑声中却夹杂着某种伤感的意味；患气喘病的老人慢慢地咀嚼着一块鳟鱼的粉红色的肉，他也听着大家的谈话，当客人谈到帕乌鲁时，他就冷笑。

"拉凯莱大婶，没什么可说的，我们这有两个没有头脑的男人，一个是我，一个是您儿子！"巴洛雷·斯帕努说道，"我记得有一次帕乌鲁来我的家乡找到了我，我们俩一起远走高飞了，我们两家人整整一个月得不到我们的任何消息。我们骑着马在外面过了一个节日又一个节日，看了一个村子又一个村子，真是头脑发昏啊，我的上帝！年轻时真跟疯子一样！"

"两个无赖。"气喘病老人喃喃自语道。

"对，这我记得。"拉凯莱妇人说道，"真折磨人哪！当时我们以为你们让人给抓起来了。"

"为什么让人抓起来？"客人似乎生气地大声说道，"这怎么可能呢！不错，当时我们两人是头脑发热，不过，我们是正直的人，这一点我们是可以理直气壮地说的。不过，应该承认，我们挥霍了很多钱……"

"所以……"气喘病老人用他那令人生厌的声音开始说道。但此时安内莎端水给他喝，并盯了他一眼，他就不敢说下去了。再说，巴洛雷·斯帕努知道得很清楚，帕乌鲁年轻时的挥霍无度使家庭彻底破了产，这已无须再说。

拉凯莱妇人蜡黄的脸上掠过了一道阴影，科西姆大叔说道：

"帕乌鲁是好人，他心地善良，但他总那么无忧无虑，随心所欲。他从来不怕上帝；他始终游戏人生，想方设法享受人生。"

"看来他不适合去当修士！"客人高声说道，"再说，是应该享受人生，趁还年轻……"

"很抱歉，我现在老了还在享受呢。"唐·西莫内用讥讽的口吻提醒道。他不喜欢有人跟外人说他侄子的坏话，他竭力想改变话题。

"祖阿·德凯尔基，"他转身朝病人大声说道，"年轻人应该比年岁大的人更明智不是？"

老人喘得很厉害，他想坐起来，恼怒地叫嚷说："年轻人？我也当过年轻人，但我一直是严肃的。在克里米亚半岛我认识了一位法国上尉，他总对我说：'您像百岁老人，撒丁岛小鬼！'后来……后来……拉马尔莫拉①将军在那次战役之后……哎，哎……"

---

① 拉马尔莫拉（1789—1863）：1849 年之后，曾出任撒丁岛军队的总司令。

一阵咳嗽使他说不下去了。拉凯莱走近他，抬起他的头，示意他平静下来。

"我的上帝啊，"科西姆大叔举起双手说道，"你干吗发这么大脾气？你瞧，多难受啊？"

可是气喘病老人固执地还要说，却又说不出来，只能从吁吁的呻吟声中听出几个词来：

"我……维托里奥·埃马努埃莱……勋章……巴拉克拉瓦①……我……我总是不闲着……可别人……"

安内莎来回忙碌着。她脸色变得异常苍白，以一种仇恨的目光看着老人，但她紧闭着嘴唇以免冲他喊出来。

当她回到厨房，那个穷客人费尽心机地想找碴儿跟她开玩笑，逗她说话，但她默不作声，却突然出去到院子里，在外面待了好长时间。

于是，他又给自己倒了一杯酒，而且向四周张望，想找一张能躺下的席子；后来他似乎听见安内莎在院子里跟一个男人说话，他侧耳细听。

"他说唐·帕乌鲁的坏话，"女人说道，"别人都由着他说……嗨，我真想把他从床上推下去……"

"就让他说吧，"一个男人的声音回答说，"谁还不知道他已老糊涂了。"

随后，就没有声音了。客人像是听见了接吻发出的声音，他一

---

① 巴拉克拉瓦：克里米亚半岛乌克兰境内的一个港口。

想到安内莎漂亮的嘴唇就全身颤抖。

一个留着黑色中分头的年轻仆人走进了厨房，他褐色的脸上没有胡须，有着一对温柔的眼睛。

"你好啊，客人。"他说道，然后就一屁股坐在盛食的篮子跟前。

"你好，"客人不无敌意地看着他回答道，"你是仆人？"

"对，我是仆人。安内莎，你能给我拿点儿吃的吗？我回来晚了，因为我去看烟火了。真好看！像是天上的星星都掉落在地上似的。要是有好吃的东西该有多好啊！"

他像个孩子似的眯缝着漂亮的棕色眼睛笑着，露出了两排洁白的细牙。

但安内莎的心情不好，端给他吃的之后，就又出去了。

"真是个严肃的姑娘，"客人用目光看着她的后影说道，"漂亮，但太严肃了。"

"哎，你不用这么看她，"仆人此时已醉醺醺的了，他高声说道，"你配不上她。"

"我知道，她是你的未婚妻。"

"你是怎么知道的？"

"她跟我说了！而且我听到你们接吻了！……"

"啊，是她跟你说的？"仆人高兴地说道，"是真的，我们是未婚夫妇。我与她在这儿，其实不是仆人，而是这个家的子女。而且，安内莎还是德凯尔基家的养女呢。"

来客对他说的话特别感兴趣，所以他又得意地说下去：

"你知道，唐·西莫内几乎一直是这个镇上的镇长。他做过的好事不计其数。可以说他是所有穷人的父母官，他尽力帮助他们，他热爱他们。事情发生在许多年以前，当时我尚年幼，有一次过节，镇上来了一个要饭的老头儿，带着一个三岁的女孩儿，后来，有人发现这个老叫花子死在教堂后面。女孩儿哭泣着，她不知道自己的身世。于是唐·西莫内就把她领来，带到这儿，收养了她。很多人说安内莎是半岛上的人，有的则认为可能是老乞丐偷来的。"

客人好奇地听着，但仆人最后的一些话令他发笑。

"谁知道呀，"他讽刺地说道，"她说不定是国王的女儿呢！"

"别这么说，"仆人请求道，"人们管我的三位老主人叫三位朝圣的国王。"

"为什么？"

"唉，就这样，因为他们是三个人，而且都老了。"

"其中有个病了。他是唐·西莫内的兄弟吧？"

"嗳，不对。"仆人轻蔑地撇着嘴反驳道，"是一位本家。他打过仗，很有钱。但他是吝啬鬼！你看，他就这样双手捏着拳头等死。他在这儿两年了，他留下的遗嘱是偏着唐·帕乌鲁的女儿罗莎的。"

"唐·帕乌鲁是唐·西莫内的儿子吗？"

"不，是他的侄子。帕乌鲁是已去世的唐·普里亚姆的儿子。"

"你的主人很有钱，是不是？"

"对，"仆人撒谎道，"他们还挺富，原来更富。"

但这时安内莎进来了，爱聊天的年轻仆人改变了话题：

"安娜，这人不相信我们俩明年结婚。我们俩是不是青梅竹马？是不是在这所房子里一起长大的？"

"那就让我们为你们的幸福干杯。"穷客人说道，并且喝了点他杯子里的酒。

"安内莎，能替我们再拿瓶酒来吗？去，快去！"男仆一边恳求道，一边把空瓶子递给安内莎，但安内莎转过身去，她想到老主人和贵客谈笑风生的那间屋子里去。

然而，正当她下门口的台阶时，一阵有节奏的马蹄声从荒凉的小路上传来，她停住了脚步，注意地听，而后转身对男仆说道：

"甘蒂内，是唐·帕乌鲁！"她跑着进了厨房，手里一直端着的盘子竟忘了搁下了。

一会儿之后，一个个子高高的年轻汉子迈着轻捷的步伐走进了厨房，他穿着一身黑便服，戴着顶硬壳帽子。

甘蒂内腾地站起身来。

"不用卸马鞍，"帕乌鲁点头跟客人打过招呼之后说道，"马出了一身汗，让它喘口气。然后你把它牵到卡斯蒂古大叔那儿，明天一清早你去放牧。"

他把一只脚搁在一个凳子上拔去马刺。

穷客人好奇地看着，因为他觉得男仆长得很像他的主人：一样的褐色的脸，一样细长的温柔的眼睛，一样的翘嘴唇；只是帕乌鲁比甘蒂内要高出整整一头，他神情忧伤，心事重重，而甘蒂内却高高兴兴，无忧无虑。年轻的男仆红润的嘴角上总挂着微笑，而帕乌鲁的嘴唇苍白，近乎灰色。

"对了，"卖缰绳的人寻思着，"我想起来了，我教父帕斯夸莱·索莱有一天对我说过，德凯尔基家的人把他们家中某个人的一个私生子留在家里做仆人了。唐·帕乌鲁与甘蒂内应该是两兄弟……"

"给,"鳏夫把马刺交给甘蒂内说,"把它挂在墙上。"

帕乌鲁走进旁边的屋子,贵客高兴地叫起来迎了上去。帕乌鲁握了握他的手,似乎很高兴又见到了与他一起历过险的伙伴;但拉凯莱大婶和爷爷们注意地看了看帕乌鲁,很快意识到他没带来什么好消息。

第二章

安内莎也变得比平时更忧郁和沉默寡言。

晚饭后甘蒂内请穷客人跟他出去。

"现在我们把马牵到卡斯蒂古大叔那里去，然后，我们在村里转一圈。你把大门半掩上。"甘蒂内对安内莎说道。

"不行，真的不行！"她敏捷地回答道，"说不定你整晚都在外头。我要关大门的，你最好带着钥匙。"

"好吧，再见，"甘蒂内用一只胳膊搂着她的腰说道，"我很快就回来的，你放心。"

"你想怎么干就怎么干好啦。"她粗鲁地推开他，回答道。

除了帕乌鲁的马匹以外，两位年轻人还把卖缰绳的人那匹小骒马也牵走了，因为棚子底下只能放一匹马。他们把两头牲口牵到一位先前在德凯尔基家当过多年仆人的牧民的牛棚里，而后他们到了一家下等酒店，喝了个酩酊大醉。

帕乌鲁也跟他的朋友出去了；拉凯莱妇人和女孩儿去睡觉了，两位爷爷又聊了一阵子，安内莎收拾完房间和厨房，就去铺她的小床。

她一直睡在餐厅的长沙发上，以便及时听到患气喘病老人的呼唤；当甘蒂内在镇上时，拉凯莱大婶生怕两个未婚夫妇夜间谈情说爱惹出麻烦，就请帕乌鲁或者科西姆大叔替代安内莎，而安内莎就睡在里面的一间屋子里；但是那天夜里穷客人得与甘蒂内一起睡在厨房里，这样，那种危险就不存在了。

安内莎为仆人和客人准备好两张芦席，她锁上了大门，关好了通往菜园的小门，并带走了钥匙；最后，她插上了房门的插销。如果甘蒂内回来，他就不能从院子里，也不能从厨房里进她的房里了。

两位爷爷退了席，祖阿大叔已昏昏欲睡了。于是，安内莎熄了大灯，点上了床头小灯，但她没躺下。她不仅没有睡意，而且似乎激动异常，这时没有人注意到她，她贪婪的双目闪烁着一种深邃的光芒，四周蒙着一圈黑影。

她走出房间去过厅，打开了通向菜园的小门，坐在了石阶上。

夜晚炎热而宁静，天上的银河和闪烁的星星泻下一片朦胧的银光。安内莎眼前的菜园子，黑乎乎的，一片寂静，散发出西红柿和蔬菜的清香味儿；迷迭香和芸香味儿使人想起了村镇四周的群山荒野和覆盖着灌木丛林的原始山谷。菜园子的尽头就是树林，树林的后面显现出群山的轮廓，巍巍山脊延伸至繁星密布的地平线上；高大的树木黑乎乎地犹如岩石一样一动也不动地沉重地挺立在那儿。

然而，夜的安宁、寂静和黑暗，四周僵死的物体像个神秘的东西一样重压在安内莎的心头。她不时地感到透不过气来，跟患气喘病老人一样呼吸异常困难。

她也很清楚：帕乌鲁三个月以来走遍周围所有的村镇，千方百计地筹集钱款，可是他从努奥罗镇回来时两手空空。家庭已濒临破产。

　　"房子、菜园、油仓、马匹、家具，一切都得拍卖了……"姑娘唉声叹气地叨咕着，上半身几乎俯到膝盖上。"我们将被人像饿狗一样赶到大街上去，德凯尔基家的人将变为全村最穷的。全家人得离开这儿……像走村串户的叫花子一样……日日月月，月月年年地挨日子……唉！"

　　她一想起自己的身世就深深地叹了口气。

　　"当初他们还不如让我继续走我自己的路呢……唉，否则我就不会这么痛苦，也就不会落到现在这个局面，将来的事亦难预料。会发生什么事情呢？我们会出什么事呢？拉凯莱大婶会痛苦地死去。而他呢……他……他的结局……这他已经说过了，他的结局……不，不，最好……"

　　她抬起头，全身颤抖着。

　　帕乌鲁曾以自杀相威胁，安内莎一直为此担心，头脑里摆脱不了这种顽念，而且一想到气喘病老人在枕头底下压着一沓存款单子，但由于吝啬和出于对年轻鳏夫的怨恨，却执意不肯掏出分文以挽救这濒于彻底破产的家庭。一想到这些，安内莎就忧心如焚，怒火中烧。

　　"狠毒的老人，"她清醒过来了，自言自语地诅咒患气喘病的老人，"我要让你气死，我要让你饿死、渴死。要是我料想的事发生了，那你就认倒霉吧……活该……活该！你叫我们难以生存，我也……"

这时有人打开了临街的门，打断了她的思路。

她腾地站起来，转过身子，不安地等待着。帕乌鲁进来了，他看见了她，关上了门，然后踮着脚走过来，并从门口往点着床头小灯的屋子里看了看。总靠着枕头坐在那里的老人闭着双眼，侧着脸，即使他睡着时呼吸也很急促。

帕乌鲁确信祖阿大叔已经睡着了，就走近安内莎，带着一种情欲的冲动，用一只胳膊搂住她的双肩。她全身战栗着，双臂沿着身体的两侧自然下垂，闭着双眼，像昏厥过去似的，任凭他把自己朝菜园子尽头的树林那边拖去。

而当他们到了作为他们爱情见证的那棵墨色的静止不动的大树底下时，她清醒了过来，她张开双臂，激动地抱住帕乌鲁，紧紧地依偎着。

"我以为你不回来了。"她贴着他的脸悄声低语道，"我见你这么沉闷，这么忧郁……但你毕竟还是来了……你来了……你在这儿！我像在做梦。告诉我怎么回事。"

"我摆脱了客人，把他留在维尔迪斯神甫家了，等一会儿我还得去把他接回来。甘蒂内有钥匙吗？"

"有，我把家里的门都锁上了，"安内莎声音模糊不清地说道，"你说，你说。"

"没什么可说的了！我们不想这个了。"

他亲吻了她。他的双唇发烫，但在他的接吻中有一种苦涩的激情，那乃是男人在绝望中想在女人的嘴唇上寻找忘却，一种对烦恼和忧愁的忘却。安内莎很聪明，她理解帕乌鲁的感情：她任由他亲吻自己，不再问他什么，但她哭了起来。

一股像熟透的梨香味与菜园子里的潮湿气味交融在一起。远处，树林深处幽暗的地方，一束红色的火光不时地闪烁着，像是一只睁开着的眼睛在窥视这对情人。远处传来了一个朝气蓬勃的声音，洪亮却微带醉意的声音，许是甘蒂内在唱一首四行诗情歌：

> 晚安，温柔美丽的姑娘，
>
> 你怎么样，
>
> 深深的海洋？
>
> ……

但安内莎什么也没有听见，什么也没有看见。因为她与帕乌鲁在一起，她痛苦而又高兴地哭泣着。

"安内莎，"他几乎是生气地说道，"别这样。你知道，我是不喜欢见到悲伤的人的。"

"那么，你挺高兴喽？"

"也许我并不高兴，但我并没有绝望。何况，要是我们的家产像一个被绞死者的家产那样被拍卖掉，与其说是我们的耻辱，还不如说是他的耻辱。大家都知道，他是可以挽救这种局面的。狠毒的老蝎子，该死的吝啬鬼！我一见到他，就火冒三丈。要是换另一个男人，我早就掐死他了。"

他情绪激动，烦躁不安，攥紧双手，好像想掐死什么人。安内莎惊跳了一下。她擦干了眼泪，抱怨道：

"他干脆死了算了！但他不死，不死。他像猫一样有七个灵魂。"

"我去过努奥罗镇，"年轻的帕乌鲁接着说道，"我四处筹钱。人们指点我去找一个傻子，一个黑黝黝的全身肿得像只皮囊的人。我低声下气，一再恳求，丢尽了面子，是的，我把那个肮脏污秽的老头子，那个无耻的高利贷主，当作圣人一样苦苦地哀求他。他一点儿也不动心。他向我要祖阿·德凯尔基的签字。后来，我又去找努奥罗镇上的一位房产主，他微笑着望了我一眼，并且对我说：'我记得你在努奥罗镇上神学院时是个很有前程的小伙子。'他分文不给就把我撵走了！后来……可是，为什么得回想这些事呢？我白白遭受了那么多凌辱；我，我，帕乌鲁·德凯尔基，我……而且，我不得不像个叫花子那样俯首屈从。"

安内莎垂下了头，她也感到屈辱和沮丧。

"他们已对你丧失了信心，"她胆怯地说道，"祖阿大叔使你名誉扫地，到处散布说你是你们家败落的祸根。不过，要是唐·西莫内出面……也许……他也许能搞到钱……"

帕乌鲁不让她说下去。他使劲地握住她的手，大声地说道：

"安娜，我原谅你，因为你不知道自己在说什么！只要我活着，我家庭中任何人都不应该自卑……"

她仍然沉默不语；她寻觅帕乌鲁的另一只手，把它放在脸上，吻它。

"为什么？"她像是跟那只如今已呆滞和冷漠的手在悄悄说话，"为什么你不再一次设法说服祖阿大叔呢？"

"没用。"他忧郁地说道，"他除了再辱骂我一顿之外，不会做什么的。你知道他没完没了地总说那些话。安内莎，这你很清楚。他说我们想毁了他，说我们想杀死他。"

"唉，"她叹了口气，"我很多次想把他压在枕头底下的存款单据撕碎。是得这样做。"

"他会让人把我们都抓起来的，安娜！而我又不是一个窃贼。我宁可去自杀也不能做贼！"

她重又依偎在他身上，心里既害怕又难过。

"瞧你又这么说话！帕乌鲁，帕乌鲁，你没见到我多害怕吗？你别这么说，别像疯子似的说话。你都成了什么样子了！你听我说，我也有权利说话。帕乌鲁，你不要忘记，你已经给你的爷爷们和你善良的母亲增添了那么多的烦恼，而现在你却想让他们羞愧又痛苦地死去。你知道，你别再说那可怕的事情了，千万别再说了。"

"好吧，你别说了。我们不再谈它了。"

"你听我说，"她越来越不平静地接着说道，"我得跟你说一件事。你别忘了，帕乌鲁，请你别忘了几年前你的亲人们想让你娶卡德里娜·玛尤莱为妻的时候。她很有钱，出身名门望族，而你却不想要她，因为她不漂亮，又比你大。现在已过去很多年了。你已不再是一个耍孩子脾气的小伙子了，而且卡德里娜·玛尤莱还未嫁人。她还会要你的。你跟她结婚吧，帕乌鲁，一切问题就都迎刃而解了。你娶她吧，帕乌鲁，娶她吧。我要是处在你的地位，我就娶她。"

她像是神志昏迷似的在说着，冲着他的脸呼哧呼哧地喘气；而他却双手沿着胯部自然地下垂，耷拉着脑袋，低垂着目光。他好像要昏厥过去，要憋闷死了，再也无法摆脱萦绕在他四周的忧郁而沉重的阴影。

"回答我，"她一面用她那钢铁一般有力的纤细的胳膊摇晃着他，一面继续说道，"你答应我吧。你已经想过这样做了，是不是？你别怕我，帕乌鲁。我也将与甘蒂内成亲，要是你愿意；而且，我要与他远走高飞，我与你再也不见面了。你看，反正，我也知道自己的命运；我生来走的就是一条灾难深重的路。命运与我作对，它让我到世上来是一种莫大的讽刺，犹如一个喝醉了酒的假面喜剧角色把一块破布扔在了街上。我是什么东西呀！一块破布，一件毫无用处的东西。你别为我着想，帕乌鲁。"

帕乌鲁听着她说，一言不发。她唤起了他的怜悯心和烦恼。突然，他推开了她，低声说出一些刻薄的话：

"安内莎，我从来不认为自己是可以出卖的！不过，也许现在该是这样考虑的时候了；因为没有别的法子了。谁知道，也可能我会听从你的劝告的。"

安内莎缄默不语，十分惧怕。尽管帕乌鲁想推开她，她还是紧紧搂住他，只是当他说出最后几句话时，她松开了手臂，就像一棵攀缘植物失去支撑物一样，跌倒在地上。他以为她昏过去了，朝她俯下身去。

"你怎么啦，安娜？"

她呻吟了一下。

"你看见了吧？"他一面责备而又挖苦地说道，一面扶起她，还像一个小姑娘似的轻轻地抚摸她。"你自己看到了吧，你多傻，有些事不该跟我说。你总是羞辱我，要不是你，换个别人，这么说我，我不知会怎么样。"

"别说了，别说了。"她哽咽着说道，"我刚才这么说是为了你好。我是你的仆人，我只能沉默，跪下来听候你的吩咐。你说得对，帕乌鲁，我真傻，我太傻了……我疯了。有时候我的想法很怪，就像人发烧时一样。我想光着脚走遍天涯海角，去要饭，去碰碰运气，为你……为你们……别责怪我，我的帕乌鲁，我亲爱的心肝，别责怪我。你有一次对我说过，我像是常青藤，就像黏附在墙上，永不脱落，直到枝叶干枯为止的常青藤一样。"

"或许直到墙倒塌为止，"男人带着痛苦和嘲弄的口吻低声说道，"算了，我们别说了。卡德里娜·玛尤莱要是找不到别人，就让她跟某个卖猪的老头子成亲吧。我留着我娇小的安娜就足够了。我这就去找巴洛雷·斯帕努。他很有钱，这你知道。也许他能借给我钱，这样就不必拍卖我们的财产了。我想试试。再亲吻我一下，高兴点儿。"

她那被眼泪浸湿了的颤抖着的嘴唇凑近了他，霎时间，他们俩忘却了一切烦恼和困境，以及将使他们分离的谬误。

后来他又走出家门，而她也重又坐在大门口。

她毫无睡意，而且一想到自己又得关在不时地听到气喘病老人的呻吟的房间里，便产生某种恐惧之感。然而，她的不安和忧虑之中，如今却掺杂着一种朦胧的喜悦之情。她还感到帕乌鲁嘴唇的温馨，眼前只有他的形象，那带着心意、嘲讽和欲念的形象，而且这个形象始终在她面前，就像她自己的影子似的与之形影不离。

多年以来，这个影子一直陪伴着她生活，只有帕乌鲁的实际存在才会使之消失。她不是一个愚昧、轻率的女人，她上过小学四年级，后来她还读过很多书，都是帕乌鲁那儿的书。他是她最好的和最有魅力的老师。他把他所知道的一切或自认为知道的一切都教给了她。他教她辨认星座，给她讲解人类的起源，以及电闪雷鸣的奥秘；他让她熟读爱情小说，以唤起她爱的激情。

她一直保存着青少年时期曾读过的那两三本小说，她把它们放在她最珍爱的东西中间，那几本书都发黄了，开线了，像是好几代人读了又读的圣书似的。她几乎能把这些爱情故事和悲剧背诵出来，就像家喻户晓的民间传说一样铭刻在脑际。

想当初，远在她少年时代，德凯尔基家有钱有势。从附近村镇来的男佣女仆，乞丐和穷苦的孩子，风流女子和各方客人络绎不绝地登门造访，家里饲养着马匹、家犬、小野猪和盘羊，一派兴旺发达的热闹景象。一位渔夫天天来送他当天钓来的鳟鱼。

馈赠的礼品不计其数，有些客人在德凯尔基家一待就是四五天，酒席盛筵不断。而院子里总挤满了叫花子，有几位穷乞丐不好意思地躲在厨房里悄悄行乞，对于这些人，拉凯莱大婶总是乐善好施的。

当时安内莎一直有人伺候，用人们像对待一位小姐似的敬重她，她被人看作是拉凯莱女人的亲生女儿，而不是养女。她手里有家里的钥匙，她也能打开唐·西莫内的抽屉，里面存放的金钱在当时是十分可观的。

后来，她多次后悔自己当时没有攒点钱，不然，现在可以用来帮助她那陷于贫困的恩人。

她经历了这个家庭的一切变迁，命运把她抛到这个家里，就像三月的风把种子吹刮到将要栽倒的大树旁的岩石缝里。她就这样长大成人了，就像缠绕在老树干上的常青藤一样，任凭命运的摧残而即将被折断了。

她坐在大门口的阴影之下，沉醉在回忆之中：朦胧而又忧伤的回忆，其背景是那么含糊不清，那么令人伤感，犹如展现在她眼前的那沉睡的群山上空的夜幕。然而，有些回忆有时却像空中的流星那样夺目耀眼，似乎已厌倦了如此宁静的高空而在山峦间游荡，想随时离开天国而下凡到人们相爱又会死去的尘世中来。

是的，有一次帕乌鲁从努奥罗镇回来，显得又英俊又漂亮，安娜都认不出他来了。假期里有一天，外面下着雷阵雨，他对她解释说闪电在高空闪过之后才有雷鸣，说幸好小学三年级老师没有教过他。

"我一直以为雷声是上帝的声音。"她半开玩笑半正经地说道。

"傻瓜，上帝是不存在的！"他环视了一下四周说道，生怕爷爷们听见。

"帕乌鲁，你胡说什么？"她惊恐地悄声说道，"要是让唐·西莫内听见了，让维尔迪斯神甫听见了，可不得了！"

"维尔迪斯神甫是一个饶舌者，是个同所有的男人一样的罪人。安内莎，不存在什么上帝，不存在。要是上帝存在的话，"他接着说道，"他就不会允许世上发生那些事的。总是那样，除了不分青红皂白地生出那么多富人和穷人来之外，世人还总有那么多不公平的事！譬如说，你……为什么你没有父母亲，为什么你都不知道你自己是谁？你看见了吧，我想娶你又不行……"

安内莎顿时脸色煞白，尽管她从未想过，甚至连做梦也没想到过要嫁给她的恩人之子。

后来，又过了好几年。有一天，德凯尔基家里发生了一件可怕的事情。帕乌鲁的父亲摔倒在院子里了，像是绊了一跤，可是从此就再也起不来了。他与妻子诀别时说的几句话是：

"拉凯莱，那个孩子我就托付给你了。"

于是，人们认为那个孩子就是死者亲生的儿子甘蒂内，后来他就被雇佣在家当仆人。由于当时甘蒂内还是个未成年的孩子，连一只羔羊皮都不会剥，所以其他的用人都欺侮他，奚落他。他常跟拉凯莱大婶诉苦。

"上帝的儿子，"善良的寡妇对甘蒂内说道，"你就忍着点儿。你对他们说，你会长大的，会变得比他们更能干的。"

拉凯莱的父亲科西姆·达米亚努大叔补充说道：

"圣·安东尼奥的儿子，你这么对他们说：

　　修士们来去匆匆，

　　　而修道院却稳坐不动。

你们是漂泊不定的修士，你们来去匆匆，而我将永远留在修道院中。"

拉凯莱责备父亲不该这么教甘蒂内，因为"圣·安东尼奥的儿子"就是私生子，她不愿意因为教甘蒂内这样意味深长的回答而让仆人们议论纷纷。

但总是面带笑容而又和蔼可亲的唐·西莫内发表高见说：

"过了三十天就是一个月，他们爱怎么说随他们说去，反正人总归是有得说的。"

家庭中太平无事。

可正是从那时起，仆人们开始出走了；先走了一个，然后又走了一个，最后全走光了。只剩下甘蒂内和一个名叫卡斯蒂古的牧人，因为他有点儿傻。后来他也被解雇了。家庭败落了，一落千丈，跌入了可怕的深渊。

唐·西莫内从农业银行提取的三百个银币，唐·普里亚姆的空白支票，帕乌鲁所欠债务的百分之两百的利息，为了这三代人欠下的债务，只短短几年工夫，就把全家所有的牲口棚、葡萄园、羊群和马匹全都吞噬了。拉凯莱哭诉道：

"你们看，就像仙人掌似的，一片叶子能生出千百片叶子来。"

开初，就连唐·西莫内和科西姆·达米亚努大叔也哭，而且相互争吵；但随着时间的推移，他们习惯了贫穷，唐·西莫内像往日一样平静和面带笑容，而且还不断地重复他的那句口头禅："过了三十天就是一个月。"

自从被撵出努奥罗镇的神学院之后，帕乌鲁再也不愿意继续他的学业了；他像撒丁岛上的许多小庄园主一样寻欢作乐，从一个乡镇跑到另一个乡镇，参加乡间节日的盛会。前去凑热闹的撒丁岛的乞丐们都认得他。就连瞎眼叫花子们都说："就是那个巴鲁内依来的花花公子唐·帕乌鲁·德凯尔基，一个腰缠万贯的阔少爷。"

他到村里放高利贷者那儿去借钱，在节日里挥霍。他尽情地享受生活。他喜怒无常，时而和颜悦色，心胸开阔；时而声色俱厉，性情乖戾。

安内莎对这一切都记忆犹新。现在帕乌鲁变得温和驯服了；岁月和不幸的灾难把他制服了，使他变得像只小马驹；可是原来呢，因为安内莎与甘蒂内做爱，帕乌鲁不知用棍棒揍了她多少次！

"你真不知羞耻，厚脸皮；他是个仆人；他是个私生子。"

"可我难道不是女佣吗？"她哭着回答道，"我不也是没爹没娘的女孩子吗？"

"他比你小十岁。"

"岁数并不重要；年轻的树枝喜欢缠绕在老树干上……"

帕乌鲁的眼睛像一只野猫的眼睛似的闪闪发亮。

"忘恩负义的女人，不知羞耻的贱人，被人行善收养的骚货。"

她爱甘蒂内，因为他很像帕乌鲁，就像人们喜欢火，是因为它使人想起太阳。她常常哭泣，沉默不语，埋头干活。她真的成了那家的女佣了。但拉凯莱大婶也埋头干活，沉默不语，并默默地祈祷着。

那时候帕乌鲁已经结了婚。新娘是一位贵族女子，她美丽，然而很不幸，而且体弱多病，新婚夫妇过了一年幸福的生活。卡利娜是个很善良的女人，她与身边的人都能和睦相处。丈夫似乎变成另一个人了。但是自从生下一个大脑袋女孩儿之后，年轻的新娘就一病不起了。

唐·帕乌鲁把她带到卡利亚里、萨萨里和半岛去求医，但卡利娜死去了，又一个牲口棚卖掉了。

家里一片悲凉凄惨；乞丐们不像从前那样非要讨得施舍了；登门拜访的宾客也稀少了。

唐·西莫内虽然笑容可掬，但神情忧郁；他总说听天由命，过了三十天就是一个月，但他总嘟哝人们再也不相信上帝，因此才犯罪作恶。

怀里抱着小罗莎的科西姆·达米亚努大叔应和地说，敬畏上帝是对罪恶的一种制约，但上帝袒护人类的过错和弱点，说人生来就有罪。眼前活着的这个小女孩就是人们诸多的弱点和错误所造就的苦果，她低下大脑袋，靠在老人的肩上，并没表示抗议。

与此同时，安内莎在征得她恩人们的同意之后，与甘蒂内订了婚。她已过了 30 岁，她还等什么呢？甘蒂内很穷，但他是干活的能手。一旦德凯尔基家的人如数付给一直欠着的这个年轻人的工钱以后，他们就结婚：然而日复一日，却总不见有钱。

年轻的未婚夫性格活泼、生性善良而又温和安详，挺像唐·西莫内。他用两种昵称来称呼安内莎：当她偶尔显得亲切温柔与兴高采烈时，称她为金发女郎；当她终日沉默不语、忧伤和郁闷时，称她是沉静的姑娘。

"圣·安东尼奥的儿子，"科西姆·达米亚努大叔说道，"你知道有一句撒丁岛的成语吗：沉默的河水势不可挡。"

从那时候起，安内莎开始不再相信上帝了，因为她恩人的家越来越败落了。怎么可能存在一位这么坏的上帝呢？德凯尔基一家人一辈子都敬畏上帝，崇拜上帝，遵循上帝的教规戒律，而上帝却以种种最严酷的灾难来回报他们。

但是上帝似乎突然怜悯起长期经受艰难困苦的德凯尔基家的人了。一位吝啬的远房老亲戚祖阿大叔要求德凯尔基家的人收留他。他好像每个月贴补给他们一大笔钱，后来还立下了有利于罗莎的遗嘱。他老了，老犯气喘，他怕被人偷窃。帕乌鲁不喜欢这位气喘病老人，因他常常向他开口借钱而遭拒绝；但并不反对他来家里住。于是祖阿大叔来了，取代了两位爷爷的位置，他们习惯坐在朝马路的门口，就像两尊狮子守卫在一座行将坍塌的漂亮的大厦面前。人们来来往往从他们的面前走过，听着三位老人议论和聊天，管他们叫"五条腿的三位老神仙"。

祖阿大叔时常犯气喘，总说"如今的年轻人"如何不好，其实他是影射帕乌鲁；唐·西莫内承认侄子破了产是因为他不敬畏上帝了，可膝盖上坐着罗莎的科西姆·达米亚努大叔却紧抿着双唇，并为"如今的年轻人"辩护。

"我们都是从年轻时过来的，而且我们都犯过错误。上帝说过：谁没有犯过罪，谁就掷第一块石头……"①

"你这是冲着谁说的？"气喘病老人嚷道，同时从毛茸茸的胸部掏出一枚军功奖章。"你瞧，这枚奖章，看见了没有？对着它瞧瞧你自己，就像对着一面镜子一样。"

唐·西莫内装出瞧镜子的模样，把头上的帽子扶正了，然后

---

① 《圣经》里上帝教诲人宽恕一位犯淫乱罪的女子时说的话。

说道：

"说真的，那面镜子并不怎么干净。"

而科西姆·达米亚努大叔大声说道：

"但是，圣·安东尼奥的儿子，谁说你啦，祖阿·德凯尔基？不过，你瞧，没有罪的人正向有罪的人掷第一块石头。谁没有罪，谁就不饶人，不饶人……"

后来，祖阿大叔回忆起战争中的事。他那令人讨厌的声音变得温和多了，每当他回忆起拉·马尔莫拉将军曾握过他的手时，他就热泪盈眶。但是他的记忆十分混乱：他总是炫耀地说，撒丁岛人参加了巴拉克拉瓦战役，而且唐·西莫内老是得白费力气地纠正他说：

"不对，是切尔那亚战役。"

"不对，不对，是巴拉克拉瓦战役。我想起来了，那是夏天，在八月份，大雾弥漫，像是在冬天。打头天夜里我们就守卫在山头上，听凭那个科尔波葛朗迪少校指挥。你们得学会念准了那个家伙的名字：科尔波葛朗迪。一个音节也别念错了，因为否则将是对神明的一种亵渎，就像弄错了上帝的名字一样。"

一天祖阿大叔像以前的唐·皮利姆一样摔倒在地上了。他没摔死，但当他们扶他起来时，他的右腿僵硬了，比另一条用木棍包铁的假腿还要硬。人们把他搀扶到床上，可他从此就再也站不起来了。他变得令人难以容忍：他把那些存款单据都藏在枕头底下，甚至连领取的利息也不给亲戚。夜里，他常常醒来，大喊着他们想偷他的钱，还要安内莎睡在他的屋子里。帕乌鲁开始恨他了。安内莎也恨他，是因为帕乌鲁恨他。甘蒂内恨他，是因为大家都恨他。

对这个不幸的家庭始终忠诚不渝和怀有深厚感情的人是卡斯蒂古大叔，这位老仆人变成地地道道的牧人了，就是说，他买了相当数量的绵羊，自己来放牧。

"你们到各地去转一转，"当他谈论他为之当了四十年仆人的家庭时，不禁满怀敬意地说道，"你们不妨去各地转一转，你们找不到这样一个高贵而又善良的人家。至于唐·西莫内吗，如果上帝死去了，天堂里的天使肯定会选择唐·西莫内当他们和我们的上帝的！他们连唐·西莫内穿的鞋子也会爱不释手的。"

村镇里的人总拿他对德凯尔基家人的盲目崇拜取笑，每逢遇见他就问：

"嗳，上帝死了吗？"

连教堂主管维尔迪斯神甫对他也不客气，当卡斯蒂古大叔去教堂忏悔时，就教训他：

"圣洁的天使呀！（维尔迪斯神甫对那些前来悔罪的人习惯用这个口头禅。）不再说这些了，我的兄弟。上帝只有一个，永远不会死，即使我们都死了，他也不死。"

可是卡斯蒂古大叔还是不停地赞扬德凯尔基一家是"世上最高贵的"。安内莎也深得卡斯蒂古大叔的赞赏和信赖。有一次，他告诉她自己爱上了本村的一位漂亮而又富裕的姑娘，并请安内莎帮个忙。

"我想给她捎封信去。你帮我写吧，我的金发女郎，你干吗笑啊？"

"因为我不会写信！"

"没关系，你又不是律师。你就这么写好了：'玛丽亚·帕斯夸拉，我的心上人，我爱你，如果你要我，我就把你供在一个壁龛里。'去，安内莎，帮我这个忙；我给你一张写情书的信纸，用这种纸写的信，就是寄到皇宫里去也蛮体面的。"

安内莎答应给他写信，卡斯蒂古大叔送来写情书的信纸，而且是那种镂空的上面印有一颗刺伤的心的信纸，那是初恋求爱的年轻学生们使用的。

但是求爱的信没有达到预想的效果，更有甚者，玛丽亚·帕斯夸拉的一个兄弟有一天见到卡斯蒂古大叔在他家门前经过，竟拿着赶牲畜的刺棒追赶他；而老牧人就"像鼻子被火烧灼的一只狗似的"逃走了。

一天，卡斯蒂古大叔把他的朋友们和旧时的主人们请到他的羊圈来。科西姆·达米亚努大叔、帕乌鲁和安内莎接受了邀请。羊圈几乎坐落在阿尔卑斯山余脉的蒙特·圣图·郁阿内山顶上，山那边的杰阿那真图山峰及其银色的轮廓挡住了视野。

苔藓在巨大的花岗岩石上勾画出一幅幅墨绿色的镶嵌画，岩石层叠交错，奇形怪状，庞大而又神秘，有棱锥体形状和尖塔形状。似乎在遥远的年代里，在动荡的岁月中，在这些岩石之间曾展开过一场搏斗，其中一部分岩石征服了另一部分岩石，如今获胜的一方傲然屹立在蔚蓝的苍穹之下。在山石之间的搏斗停歇之后，灌木丛和柽栎树悄悄地潜入了悬崖峭壁，爬上了山岩，竞相生长。在那气度恢宏、神秘莫测的地方，一切事物看上去都是稀奇古怪的样子——有些岩石像魔鬼，有些像无比巨大的海鱼，有些像太古时代的动物——孤寂的人不得不跟岩石打交道，不得不跟游荡在树林中沙沙作响的山之魂沟通，还得聆听风的呼啸和飒飒的落叶声，自然，生活在这里的人们也创造了千百个传说，并把它们与这里最雄伟和最富有诗意的山头联系起来。

譬如，在靠近卡斯蒂古大叔的羊圈，离中世纪时建造的小教堂不远处的一个山顶上，矗立着一块呈棺材状的巨石，它斜置在另一块正方形的巨石上面。如果一位有诗人气质的皇帝最后能安卧在这样一具高大庄严的石棺里，他一定会欣然接受的。当地人民传说，从前有一个巨人被聚居在山中的狡黠的矮人们背信弃义地杀死了，而后就葬在这里了。

午餐的时候，卡斯蒂古大叔的客人们围坐在几棵千年老树的树荫底下，津津有味地讲述着这些民间传说，缠绕在古树上的淡灰色藤蔓的长须犹如老人浓密的胡子。

自婚礼之日起，总在一个盘子里吃东西的一对老年夫妇回忆起帕乌鲁的一位曾祖父的蜜月旅行。

"他娶了阿里祖地区的一个女人。从阿里祖到巴鲁内依，一路上由骑着栗色骏马的二十七位亲戚陪伴着骑着一匹白色牝马的新郎新娘。他们翻过了一座大山之后，来到了这里，爬上了巨人之墓，从那儿可望见巴鲁内依镇，当时众人一齐朝天鸣枪……真像是上阵战斗一样……"

"我想爬到山上去，谁跟我来？"酒喝过了劲儿的帕乌鲁问道，他显得很兴奋而又精神抖擞。

可是在场的人大都已年过半百或已疲惫不堪了，他们更愿意在树荫底下躺着歇会儿。只有安内莎跟着年轻的鳏夫走了，没人非议，因为大家都习惯把帕乌鲁与安内莎看作是兄妹俩。

他们离开了那儿；那是五月份，中午的太阳照耀在四周开满星星点点玫瑰花的岩石上；树上的叶子闪闪发光。

往前，树林更开阔了，叶簇交织在一起的两棵橡树，像是巨型的拱门，映衬着远方碧空之下呈棱锥形的蒙特·戈那雷山头。

树林的右边高耸着多岩石的山峰，里面安息着巨人的石棺上覆盖着犹如绿色丝绒毯般的苔藓。上坡路很难走，得从一块岩石到另一块岩石地跳着上去。

帕乌鲁在前面走，安内莎在后面跟着。她特别想从远处眺望村镇。她突然站到了摇摇晃晃的石块上，她似乎失去了平衡，喊叫了起来。帕乌鲁转过身去，往回走了走，瞧了她一眼，把手伸给她。

他们爬到高处，坐在巨人石底下的那块突出的岩石上。他们脚下的树林一望无际，犹如一条气势磅礴的绿色瀑布，一直延伸到暗黄色的海岸，岸边村镇的房屋呈灰黑色，就像一堆熄灭了的炭火。山谷与群山一直蜿蜒至天边，满眼都是绿茵茵、黄澄澄和蓝青青。

发情的秃鹫发出刺耳的尖叫声，它们在阳光灿烂、微风习习的晴空中相互追逐着。

安内莎与帕乌鲁一句话都没说；他显得十分忧郁，但他那炯炯有神的双眸，与其说是在看景色，还不如说是在盯着看发情的秃鹫。他突然站起身来，安内莎跟着他走去。在那晃动的岩石旁，他停住了脚步，把手伸给她，并看了她一眼。

安内莎感到他那非同寻常的目光像熊熊的烈火一样灼热着她全身，像一股激情撞击着她：她觉得自己要跌倒了，脚下所有的岩石都要崩坍了。但帕乌鲁用双臂托住了她，把他的双唇贴在她的双唇上，似乎它们永远不再分开了。

第三章

"安内莎，安内莎！"气喘病老人喊道。那隐隐的伴随着一阵呻吟的喊叫声，使安内莎从睡梦中惊醒了。她腾地跳了起来，走进了里屋。

祖阿大叔像往常一样，胸口一阵憋闷，竭力想坐起来而又不能；他那瘦骨嶙峋的双手胡乱地挥动着，像是在跟一个看不见的幽灵艰难地搏斗。

安内莎漫不经心地走近老人，扶着他坐起来，背后再放上一个枕头。他的呼吸慢慢地轻松些了，他要水喝；然而，他刚刚能说话，就又咒骂和抱怨起来。

"你总让我一个人待着。"他气喘吁吁地说道，"蚊子叮我，灯也灭了，你没看见哪！瞎了眼啦！你得把维尔迪斯神甫给我叫来：我想忏悔，我不想作为异教徒死去，像摩尔人一样。你们给我的是毒药；你们都给我毒药，你们……想让我慢慢地死去，你们都该受到诅咒，你们的母亲真不该生养你们这些逆子。不过，你们盼望的时刻很快就要到了。是的，是的，快要到了，很快就要到了。你们将看到我像一只狗一样地死去，那时，你们就称心了……"

"您到底有完没完哪！"安内莎威胁地说道，"您说这些话不感到羞耻吗？没良心的老头子，臭老头子……"

可是他依然唠叨着，在安内莎熄灯躺下以后，他仍唠叨个没完。安内莎在黑洞洞的屋子里听着那气急败坏、尖声刺耳的叨咕声，似乎感到像有一把锯子在锯开她的心。那心的一半儿依旧是善良而又纯洁的，燃烧着爱心、怜悯心，并充满了感激之情，但是，另一半儿却在淌着血，也在炽烧着，不过燃烧的却是一块绿色的木头，冒出一股青灰色的发臭的火焰。那甜蜜的、忧伤的回忆消失了，罪恶的幽灵在呼唤着安内莎，让她直面令人难以忍受的现实。

她觉得自己似乎也患了气喘病似的；她不仅不同情老人的病痛，心里还不断地重复着老人咒骂他们的那些恶毒的语言。

后来两个人都平静下来入睡了。远处一个柔美而又洪亮的声音唱起了一首甜蜜的情歌，歌声越来越近，在寂静的街道上回荡着，一组年轻人的和声忧伤地伴唱着：

……

她那美丽的眼睛，

漂亮的面庞，

还有那金黄色的秀发！

我想她不会再来，

哦，我熬过了多少不眠之夜……

"是甘蒂内，可怜的黄莺！"在朦朦胧胧之中已开始梦见帕乌鲁的安内莎想道。她一想到年轻的未婚夫，跟平时一样既感亲切又感内疚；然而，当歌声平静下来之后，她又入睡了，而且帕乌鲁的形象重又近在眼前。

第二天早上，拉凯莱大婶去做小弥撒，还领受了洗礼：教堂里一些上了年纪的妇女见她用披巾裹得严严的在那里痛苦地哭泣着，虔诚地默默地祈祷着。

安内莎却带着罗莎去做九点钟的弥撒去了。她着一身漂亮的当地传统服饰：镶着绿边的百褶裙，红黑两色相间的紧身上衣，绣有仿古图案的围兜，头上系有一条黄色缎带，活像一位童贞圣母，而她身边的那个发育畸形的女孩子，却滑稽地穿着一件红色的棉布小袄，犹如对一种蜕化了的文明的一幅讽刺漫画。

跟安内莎一样穿着的其他女人从四面八方走来，一群群衣衫褴褛却又健壮漂亮的孩子，黑色的大眼睛炯炯有神，他们在柱廊的拱门底下，在屋外的楼梯上，在特意洒扫过的小院子里尽情地玩耍。

圣·巴西里奥虽然是该镇的保护神，但圣·巴西里奥教堂却坐落在村镇外边，距离村镇最边缘的小茅屋有几百米远，那里住着德凯尔基家的一位亲戚。

小教堂的四周是一个十分宽阔的石头垒起来的院子，里面堆放着干草，并布满踩结实的茬子，在小教堂后面有几个房间和一个棚子，负责组织节日活动的人集聚在那里。

教堂旁边矗立着一个方形塔楼，上面有一个简陋的望景台，通过一架室外楼梯可以登上塔楼。按一种原始建筑风格用粗糙的岩石块和泥土做材料建造起来的教堂、房舍和塔楼，跟四周的岩石一样呈现出一种深赭石色。教堂左侧，村镇所在的山脚下，是坍陷形成的花岗岩的大山谷，山谷那边是在明媚的晴空之下由绿色的山谷和宝蓝色的群山所构成的一幅壮美秀丽的景色。教堂的右侧是圣·乔凡尼山头，山上到处是树木丛林、杂草丛生的荒地和奇形怪状的岩石。

在教堂前面，长有四棵数百年的老橡树，透过繁茂的枝杈可以隐隐约约看见的教堂门面，很像是在岩石上雕刻出来的。穿着红黑两色相间上衣的魁梧的男人们，别村的居民、牧人和农民们都团团围在卖酒人的柜台旁。柜台都摆在布满岩石的平地上，上面是用树枝搭起来的棚子。撒丁岛节日里通常是人山人海：有想畅饮一杯的快活的男人，有身着民间服装去教堂祈祷和抛头露面的女人。

安内莎和罗莎沿着通往教堂的乡间小路缓走下来，她们在村边的小茅屋跟前停留了片刻，去看望了拉凯莱的堂姐安娜大婶。

这位堂姐是位上了年纪的女人，个子修长，脸色苍白，像个幽灵似的；她与拉凯莱很相像，但她自认为比尊贵的堂妹要年轻，而且漂亮多了。她说，她过去有，如今仍然有许多崇拜者和追求者，但她总是拒绝他们，因为她想保持个人自由，并且也能全身心地把三个失去双亲的外甥女扶养成人。

这三个外甥女一直跟她一起生活，其中一个已经到了出嫁的年龄了，安娜大婶像对待自己亲生女儿那样地对待她们，因为她是一个重感情的女人，而且聪慧，除了固执地认为自己美貌非凡和有很多追求者以外，她没有什么别的弱点。

小草屋前面是一个没有栅栏门的小院子，四周围着一堵矮墙，从敞开着门的屋里传来一阵浓烈的咖啡香味。安内莎叫道：

"安娜大婶，您不去做弥撒吗？"

"我等一位客人。"女人回答道，她手里拿着一个咖啡壶从门口探出头来。"罗莎，我的宝贝儿，今天你真漂亮！你们进来，我给你们倒咖啡。罗莎，你怎么总像个小老太呀！小牙齿不肯长出来，是不是？"

罗莎笑了，露出了她那没有牙齿的牙龈，这时安内莎替女孩儿说道："小牙齿会重新长出来的，以后还会再脱落的。您的牙也会脱落的，安娜大婶，而且脱落了就不会再长了。"

"也许是，"女人回答时露出一排非常漂亮的牙齿，"来吧，我美丽的姑娘们，我请你们喝咖啡。做弥撒的时间还早呢。我看见维尔迪斯神甫在教堂前边散步，他是跟一位先生在一起，我觉得像是帕乌鲁。"

于是，正打算迈进安娜大婶家的安内莎改变了主意，径直朝教堂走去。

"再见，再见，您多保重，向几位姑娘问好。我们走了，时间不早了。"

"明天我去你们家，我有一件事要对你说。"安娜大婶一面挥手告别，一面说道，"再见了，罗莎，果仁饼别吃太多了。你还没告诉我呢，耗子是用什么东西换走了你的牙齿的。你后来把掉下的牙齿放在门背后的洞里了吗？"

"放了，"女孩子大声回答道，"它们用几颗核桃换走了我的牙齿。"

"可你没牙怎么咬核桃呢？"

"我用石头敲呗！"

"再见！"

"再见！"

安内莎走得很急，她拖着罗莎，眼睛盯着前面看，就像着了魔似的。女孩儿说道：

"瞧，爸爸就在那儿，在教堂门口。他跟维尔迪斯神甫在散步，神甫发火了。"

的确，老神甫在激动地做着手势。他那肥胖的小肚子在急促地上下起伏着。他长相很丑，肥胖而又臃肿；砖头色的脸，胖乎乎的，布满了皱纹，总显露出一种鄙夷一切的不满神态。拖在后颈窝上的假发长毛与几绺银灰色的额发相映成趣，更增添了面容的几分狰狞。

安内莎每次碰见神甫都低垂着目光。那天早晨，她也想拉着女孩子径直走过去，可是老神甫却举起他的一只胖手叫喊起来：

"罗莎！罗莎！"

安内莎只好停住脚步。

"罗莎，"神甫一面说，一面朝前走去，那胖肚子几乎遮住了女孩儿整个的脸，"你来做弥撒我很高兴。今天，连母山羊也牵来了，犹太女人和摩尔族女人也来了。"

安内莎平日很少上教堂，但对神甫的恭维并不感到惶恐。她望着面前的一马平川，假装沉醉在眼前多姿多彩的景色之中，并谛听着站立在一块山石上宣读告示的人对人群大声宣讲。

帕乌鲁也朝那儿看。宣读告示的人个子高高的，仪表粗犷，身穿一身黑装在阳光底下很显眼。他那面闪闪发亮的鼓，他那半是民间传统半是猎人的装束，还有他那顶像是同脑袋上黑色的浓发浑然一体的毛茸茸的檐帽，使人不禁联想到古时候从山林里下来的传令官，当和平的村民们聚集在平川上狡猾的卖酒人周围喝白酒和茴香酒时，他们就常常下山来宣布某些令人惊恐的消息。大家都看着宣读告示的人，他正以传道士那种洪亮的声音高声喊道：

"青年男女村民们，谁要留影，请到照相人那里，他住在木匠弗朗切斯科·卡苏那儿。谁想买四分之一公升一里拉的大麦，请快到巴伦蒂努·维尔迪斯先生那儿去。外号叫至圣的圣母玛利亚那里可以买到新鲜的鸡蛋和用冰块制作的冰淇淋……"

"是的，摩尔族的妇女们也来了。"维尔迪斯神甫重又说道，"她们早晨与魔鬼一同起床，晚上与魔鬼同枕共眠。去吧，去吧，罗莎，你去替这些人祈祷吧，让她们改变信仰。然后，我给你讲死去的上帝的故事。你还记得那个故事吗？"

"记得。"

"真行，这样你就不会是个犹太女人了。去吧，去吧。"

神甫喘着粗气继续往前走。帕乌鲁跟着他，不过，他先跟安内莎迅速而又含情脉脉地交换了一下目光，这使安内莎欣喜万分。

"圣洁的天使！"她不无讽刺地喃喃地重复着维尔迪斯神甫的口头禅。不甚喜欢胖神甫的小罗莎带着她那小老太似的忧郁的神态笑了起来。

安内莎一边听弥撒一边想着帕乌鲁，想着他那炽热的目光。当鳏夫迅速地向她投去那表示爱恋的目光时，她陶醉在喜悦之中。她认为在光天化日之下和大庭广众之中居然敢这样传递目光，这意味着即使是一堵岩石垒起的高大城墙也无法分开他们，这目光比他们在夜晚时的拥抱更情深意笃。

维尔迪斯神甫刺耳的话语就像远处的风声，因为帕乌鲁的目光使她感到慰藉，从而使她敢于面对一切挑战和承受一切侮辱。

弥撒结束之后，帕乌鲁在橡树底下等她走了过来，他拉起罗莎的手。

"我们去找卖杏仁饼的去。"他大声说道。随后，他又悄声对安内莎说道："维尔迪斯神甫很生你的气，因为你没有领过圣体。我为你做了辩解，我对他说当时事情多，脱不开身。他并不坏，是个好人！他像个蜜蜂窝，外面看上去很难看，里面却尽是蜂蜜。他答应我再找祖阿大叔为我们求情。他今天就要上我们家去。你不要对他无礼，我求你了。要是祖阿大叔那儿一无所获，过几天我就到巴洛雷·斯帕努的家乡去。他答应把我介绍给他的一位亲戚，是他家乡教堂主管的妹妹，一位很有钱的老太婆，也许她会借我几千里拉。安内莎，你想喝杯烈酒吗？"

"哦，但愿能成。"她叹着气说道，"你的朋友在哪儿啊？"

"我不知道。他答应来这里找我的。"帕乌鲁一面回答，一面朝平川四周张望着。

他们马上朝卖杏仁饼的货摊走去。

从教堂里出来的男人们，重又集聚在卖酒的商人周围：他们不满足于买一小杯酒，而是买整瓶整瓶的烈酒，陪着朋友和客人们喝个一醉方休。那些穿着毛皮衣服的男人，留着油腻的长发，高高的个儿，生性粗犷，就像刚从森林里和山里钻出来的原始人一样，特别垂涎含酒精的饮料和点心，然后就像孩童一样满足地舔着嘴唇。

安内莎接过帕乌鲁倒的一小杯薄荷酒。她发现甘蒂内的一群朋友在注意着她，因此，她跟那时穿过教堂前面院子的所有的女人一样，显得忧郁和拘谨。

突然，她感到一只男人的胳膊搂住她的腰部，她见到小个子的卡斯蒂古大叔站在她一旁，他穿着一身干净的新衣服，跟孩子似的高兴。

"怎么？"他搂住安内莎，脸冲着帕乌鲁说道，"你们就这样走啦，也不去拜访一下主持节日活动的主司铎？我的唐·帕乌鲁，您觉得这样做好吗？不行，不行，您不去拜访主司铎就走，是您不愿意亵渎圣·巴西里奥。我也是他们之中的，我很看重您的拜访，我们走吧，罗莎，我的小罗莎，要不要卡斯蒂古叔叔抱抱你呀，或者像背只小羊羔似的背着你？"

"我该回家了，"安内莎拒绝道，"拉凯莱大婶等着我呢。"

"你也来吧，金发姑娘，要是你愿意，我也背上你。我们走吧。甘蒂内今天早上按时来到我家，他牵了马去放牧。他还没有回去吗？"

"没有。那小伙子变得越来越懒了，"帕乌鲁说道，"他总是很任性！"

"嘘！"卡斯蒂古大叔指着安内莎低声说道。

但她似乎并没有因帕乌鲁说的话而感到不安，她又拉起罗莎的手，走在两个男人前面，重又朝教堂走去。

"过几天我想派甘蒂内到路拉大森林里去加工树皮，"鳏夫接着说道，"他们答应让他在那儿待到播种的时候，这样，他多少能挣点钱。"

"对，他是个快乐的小伙子，"卡斯蒂古大叔赞同他的想法，"不过，我们年轻时都很快乐……"

"是的，都很快乐。"帕乌鲁附和道。

"您也是那样，我的唐·帕乌鲁。您曾经也很快乐。现在不了。"

"鸟儿都飞走了！"帕乌鲁说道，他仰望着天空，用手做了一个告别的手势。"飞走了，飞走了……"

"嗳，当然会有几只留下来的。"牧人笑着说道，他笑得很特别，带有些许呆傻和几分嘲讽意味儿。

"瞧，我们走到这儿来了。我们进大厨房里去吧。"

他们走进了大厨房，节日活动的发起人在准备一场盛大的宴席。

"喂，米亚莱·科尔布，我们来了。"卡斯蒂古大叔与帕乌鲁并肩走上前去，自豪地大声喊道。

厨房里烟熏火燎，担任节日筹委会主席的教区主司铎像是从烟雾弥漫中冒了出来。他像是一位腾云驾雾下凡的神仙，身材魁梧，穿着红色的西服背心和一条黑色哔叽男裤，裤子那么肥大，像一条裙子似的罩着黑色毛料制成的护腿套。头顶上带褶皱的檐帽下面，两绺油腻的黑发中间，是一张土红色的脸膛。长着鹰钩鼻子，外凸的下颌，呈波浪形的淡红色的胡子，像是用白垩土雕塑出来似的。他微笑着，像是很感动，因为帕乌鲁·德凯尔基的来访为平凡而又穷困的牧民的聚会增添了光彩。他带着这位年轻人去参观厨房和房间，像是陪同一位外省人似的——向他介绍着。

"今年节日过得不错吧？"帕乌鲁环视着四周问道。

"不错。我们是五十个人发起的，另外有一百位牧民捐助节日活动，每人献一头羊和一斗麦子。"

在大炉膛里燃烧着整棵整棵的橡树树干，深底圆锅里煮着全羊。几个男人坐在地上，脸上通红通红的，双眼被熏得泪汪汪的，他们在炭火上缓慢地转动着串在粗大的木扦条上的羊腿。沿墙摆着的长木凳上放着成堆的呈淡红色的羊肉；在木桶和橡木容器里，盛着掏出来的还冒着热气的内脏，到处堆放着黑色的和浅黄色的羊皮，为了体面地祭祀巴鲁内依镇的小保护神圣·巴西里奥，人们屠宰了一百多头羊。

米亚莱·科尔布领着帕乌鲁到一个有顶篷的凉廊里去，一位妇女正在那里为前来拜访教区主司铎的人们准备咖啡和烈酒，与此同时，卡斯蒂古大叔把罗莎和安内莎引进靠近厨房的几个房间。男人们将在其中的一个房间里用餐，女人和孩子们在另一个房间里用餐；在被称为"糖果室"的第三个房间里放着点心，另外还有一间专门放面包。在这些低矮和烟雾弥漫的屋子里都有男人们正在紧张地为宴席准备肉墩和刀子，他们个个模样奇怪，留有大胡子。

"那么多面包啊！够吃一百年的了。"罗莎说道，她说话细声细气的像个小老太，在装满了白而光亮的烤饼的长形篮子面前停住了脚步。

"要是够吃一百年就好了，我的小罗莎。"卡斯蒂古大叔说道，他认真地听着小女孩说的每一句话。

"谁吃得了这么些面包呀？妖怪？"罗莎低着大脑袋看着一个篮子问道，她那脑袋好像随时都可能脱离她那纤细的上身似的。

卡斯蒂古大叔笑了，他说大部分面包在宴席上食用，余下的分给乞丐和前来拜访教区主司铎的教徒们。

"我的小罗莎，要是你过两个小时再来，你将看到男人们吃得比妖怪还多。譬如，这一位他就可以跟妖怪比赛看谁吃得多……"

这时，一位肥胖而又粗壮的汉子走进了放面包的屋子，那人长着一脸浓密的红胡子。他手里拿着一块还冒着热气的羊肉和一把折刀：他不时地用牙齿撕咬一口，要是碰到筋或腱子撕扯不下来时，就一边用嘴咬住肉，一边用刀子割，他津津有味地咀嚼着，此时，他那双深蓝色的眼睛，明亮而又冷漠，露出一种野性。

"是的，我想起来了。"安内莎说道，"我去年经过这里时，你们正在用午餐，活像一群饿狼。每个人膝盖上都有个放满了羊肉的肉墩子，嘴里吃着一块肉的时候，眼睛已盯在另一块上，好像你们八辈子没吃过似的。"

"过节嘛，就得吃，"卡斯蒂古大叔毫不在意地说道，"我们自己吃，也给别人吃。瞧！"

另一个穿着一件上面饰有天蓝色条带的红色开襟背心的年轻英俊的牧民微笑着进来了，他端给安内莎一个上面放满冒着热气的羊肉的肉墩子。

"小美人，"年轻人献媚地说道，"这是给你的。"

"我的圣·巴西里奥！"女人一面大声说道，一面抬起双手，随即又恐惧地缩了回去。"这么多呀？这么多的肉我怎么吃得了？"

"您得吃。"年轻人一本正经地说道。

她意识到，要是她不接受，就会得罪这位年轻人，于是她很有礼貌地说道：

"好吧，你把这些东西给我包在一个手绢里，我把它带回家去。"

"带给谁？带给你的甘蒂内？"

"她的甘蒂内？他就在这儿！"卡斯蒂古大叔大声说道。

刚好就在这个时候，年轻的仆人进来了。他穿着节日的服装，一件红色的镶蓝边的坎肩，刮了胡子，光滑油亮的头发耷拉在耳际就像是一顶用黑缎做的泳帽。甘蒂内显得比平时可爱多了，安内莎带着近乎母性的温柔看了他一眼。

"我就知道你准在这里，"他带有难以掩饰的嫉妒，对她说道，"我们到外边去吧。我们走。拉凯莱大婶等着你，她需要你。"

言语很简单，但声音却非同寻常地痛楚。甘蒂内怎么啦？看上去有点儿伤心和不信任的神气；安内莎局促不安了，但她通常是善于掩饰的，故意显出一副生气的样子。

"拉凯莱大婶知道我什么时候回去，"她慢条斯理地说道，"我高兴什么时候回去就什么时候回去。"

"你马上跟我回去。"甘蒂内脸色刷白地一再坚持，"卡斯蒂古大叔，您说说她。"

"甘蒂内爱吃醋。"给她端肉墩子的年轻人挖苦道，"去吧，小美人，去吧。他会给你买杏仁糕的。其实，你毫无道理，甘蒂内。我们都是兄弟，在这里我们不是外人，没谁想偷你的鸽子的。"

"兄弟？越是亲人才越是能置你于死地。"甘蒂内回答说。随后似乎又后悔这么说了，他笑了笑，笑得很勉强。

安内莎震颤了一下，但她假装没听见未婚夫的话。

"我们走吧。罗莎，拉住我的手。卡斯蒂古大叔，如果唐·帕乌鲁问起罗莎，您就告诉他，我们先走了。"

她从放面包的屋子尽头的一扇小门走了出去，甘蒂内尾随着她走了出去。那一带地方有些荒凉：只有蹲伏在岩石间和灌木丛里的一些乞丐在狼吞虎咽地吃着教区主司铎周济给他们的面包和肉。曾把安内莎领到村里来的那个瞎子老乞丐就是死在那个地方，就是在通往山间小路的路口。她对这神秘的往事已一点都记不得了，只是每当她不得不经过这里时，才似乎重又见到了死去的老乞丐；她隐约地觉得有一种既痛苦又委屈的感情，而且她常常自言自语道：

"他把我带到这儿来，并把我留在这儿，当初他完全可以把我带到别的地方去的。我在别的地方也许成了个乞丐，也许是当个用人，但我不会这么痛苦……"

不过，话又说回来，事实上如果没有帕乌鲁，没有痛苦，没有激情，那么她也就以另一种方式去理解生活了。

"我就是为此而降生到人间的。"

那天，当她拉着罗莎的手跟甘蒂内走过老乞丐死去的地方的时候，她从来没有感到这么忧伤和委屈过。她加快了脚步，望着远方，泪水盈盈，脸上现出平日惯有的那种蔑视一切的忧郁神情。

甘蒂内紧赶了几步，走在她旁边，盯着她看了一眼。

"安娜，"他几乎是恳求似的对她说，"你别这么不高兴。安娜，原谅我，我是为你好。你知道，男人在的地方女人是不进去的，要进去的话，也是跟她们的丈夫和兄弟一起进去的。"

"我是跟唐·帕乌鲁进去的。"

"好啊，他既不是你的丈夫，又不是你的兄弟，"年轻人又叹着气说道，"我的朋友们看见你们在一起，他们议论纷纷。人们都是不怀好意的呀，安娜！"

"这可真新鲜！"她挖苦地大声说道。她使劲儿拽着走不动路的女孩子重又加快了脚步，他们拐过弯，又来到了卖杏仁饼那儿。再过去一点儿，是来他们家的那个穷客人卖缰绳和马刺的地方，他把一个大口袋像地毯一样铺在地上，把缰绳与马刺放在那大口袋上。见到甘蒂内他笑了笑，并招手向其致意。

"喂，"年轻的仆人走上前去，"你有没有能套住未驯服过的母马驹用的缰绳？"

他们俩同时看了一眼安内莎，笑了起来。

"安娜，"甘蒂内随后请求道，"允许我送你一斤杏仁饼吗？"

"母马驹是不吃杏仁饼的。"她蛮有把握地说道。

甘蒂内又说了些别的，但他的声音让震耳欲聋的鼓声淹没了，那悲凉的鼓声是在喧闹的人群突然沉默下来时又骤然敲响起来的。

传达员用他那嘶哑的声音像布道似的大声宣布说，下午五点开始赛马。

"头等奖是二十里拉的银币和一面精致的锦旗，二等奖是十里拉的银币和一条真丝头巾……"

一群男孩子团团围住传达员，并且与他纠缠着，其中一个男孩儿壮着胆子去用小棍棒击鼓。

"三等奖是五里拉的银币加上一顶撒丁岛的火红色的便帽。孩子们，别团团围住我，否则我要用脚狠狠地踢你们，要把你们踢得无影无踪。"

大约下午三点钟，安内莎穿过门厅时，透过半掩着的大门，看到了维尔迪斯神甫肥胖的肚子。她步履轻快地悄悄迎着老神甫跑去，当她推开门时，她微笑了，她从来没有那样对神甫微笑过。

阳光洒落在古老住屋的门面，照耀着荒寂的小路；阳光也射进了过厅，给安内莎苍白的脸上抹上了金色。神甫热切地望着她；他用总是拿在手里的一块红蓝两色相间的手绢打了一下安内莎的胳膊，然后问她道：

"哎，你在想什么呢？我觉得你脸色苍白，姑娘。你病啦？"

"我？我身体从来没有像现在这么好过，我的维尔迪斯神甫！请进来，请进来！"

她转过身，跑着去打开气喘病老人的房门。

祖阿大叔好像昏昏欲睡了，但他一发现神甫，就又激动不安起来。

"别的人呢？你好啊，祖阿老哥！"

"唐·西莫内出门了，科西姆大叔和拉凯莱大婶在菜园子里。我去喊他们吗，维尔迪斯神甫？"安内莎关切地问道。但她立刻发现祖阿大叔见神甫来到十分惶恐不安，而且后悔自己这么问。

"我这就去叫他们。请进来坐！"

"安内莎，把这只枕头立起来。"气喘病老人命令道。

她替他放好枕头，神甫一边用他那条红蓝两色手绢擦着脸上和脖子上的汗水，一边靠床坐下。

"喔哟！喔哟！我累死了。你们有客人吗，安内莎？"

"有两位客人。一位富有的大财主，一位卖缰绳的小贩。枕头这么放行吗，祖阿大叔？"

"行，你走吧。"病人生硬地回答道。

她走开了，神甫发现祖阿大叔的脸一下子就阴沉下来，比平时更冷漠更丑陋。

"哎哟！哎哟！你们这里怎么这么多苍蝇！安内莎，你为什么不关上门窗啊？"

安内莎虚掩上窗户之后，走了出去，身子靠在门背后。可是，相当一段时间，她只听到神甫的喘气声和老人急促的叹息声。祖阿大叔这么喘着，可不是好兆头。这一点维尔迪斯神甫也清楚，他自己也比平时喘得要厉害。

老病人终于问道：

"为什么您在这种时候来访？节日过得好吗，维尔迪斯老弟？"

"还没结束呢，祖阿大叔。还有宗教仪仗队列、赛马和祝福。"

"唉，"老人语气伤感地说道，"两三年前谁会相信我再也不能参加节日活动了呢？人都是这样，生生死死。对我来说，一切都完了。"

他叹了口气，死人似的脑袋靠在枕头上。两滴眼泪挂在布满皱纹的眼角上，就像一片枯黄的皱巴巴的树叶上挂着的两滴露珠。

"没有。"一个声音庄重而又柔和地说道，安内莎觉得不像是维尔迪斯神甫的声音，"怎么能说完了呢，祖阿·德凯尔基。一切将从头开始。"

"我已经是个死人了，维尔迪斯老弟！"

"祖阿·德凯尔基，我们的一生比起永恒的宇宙来算得了什么？如同海滩上的一粒沙子，如同无限苍穹中的一根羽毛。而我们最深重的痛苦，我们的整个存在和人的激情以及所犯的过失，如同吹刮过去的阵阵轻风。今天我们活着，明天就会死去。只有到那时候我们才可以说：一切从头开始，而且没有尽头。"

老人又叹了口气。

"一切都照上帝的意愿办吧，维尔迪斯老弟。他带我走，还是把我留下，如今对我来说都一样。再说，像我这样的人还不如早点儿死好呢。我活在世上能干什么？对己对人，都是个负担。对此，有人心里很清楚，总想像扫除房间和马路上的垃圾一样，把我从人世间清扫出去。"

门背后的安内莎听了一惊。她把一只手放在前额上，屏住了呼吸，以便听得更清楚些。可是维尔迪斯神甫那浑厚、沙哑的声音重又响起：

"喔哟！喔哟！祖阿老哥，您这是什么话？您干吗这么说话？要是让他们听见了呢？"

"您以为隔墙没有耳朵吗？维尔迪斯神甫，这里的每道门，每扇窗，每个洞都有耳朵听我说话，每只手随时都可以打我。让他们听去吧！这些话难道我没有当着众人的面公开说过吗？至于永恒？"随后，他越发气急败坏地说道，"您谈到什么永恒，维尔迪斯老弟？这个世界上永恒是对蒙受痛苦的人来说的：濒死的人，一小时相当于一年，一年相当于一个世纪。可是，您得小心，我再说一遍，一切照上帝的意愿办吧。"

"您在胡说什么呀。"维尔迪斯神甫又重复道，"我已经对您说过不知多少次了；您这是一种病，一种自我折磨狂。谁想害您啦？而且凭什么？况且，如果您真这么想，那为什么您还留在这儿呢？"

"那我上哪儿啊？"老人哭诉道，"我没有家，没有兄弟，没有朋友。谁都对我不好。无论我到什么地方，总有人想偷我的财物。大家都恨我，因为我身上有些钱。连空气都跟我作对，不让我呼吸。"

"祖阿·德凯尔基，那么您就把这有限的几个钱扔掉吧。或者，您做一件积德的事。当您今后一无所有的时候……"

"当我一无所有的时候，情况还会更糟，我将被人看作是一条老狗，一匹老马。"

"行了。他们照样会杀了您！"神甫大声说道，"祖阿，祖阿，您的病真的是无法医治了。因为您心目中没有上帝，您不爱任何人，而且从来也没爱过别人。"

"我……我……"

"对，您，祖阿大叔！您曾经爱过一个人吗？您只爱金钱。许多许多年以前，我多次对您说过：老哥，给您自己成个家吧，老哥，您得听从上帝的教诲。"

"没有人比我更听从上帝教诲的了。我从来没有造过孽，没有偷窃过，没有杀过人，没有诬陷过他人，没有沾过别人的女人。但上帝不主持公道。"

"您说到哪去了，神圣的小天使！"神甫拍着双手越来越烦躁不安地喊叫道，"如今人们心目中似乎只有上帝是最坏的和最不公正的了。男女老少都跟上帝过不去。把我们自己干坏事造成的后果都归诸上帝，这太轻巧了。真有您的，祖阿·德凯尔基。您也是如此，老蠢驴！您让我说下去吧，否则我受不了了。如果您辱骂我，诬蔑我，哪怕揍我，我都不生气，但我不能容忍上帝受辱骂。这不行！难道是上帝叫您别去帮助别人，别去爱别人，叫您去做伤害他人的事情了？难道是上帝对您说过要独身一生，以减少麻烦，能够攒钱，免得承担责任？现在您就承受这一切吧，我的老哥。您独身一生，孑然一身，是不是就像只老狗一样地孤寂？"

祖阿大叔叹息着，呻吟着，但他不敢再反驳了，因为他觉得老朋友说得很有道理。老朋友接着又说道：

"是的，正是上帝叫您吝啬，他对您说：把您的钱财藏好了，祖阿，要比对任何别的东西甚至比你自己都要更珍惜和喜爱。别去帮助将要淹死而绝望地把双手伸给你的人。"

"啊，我明白了，"于是老人坐起来说道，"我明白了。"

"可您什么也不明白！"

"我明白了，我明白了。"不肯转换话题的老人一再重复说道，"一切罪孽都是我自己造成的，连这条腿也是我自己摔断的。"

"难道是上帝折断您的腿的？要是当初您不去打仗……"

但维尔迪斯神甫立刻止住不说了；他意识到自己的来访会被认

为是无益的，不仅无益，而且还有害。

"去打仗！去打仗！"老人非常激动，气喘吁吁，全身颤抖，失去控制地叫喊道。"啊！啊！啊！您责备我什么都行，但是去打仗这事不行。去打仗！当然，去打仗……我是去打仗了，因为是国王派我去的，因为所有强壮的男子汉，有觉悟的男子汉都去了。而我，我……我去打仗了，我还会去的，我……拉马尔莫拉，巴拉克拉瓦，还有勋章，就在这儿，您照照您自己……勋章就在这儿……您照照您自己……"

他那狂怒的声音变得微弱了，他语无伦次，最后索性上气不接下气地喘粗气。

"完了！维尔迪斯神甫真有点死心眼。"站在门背后的安内莎想道。起先她以为祖阿大叔想竭力岔开话题，以激怒神甫，使他难以启齿，无法道明他来访的本意。但维尔迪斯老弟把话题也引得太远了，而且也太伤他老朋友的心了。现在安内莎听到神甫在来回走动，直喘粗气，知他已无力挽回已造成的后果，而安内莎也恨得咬牙切齿，与其说她是在生祖阿大叔的气，不如说是在生神甫的气。

那天夜里，老人的气喘病发作得很厉害。安内莎想他大概活不成了，她感到又高兴又恐惧。

哎，如果老人真死了呢！他一死，一切问题就都迎刃而解了。然而，死亡毕竟是一件神秘而又可怕的事，虽然安内莎很坚强，并且有一种残忍的欲念，但一想到老人随时都会死在自己的怀里时，却又害怕了。于是，她打开了厨房的门，叫醒了甘蒂内。那个卖缰绳和马刺的穷客还没回来；甘蒂内睡得很死，而且还像老人一样打呼噜，这使未婚妻很扫兴。

她不得不喊了他两次。他突然惊醒过来，懵懵懂懂听见了安内莎说的话。随后，他进了卧室，走近病床，可他并不关切老人的病，却捏起未婚妻来，以致使她很烦躁。

"你中了邪啦，甘蒂内，傻瓜！我叫你来是为了这个吗？"

"那你叫我来干什么呢？"他叹着气低声说道，"你没看见祖阿大叔身体比我还好吗？是因为他呼吸有点儿困难？你会看到他很快就会好的。喂，祖阿大叔？"他叫了一声，然后就朝床俯下身去。

"怎么啦？有什么不舒服吗？您想叫大夫来吗？"

老人睁大着眼睛，他挥动着双手，似乎想拨开自己周围的空气似的。但过了一会儿，他平静下来了，他那涨得通红的脸重又变成蜡黄色。

"维尔迪斯老弟……"他低声说道。

"您想叫他来吗？"安内莎关切地问道。

他看了她一眼，但他不回答。

"现在您好点儿了吗？您要大夫吗？"甘蒂内不停地问，他坐在床边，没有要走开的意思。

"大夫……大夫……你们什么时候为我叫过大夫？至少给我点儿水喝吧。"老人咕哝道，"凉水。"

"给您。"

安内莎把杯子凑近他的嘴边，但他刚喝一口，就把它吐在杯子里。

"这是火，哪里是水。井里没有水吗？至少得给我点儿凉水喝呀。"

为了把饮用水弄凉，安内莎常用一条绳子把水罐系好，并把它放入井中，于是她走到了院子里，把水罐提上来，倒了一杯水，当她朝屋子里走时，发现甘蒂内迎上前来。

"你想干什么？"她问道。

他搂住了她，使劲地吻了吻她。她把水弄洒了。

"放开我。"她生气地说道，一面竭力想挣脱，但他吻她，把她搂得更紧。

"你是不是我的未婚妻？"被欲火弄得昏头涨脑的甘蒂内气急败坏地说道，"你干吗老躲着我？为什么你总不想见我？原来你不是这样的，安内莎！好像你不再爱我了。"

"放开我，老人等着呢。"

"让他等着吧，死了才好呢。要是他死了，主人就可以把欠我的钱给我，这样，我们就可以结婚了。不过，你无论如何得跟我在这儿待一会儿。你老躲着我。人们会说你是害怕。"

"是的，我是害怕。"她略带嘲讽地回答说。

"你很正派，这我知道，我喜欢你这样。不过，你可以跟我在一起待的呀。"

"放开我。"她声色俱厉地说道。

"你得回来，安内莎，我等你。"他恳求道，"过两三天我就要动身了。如果今晚我们错过了，我们就见不着了。你来吧，安内莎。"

"放开我。来不来看情况。"

他放开了她。但她并没从屋子里出来，而且急忙锁上了房门并上了插销，对老人的抱怨和咒骂全然不予理睬。

第二天，客人们都动身走了，甘蒂内也得去山上把帕乌鲁的马牵回来。

节日一过，德凯尔基家的生活又回复到平日那种单调和凄凉。两位爷爷常去教堂，而后就与他们的老朋友们坐在镇公所门前的长石凳上聊个没完。晚上，他们则坐在家门口，有时候维尔迪斯神甫也陪着他们聊。

帕乌鲁也有他自己的朋友、他的事情、他的苦恼，即使待在镇上，也只是在中午和晚上回家。

两个女人在家里干活，拉凯莱大婶不断地祈祷。在饭桌上男人们总是议论别人的短长，却很少把自己的事情放在心上。但是他们自己的事也并不顺利。节日后的第三天，既当镇公所门房又当传达员的那个人把首次拍卖房子和牧场的文书拿给德凯尔基家的人看。

再过两个星期，就将彻底破产了。爷爷们和拉凯莱大婶却并不显得十分不安；也许他们在盼着神的保佑，或者是希望帕乌鲁能弄到钱。再说，他还抱着希望。巴洛雷·斯帕努临走前曾对他说过：

"我仍像是家里的儿子一样，这你知道。我不能支配一分钱，但是，如果你来我的家乡，我可以把你介绍给本堂神甫的姐姐，她是个很有钱的老太太，毫无疑问，她可以借给你几千里拉的。八天之后我们也有庆祝活动，你正好可以来。"

他决心再试探着走这一步。要是不成功的话……

"我不知道为什么，"他动身前的那天晚上对安内莎说道，"但我肯定会弄到钱的。不弄到钱我不回家，哪怕我自杀……"

他已不是第一次以自杀吓唬人了，但安内莎却从未像现在这样害怕过。

他走了。甘蒂内也动身去路拉大森林了，在那里他可能将一直待到播种的季节。

气喘病老人想忏悔。维尔迪斯神甫跟他在一起待了很长时间，但当他从房间里出来与两位爷爷一起坐在大门口时，安内莎发现他显现出一种非同寻常的喜悦神情。

"维尔迪斯神甫挺高兴的。"她对拉凯莱大婶说道，"他大概说服了祖阿大叔帮助我们了。"

"但愿是上帝启示了他，"拉凯莱大婶叹了口气，"我会步行到戈那雷的圣母像那儿去朝圣。"

然而，不管安内莎如何留神听，她都听不到神甫告诉两位老人好消息。神甫叫来了罗莎给她讲上帝死去的故事，还同她长时间地讨论这个故事的有关细节，然后，他又与科西姆大叔和唐·西莫内扯起被指控有杀子罪的牧人桑图斯的事，他认定不幸的父亲是清白无辜的。

"桑图斯又走了，因为他知道儿子在奥齐耶里附近的一个羊圈里。"

"要是找到了他，真该把他绞死。"科西姆大叔异常严厉地说道。

维尔迪斯神甫又喘起粗气并做着手势，对此非常反感。

"科西姆·达米亚努！你说什么？你说什么？这是你一个天主教徒说的话吗？你这不成了一头凶猛的野兽了吗？"

这时罗莎讲了她头天夜里做的一场噩梦。

"我梦见一只狼，身子长长的，尾巴短短的。它跟着另一只凶猛的野兽在沙漠里奔跑。突然，出现了一个人，他手里拿着一根竹竿子和一柄长矛……"

"多可怕的梦呀，我的上帝！"科西姆大叔一面做出害怕的样子，一面说道，"我怕！"

罗莎笑起来，而后又一本正经地张开两只小手，说道：

"嗨，你别害怕。这是场梦！"

"后来，那个拿长矛的人怎么样了呢？"

"那人跑啊，跑啊。旁边又有另一片沙漠，再往前跑，又出现一片沙漠……"

"总之，那里除了沙漠还是沙漠！"维尔迪斯神甫高声说道。

"你们听着呀，你们听着呀。"罗莎不耐烦地说道。

三位老人专心致志地听着她讲述稀奇古怪的梦，而安内莎和拉凯莱大婶却在过厅里胡思乱想着，前者凄楚地盼着有个安宁和充满希望的时刻，后者却徒劳地祈求着一位从来不被感动的上帝。

第四章

　　帕乌鲁黎明时分启程了。多年以来他就为了筹集钱款，四处奔波，就像寻找财宝的古代骑士。这个破产的贵族后裔的血管里确实流淌着一些西班牙骑士的血。不过，时代变了，岩石里再也找不到财宝，也不再有慷慨解囊之士了。但是唐·帕乌鲁·德凯尔基历尽艰辛，长途跋涉，总希望最后能抵达一个地方，那里的人们能不像他常遇上的那些高利贷者那么吝啬，那么苛刻。

　　他满怀着希望，而且确信自己最终定能交上好运。

　　"本堂神甫的姐姐是一位心地善良的女人。"他寻思着，"她会借给我钱，而且要的利息很低。这样我就可以还清欠银行的债了，过一段时间以后，祖阿大叔死去后，我们的家业就会逐渐兴旺起来。"

　　他走啊，走啊。他骑的那匹栗色小马驮着犹如从古老的壁毯上剪下来的带红白两色小花的行囊，突然停住了脚步，兴奋地昂起了它那清秀的头。

　　在尘土飞扬的被荒弃的乡村道路的右前方的一堵低矮土墙后边是一条小路，但是小路两边长满的尚未成熟的桑葚树丛几乎完全挡住了去路。

"你做得对。"帕乌鲁亲切地抚摸着聪明的栗色小马的头，大声地说道，"最好从这里过去。小路不好走，但灰尘少，树荫多。"

他让马儿小心翼翼地从荆棘丛穿行过去。

辙印模糊不清的小路曲折蜿蜒在深谷的山腰中。黎明时分玫瑰色和橘黄色的晨曦柔和地照耀着四周的景物；几乎是一种人迹罕至的原始景色；岩石垒成的城垣，奇怪的建筑，天然的石柱，堆积起来的石头，好像是史前时代的历史遗迹，在四周绿色灌木丛映衬之下变得更富有诗情画意。一条由花岗岩形成的激流的河床，在绿茵茵的山谷底部勾画出一条灰白色的带子，沿着河岸光滑的岩石生长着开满花朵的夹竹桃，像是插在巨大的石制花瓶里的花束。叶子光灿灿的月桂树，杨梅树，长着黑色果实的爱神木，芳香扑鼻的刺柏，长满鲜艳的玫瑰色牡丹花的灌木丛，那都是撒丁岛植物区珍稀的林木，覆盖着山谷，环绕着悬崖峭壁一直攀缘到最高的山顶。在地平线尽头的白色和黛色山峦，四周浮动着薄薄的轻纱般的雾霭，在晨曦的光照之下呈现出光灿灿的玫瑰色。山谷沿着丛林密布的群山绵延直下，群山脚下绿树丛中有一座黑白色的村庄，在远处就清晰可见；再走近一些，浅灰色凹地中的另一座村落的废墟历历在目，那儿的居民们——根据民间传说——全都死在一场神秘的瘟疫之中，也有人说他们全被邻近想扩张地盘的村落的居民在一天夜里杀光了。

帕乌鲁领略着晨光的诗意和如画的风景。好长时间以来他没有这样高兴，这样快活过了。他觉得自己好像回到了少年时代，那时他总是像一只小鸟似的高高兴兴、无忧无虑地从家里出来，混沌未开的他，只知道寻觅欢乐。他不时地唱起歌子：

> 啊，鸟儿呀，你们在空中飞翔，
>
> 请带给我一个音信……

他那清新而又轻柔得犹如女人发出来似的声音在寂静的小路上回荡着，马儿摇晃着一只耳朵，像是主人异乎寻常的快乐令它烦恼似的。可是，帕乌鲁一面用马刺策马前进，一面不停地哼唱着。是的，他是快活的：对安内莎的思念、能弄到钱的希望、早晨美丽的景色，都令他心旷神怡。让那种种忧伤的回忆、凄苦的形象，尤其是祖阿大叔和手持破文告的传达员的形象统统见鬼去吧。

他走啊，走啊，上上下下走遍了整个山谷，穿过了一个小山头，来到了一座村落，在一家旅店停下来喂马。当时他打算很快就走，但一个女人认出了他，并跑去告诉当地一位富豪彼特罗·科尔布，说帕乌鲁·德凯尔基来到已故宪兵队长的寡妇扎娜的酒店下榻了。于是唐·佩乌·科尔布马上赶到扎娜寡妇的酒店，他一见到帕乌鲁就责备他为什么不立刻到他家里去。

"怎么，我家闹瘟疫啦？打什么时候起帕乌鲁·德凯尔基来到这儿就上酒店落脚，而不去朋友家住了呢？"

帕乌鲁曾向唐·佩乌借过钱，自然是遭到了拒绝。他向所有的熟人都借过钱，但遭到一次拒绝后就不再第二次开口借了，他弄不到钱自然就对他们心存怨恨。不过，他见到唐·佩乌时却装作挺高兴的样子，对他百般恭维，但就是不想跟他走。

"我急着赶路。"他说道，"我只在这儿歇个脚儿。我要去参加圣·伊西多洛节活动。"

"节日在后天。今天你在我这里待一整天，我佩乌·科尔布说话是算数的。"

"不用发誓。我不待在这儿。"帕乌鲁回绝道。但他最终还是留下了，唐·佩乌是属于撒丁岛贵族中那些既不鄙视干必要的农活，却又游手好闲的人，他们终日盼等一位朋友或客人能来一聚，与之畅饮美酒、高谈阔论。

他像是抓住猎获物似的一把拽住了帕乌鲁，带他在村里四处闲逛，从一家酒店转悠到另一家酒店。两人都喝得不少，帕乌鲁一直显得很有兴致，而且开始胡说八道。说他的生意如何兴隆发达，还说气喘病老人已把存款单据交给他了，由他随便支配。

"你看，"他看着自己身上那件质地细软的英国面料做的然而却裁剪得很蹩脚的衣服说道，"这衣服就是祖阿大叔送我的。也就是说，他送给我三百里拉，让我自己买的这件衣服。"

"你们把祖阿大叔收留下来，算是做对了。"唐·佩乌摸着上衣面料，说道，"不过，话又说回来，你们对他也不错呀，要是换个人家，早就把他杀了。扎娜，大眼睛的美人儿，再拿一瓶那种麝香葡萄酒来。"

扎娜，一位长着一双乌黑的大眼睛的漂亮寡妇，离开了她那堆放着各种食品的酒店柜台，走进店堂的后间，两位贵客正在那儿畅饮消遣。酒店后间的光线从芦苇天花板上的一扇小天窗照射进来，这里也常用来作餐厅。屋里有一张摆好饭菜的桌子，上面有一只篮子，里面装满了撒丁岛上特有的称作"乐谱纸"的薄饼和一整块发了霉的奶酪，从奶酪的一个孔洞里爬出来几条小白虫子，它们显得十分欢快和调皮，涂红的墙壁上也有通常的那种挂历和圣人的画像。一张放大的照片夸张地再现出一位肥胖而温和的宪兵形象，活像是一位化装成宪兵队长的神甫。

"扎娜，大眼睛的美人儿，"当寡妇严肃而又有分寸地斟酒时，唐·佩乌说道，"喂，这位贵人，这位骑士是鳜夫，他在寻求慰藉。我听人说，你也在寻求慰藉。你们不能相互安慰安慰吗？"

"您疯了，唐·佩乌，"寡妇傲慢地回答道，"要不是出于对客人的尊敬，我就对您不客气了。"

"随便他去说吧，别往心里去，小寡妇。"帕乌鲁请求道。

不过，寡妇看了鳜夫一眼，他已经在注视着她。他们两人的眼睛都很美。而美丽的眼睛生来就是用来传情的，尽管他们在亲人们的坟墓上已洒落过很多泪水。

扎娜与她的两位贵客又待了一会儿，然后就又回到柜台，一个男孩子站在那里要买一文钱的灯芯。

不知为什么，帕乌鲁变得忧伤了。在此之前他好像被自己的吹牛夸口弄得晕头涨脑了，似乎他的生意真的不错似的，似乎他口袋里的一百里拉并不是那可笑的头脑简单而又圣洁的维尔迪斯神甫借给他的。但在那红色的酒店阴暗的后间里，就像在梦中一样地重又见到了某些忧郁的形象；传呼员粗野的脸在患气喘病老人那死尸般的身影后面晃动着。

"还是一位小巧漂亮的女人，"唐·佩乌提及寡妇时说道，"据说她还挺有钱。人家是这么说的，我不能肯定……这是我唐·佩乌说的，我什么也不知道，但人们都那么说……你喝，帕乌鲁·德凯尔基。你在想什么呢？"

"我不喝了。人家说什么来着？"

"你得喝，听我唐·佩乌一句话！哦，你急于知道人们是怎么说的呀？这儿不能说，宪兵队长在听着我们呢。唔，唔，再见！"

唐·佩乌朝着照片做了一个告别手势，帕乌鲁把酒喝了。宪兵队长的寡妇端上的麝香葡萄酒又使传呼员的形象消逝了。

"人们说什么呀？人们说什么，佩乌？"

唐·佩乌压低了声音，讲述了扎娜的风流韵事；他不时不怀好意地抬起眼睛，看着照片上已故宪兵队长和善的面孔，那张面孔在半明半暗中似乎是从遥远的世界里探出头来在宽宏大度地聆听着他的寡妇的风流艳史。帕乌鲁也看着她，并笑着，此时的帕乌鲁把八天之后农业银行将毫不客气地要把德凯尔基家的老房子和最后一所牲口圈交付拍卖的事儿抛到脑后了。

第二天黎明，他又启程前往巴洛雷住的村镇。天气突然凉快了，像秋天一样。他不再像头天那么快乐了；酩酊大醉使他口苦喉干。他回味着在寡妇小店后间度过的两个小时就像一场令人兴奋的梦一样：葡萄酒，朋友讲的风流韵事，不时地进来并找借口坐在桌旁待上一会儿的寡妇都令他像风华正茂的青年时期那样狂热和忘乎所以。他不听唐·佩乌的劝阻，竟然摸出一个拿破仑金币，用它付酒钱，因为寡妇没那么多零钱找他，他就又说：

"得了，过三天以后我再回到这儿时你再找给我吧。"

扎娜愿意赊账给他，唐·佩乌愿意借给他零钱，他却显出十分恼火的样子。他朋友认为他是显示自己的慷慨大方以赢得扎娜的好感，他还笑着瞟了一眼墙上的照片。

一路上帕乌鲁回想着身材修长而漂亮的寡妇的长相，她那玫瑰色的脸颊，富有性感的双唇；但他仍然想念着小安内莎，执着而又缠绵的常青藤，他唯独熟悉她的拥抱，深知自己无法割舍她。

"扎娜漂亮，还可能是个诚挚的女性，但不能与她长久相爱。"他想，"安内莎是一个享用不尽的爱的源泉，她的每一次亲吻对我来说像是初次。"

他总是自言自语地说，安内莎爱的秘密全蕴含在他启示给她的悲剧性的情欲之中；这种情欲难以言喻，但他感受得到，并且他任凭这种情欲像常青藤的枝蔓一样缠绕和摆布。与其说是他爱，还不如说是他由着别人爱，而且他不是有意地出于不忠贞去瞩目和渴望得到别的女人，而是他喜欢让别的女人得到他。

他一面想着漂亮的寡妇，却又没忘记安内莎，就这样，他来到了镇里。大片玫瑰色的云彩遮挡着太阳，一片和煦的阳光使布满庄稼茬子的山坡披上了金色，山坡那边是一座犹如玫瑰色大理石的石灰质的山头。成群的黑色的小奶牛在潺潺的小溪中饮水，黄色山坡上穿着红黑两色衣衫的牧人清晰可见。然而，一走近村镇，却是满目凄凉；看到的是尘土飞扬的街道，臭味熏天的垃圾。距离村子几百米远的小教堂耸立在一片堆满山石的荒凉的广场上，堆积在那儿的岩石有圆形的、锥形的、尖锥形的。似乎一个原始的民族曾在那块空地上生活过似的，他们曾想在那里建造房屋，后来却又弃之而去。四周那么寂静和荒凉。

马儿一脚高一脚低地行走在尘埃和垃圾之中。建造在山腰上的石头小房子分布在一些新建筑物的四周；光着脚戴着宽檐帽的妇女，衣衫褴褛的小孩子，半裸身子的小伙子，这些在尘土飞扬的街道上熙攘来往的人，好像都是从某个肮脏和阴暗的地下钻出来似的。看到骑着马的唐·帕乌鲁·德凯尔基向过路人频频招手致意，众人都窃窃私语。

当他在一所比其他房子显得体面的古老房子面前走过时，他挺直身子，让马儿在原地打转跳踏，他看了看装有铁栅栏的小窗子。那座小房子里住着教堂主管的姐姐，一位富有的老太太，正是她要把钱借给这位濒临破产的骑士。但是没有人出现在窗口，于是他朝前面走去了；他的朋友就住在小路尽头建造在山腰上的一座小房子里，房子是在一所露天庭院的深处。

巴洛雷·斯帕努不在家，但由他的母亲和七个未成亲的姐妹组成的一家人热情地接待了他，尤其是最年轻的年过三十的那个妹妹对他颇有好感。

"巴洛雷到乡下去了。"他母亲说道。她是一位矮胖的老太太，蜡黄的脸几乎完全被一条黑色的头巾遮住了。"我们牲口圈附近的一片树林里发生了一场火灾，我的巴洛雷赶去灭火。不过，他傍晚能回来。唐·帕乌鲁，您的家人身体都好吗？拉凯莱大婶呢？啊，我还记得她来这儿跟我们一起过节时的情景。那时她是新娘子，她真美，像一朵石竹花。"

七个未出嫁的姑娘簇拥在帕乌鲁的周围，有的给他端咖啡，有的给他端洗脸水。她们长得出奇的像：都是小矮胖子，蜡黄的大脸盘，鹰钩鼻子上方是连在一起的浓黑的眉毛。

房间里摆着几只雕花粗糙的淡红色和黑色的大木箱，一张挂着华盖的床，一只黑色的旧凳子，光线从门外照进屋内，几只母鸡自由自在地出入房门。

帕乌鲁喝了咖啡，洗了脸，听了老太太的絮叨，她告诉他说，为了争得进入一个牧场的权利，他们与一个邻居争吵了七年。

"七年啊，我的孩子。光律师就刮了我两千三百多个银币。但是，您知道，为了争这口气，为了胜诉，就是要饭我也认了。"

傍晚时他出去了。然而老太太的絮叨，朋友的不在家，七个老姑娘骇人的浓眉下射出的目光，使他心情十分郁闷。他毫无目的地在村子里闲逛，思忖着是不是该去拜访那位他尚未结识的教堂主管人。天空布满阴云，相比之下，帕乌鲁觉得巴鲁内依比起这个小镇来显得可爱多了，这个小镇在阴沉的天空下显得那么恐怖，像是个叫花子窝。

男人们从田野和牧场归来，有的步行，有的骑着黑马驹和白马驹：他们像是古时候的游侠，沉默不语、疲惫不堪地从十分遥远的地方归来似的。

一阵绝望袭向帕乌鲁的心头，像是突然蒙上了一层冰。

"我这是到什么地方碰运气来啦！到一只垃圾桶里来了！"他一面这样想，一面朝门口布满山石的小教堂走去。"这儿怎么能弄到钱呢！"

许多人在朝小教堂走，教堂主事在那里念唱晚祷曲。帕乌鲁停住脚步看那些妇女，她们之中有的漂亮极了，尽管穿戴的是做工粗糙而又稀奇古怪的当地服饰。后来，他走进了教堂，站在一尊腾云驾雾的岩间圣母的古怪圣像旁边。云彩是黑色的木头雕成的，像圆圆的球似的；戴着大宽檐帽并系着围兜的童贞圣母像是一尊史前偶像，面目狰狞而且走了形。帕乌鲁想起了扎娜酒店后间里的那些小圣像，而且脑子里闪过一种念头。但他又立刻厌恶地打消了这种念头。不，他怎么卑躬屈膝都可以，可以在最卑鄙的高利贷者面前忍气吞声，可以任凭他人拍卖自家的房子，可以目睹老祖父、可怜的母亲拉凯莱和不幸的女儿罗莎让人从老屋像牲口一样从牲口圈赶出来，也决不能低三下四地向一个与男人关系暧昧的女人要钱，决不能！

　　"即使死也不能这样做。"他低着头想道。自杀的念头并不使他害怕。"要是我自杀了，祖阿大叔就会挽救我的家庭。他恨我，为了故意与我作对，所以他不愿意帮我们，但要是我死了……"

　　在半明半暗的小教堂中出现了安内莎娇小的身影：他并不太在乎爷爷们的痛苦和母亲的忧伤，他想得更多的是安内莎的绝望，于是他决心把自己极端的想法告诉她。

　　"这样她可以有所准备，而且以后她也不会把真情泄露出去，她不会让人知道我们曾是情人，而且她依然可以嫁给甘蒂内。不行，我不想毁了她，可怜的安内莎，我亲爱的心上人！"

　　泪水顺着他的面颊流淌下来；为了掩饰他的痛苦他跪了下来，把帽子放在地上，一只手托着肘关节，另一只手抚着太阳穴。

小教堂里响起唱诗班的一阵凄厉的合唱声，听了令人战战兢兢。犹如远处一阵阵隆隆的雷声，伴随着凄凉的钟声、悲切的呻吟声以及孩子的啜泣声。跪在祭台旁的男人们哼着一种哀怨而又伤感的赞美诗，声音低沉而又单调，像是一种哀求，而坐在教堂尽头地上的女人们，却以一种忧郁而又洪亮的声音应和着，特别是有一位女子像是领唱人一样，声音像钟声一样清脆嘹亮。

教堂里越来越暗了：祭台上少许的烛光勉强照亮着成群的男人，他们在幽暗的灯光下时隐时现。帕乌鲁永远忘不了他一生中这一最悲惨的时刻。那骇人而又哀怨的歌声使他回想起凄凉而又纯洁的童年时代。已淡漠了的形象像是又突然出现在幽暗的小教堂里，记忆中的人物都一齐来袭击他，围攻他，并冲着他狂喊乱叫。他重又见到在他家当过多年用人的那些人的轮廓身影。他听到他奶妈的声音，她一面给小安内莎梳理头发，一面哼着一首儿歌：

> 梳子呀，梳子，
> 头发，金色的秀发，
> 犹如丝线。

随后，声音沉默了，奶妈消失了，继而出现的是手里拿着手绢的肥胖的维尔迪斯神甫，还有在院子深处缓缓地走过的罗莎。那可怜的已故女人卡利娜，她脸色蜡黄、透亮，像个幽灵似的，坐在阳光下懒洋洋地晒太阳。

小教堂里的气氛令人越来越伤感，虔诚的信徒们继续不停地唱着凄凉的赞美诗：就像是一个游牧民族，唱着悲哀的歌子，穿过布满岩石的山野，告别已失去的家园。

帕乌鲁觉得这传统的怀旧之情正是撒丁岛人的性格。对欢乐的渴求，对生活的追求，对人生的好奇，驱使他从幼年时代起就身不由己地走上了一条不该他走的人生之路。他也曾不断梦见一个遥远的家乡，一个人间乐园，而如今他感到已永远无法到达那里了。

巴洛雷的七个姐妹深为帕乌鲁在九日祈祷期间的神态举动所感动。然而，从牧场回来双手烫伤、疲惫不堪、心情烦躁的巴洛雷发现帕乌鲁十分沮丧。

"他肯定是走投无路了：不相信上帝的他，祈祷是装装样子的，目的是为了使教堂主管的姐姐心软。"他想道。

他怀疑自己当初是不是不该请他来了。

"他怎么还得清债呢？他已经一无所有了。我就在教堂主管和其姐姐面前穷出洋相吧！"

他们单独留在带有华盖的卧室里，那儿已为客人准备好晚餐了，两位朋友面面相觑。

"你想出去吗？"巴洛雷问道。但帕乌鲁见他很疲惫，心绪也不佳，便说道：

"你想去哪儿？去你曾答应过引见我认识的那人家？也许太晚了。哪儿能在这个时候开口向人借钱呢！"

"如果真有急用，为什么不能呢？"巴洛雷说道。然后，他叹了口气道："哎，我真累！大火差点儿把我吞没了，就像一颗蚕豆似的把我烤焦喽。不过，我们最后还是扑灭了大火。火像魔鬼似的逃窜，我们拿着树枝和棍棒追赶着，扑打着，最后像制服一头牲口似的制服了它。幸好火势还未蔓延到树林，不过，烤得我们够呛，你瞧瞧。"

他让帕乌鲁看他烧得发红的胳膊和灼热的双手，胡子和浓密的眉毛也都被烧焦了。他感到了自己与帕乌鲁之间的差别：他是一个粗鲁壮实的劳动者，精力充沛而又节俭吝啬，什么都肯干，居然还可以去扑火；而帕乌鲁却长着一副清秀苍白的面容，黑色的眼圈中闪烁着女人般多愁善感的目光。他望着自己的客人，觉得挺可怜；可是他又能做什么呢？不，他不能帮他什么，因为他有那么多死对头，他提出过那么多诉讼，他得付给律师费用。对于朋友只要多说些好听的话就行了。是的，帕乌鲁爱听什么就说什么。最后，帕乌鲁就会变得心软，并在巴洛雷面前显得谦卑而沮丧，就不会像在唐·佩乌面前那样骄矜和傲慢。

"巴洛雷，我已经对你说过了。我已经破产了。你要是不帮助我，我不知道会干出什么事来。只好一死了之。要是我死了，我家庭的命运也许会有改变。你看到了，我是我们家的丧门星：打我一出生，家境就开始败落。我是每况愈下，每况愈下……"

"哎，不能这么说，"巴洛雷说道，"你年轻，身体健康。别的不说，你可以娶一门好亲。你居然不考虑这事，简直令我吃惊。卡利娜太太是位贤惠的女子，她是个有福分的人，不过，我相信，她在天之灵会很高兴的，要是……"

"别说了！"帕乌鲁恳求道，"但愿她没听见你的话。我此生再也不娶了。”

“然而，这也许是唯一的办法。”

帕乌鲁以为巴洛雷这么坚持许是为了把他的姐妹中的一个介绍给他，他感到一阵战栗。他喜欢女人，即使是丑女人，只要讨人喜欢就行，然而那七位眉目狰狞的老姑娘，使他觉得她们是半边女人半边禽兽的怪物，使其油然产生一种难以排除的厌恶之感。

“巴洛雷，”他一边想着安内莎，一边说道，“我们都是男人，你一定会同情我的。我得跟你说件事。我跟一个女人有私通。我不是个无耻之徒，我是个时运不济的人，但我并非不正派。也许我永远不会娶这个女人，但我决不丢弃她。”

“为什么你不能娶她？她很穷吗？”

“她已许配给人了，”帕乌鲁这样说是不想让人怀疑到安内莎，“我自小就很喜欢她，但命运却把我们拆开了。我娶了妻子，后来，当我成了鳏夫之后，我又见到了那个女人。那时候因为我戴着孝，不得不过着一种伤悲和纯洁的生活。我不能寻欢作乐，我不接近女人。有一天，在乡下我单独与我的情人在一起。我一直很尊重她，而且我也一直希望自己永远不做情欲的俘虏。然而，强烈的欲火战胜了我，使我失去了理智。糟糕的是那女人也迫不及待地全部委身于我。她也始终爱着我，她缠绕着我，紧紧地依偎在我的身上，就像常青藤缠绕在树干上一样。我不能离开她。”

“哎呀，帕乌鲁，帕乌鲁！”巴洛雷叹着气说道，“这正是你的灾祸所在：你始终是一个弱者。”

“你以为我不知道吗？我清楚得很。”帕乌鲁想起自己在教堂里所洒下的幼稚的泪水，激动地接着说下去，"我像是个孩子，我明白自己的软弱和无能是造成我们不幸的根源。除了这些不幸的灾难，令我更为伤心的是我看到了自己总是这么软弱，总是这么幼稚。我走错了路，巴洛雷，而且谁也无法给我指路。当初要是我继续求学，也许我会在某个方面成才，可是，我父亲，我母亲，我的爷爷们，所有的人都犯了个严重的错误，把我送进了一所神学院。我并不是一只鸟可以关在笼子里呀！他们把我关在神学院里，我企图从窗口逃走，于是他们把我撵走了。打那天以后，我就迷失了方向。谁也不说我得工作，于是，我就四处流浪，我就像那些度日如年的乞丐似的。在节日里我也寻觅欢乐。不过，我不是坏人，你知道，我从来未做过什么好事，但也没做过什么坏事。有很多次，我甚至想到至少能做点儿坏事，就像很多人会凭借力量和狡黠做坏事一样。但不行，我居然连坏事也不会做。我始终是个孩子，我再重说一遍：总而言之，我的聪明和才智，我的一切，在正当我要成长发育时却停步不前了，我就像那些尚未成熟就干枯了的果实一样……"

巴洛雷在听着，他无法理解帕乌鲁言谈中所蕴含的那种斯文高雅和悲怆，但有一点他清楚：富贵的朋友在精神和物质的折磨下已一蹶不振了，而且巴洛雷后悔请他来了。

他们还聊个不停，然后就去睡了。

黎明时分，帕乌鲁醒来了，他发现巴洛雷早已出去了，但当他起身时，朋友已经回来了，而且在喝着一小杯烈酒。

"我睡得真香！"巴洛雷说道，"我刚刚醒来。你喝吧。"

他们走了出来，朝教堂走去。节日气氛很凄凉。村民们，几乎所有祭祀过农神圣·伊西多洛节的农民都歉收。巴洛雷甚至开始抱怨起来：

"今冬准得有人饿死；不是一般的贫困。饥荒遍野。唉，世道变了，我的帕乌鲁！如今所有的人多多少少都是凑合着过日子，记得我小时候那会儿，大伙儿都生活得很富裕。当时真有有钱的人！你看，教堂主管和他的姐姐，他们的钱多得用口袋装，真的是用口袋装。"

"所以，"帕乌鲁想起来了，"他们被人偷了。"

"那次抢劫尽人皆知。四十个全副武装的蒙面人……而且有人说，其中有好几个就是你们村里的。哎，帕乌鲁，我这么说，你可别生气呀！他们袭击了教堂主管的家，把可怜的神甫和他的姐姐身上穿的衣服都给剥光了，还把他们捆绑在一起，扔到一张床上，洗劫一空……人们说抢走了一万个银币。"

当帕乌鲁和巴洛雷去教堂主管人的家里时，教堂主管的姐姐，一个戴着宽檐锦缎帽的小老太，提起那年遭抢劫的事，四十年来，她逢人就讲那段经历。她张大着嘴，一对黑色的小眼睛呆滞地凝视着前方，似乎对那恐怖的时刻还心有余悸。

"那伙盗贼中有一人个子高高的，脸黑黑的，穿着一件齐踝骨的长长的皮外套，活像是一只后腿直立起来的大山羊。我的孩子们，每天夜里我都毛骨悚然地梦到那毛茸茸的黑鬼……啊，他们毁了我们，连炉膛的灰都没放过。"

无须多说，言下之意就是：无论是教堂主管，还是他老姐姐都没有钱借给别人。帕乌鲁心灰意冷地绝望地走出那个人家。

"今天一清早巴洛雷想必是去劝老太太别借钱给我。"他想。

痛苦与羞辱唤起了他的自尊，就像对待唐·佩乌一样，他在巴洛雷面前故意装出无忧无虑十分开心的样子。他在村里待了一整天，把仅有的一百里拉都花了，用来答谢他的女主人，他畅饮美酒，谈笑自若。

第二天黎明他启程了。他不知去哪儿，但弄不到钱，他是决不回村里的。

"我宁可躺在一棵树下，让自己活活饿死。"

他走啊，走啊，天空阴沉沉的，布满了乌云，干裂的土地，蒙上一层尘埃的树木，光秃秃的岩石默默地、耐心地企盼着上帝赐给它们雨露。树叶静止不动；在那一片青灰和枯黄的景色中，听不到人的话语和活人的喊叫声。对于帕乌鲁来说，如果整个世界都像这个地方那样荒凉的话，他能去哪儿呢？都完了，真的完了！

他走啊，走啊；驯服的马儿忧心忡忡地小步跑着，为了抄近路，当他遇到牲口棚的断垣残壁的缺口，就毫不犹豫地跨越过去。当马儿穿行在唐·佩乌所住村镇附近的一条近路时，突然听到一个他所熟悉的声音在喊他。马儿停住了脚步。一个留着淡红色长胡子的高个子胖男人领着一个像吉卜赛人似的衣衫褴褛的野孩子，快步迎上前来。

"唐·帕乌鲁，您是不是唐·帕乌鲁？"那个人气喘吁吁地喊道，他显得非常疲惫。

帕乌鲁认出来了，他就是人们指控他犯有杀子之罪的牧人桑图斯，他身边的那孩子就是他儿子。

"怎么，你终于把这个无赖找回来啦？"

桑图斯抓住孩子的肩膀，粗野地推了他一下。

"我两次徒步走遍了整个撒丁岛，我想死也要死得光明磊落。这个坏小子可找着了。现在我要把他带到宪兵队长那儿去，我要对众人说：你们看见了吧，一位父亲能把自己的儿子杀了吗？而别人却可以于不知不觉中把你杀掉！众口铄金，人言可畏呀！现在我清白了，唐·帕乌鲁！"

桑图斯不停地咒骂着，尽管从脸上看出他很疲惫、焦虑而又痛苦，但显示出一种粗豪的喜悦；孩子却闷声不响地凝望着远方，那蔚蓝色的大眼睛闪烁出一个渴望逃跑的囚犯固有的那种目光。

"您这就直接回村里去？"帕乌鲁问道，他对桑图斯和他孩子的事并不很感兴趣。

"这就回去，您有什么事吗？"

"那好，"他一面慢条斯理地说，一面掂量着要说的每一句话，"请您给安内莎捎张便条去，但必须亲手交给她本人，懂吗？另外，请您口头转告她，今晚上甭等我。"

"好的，唐·帕乌鲁。"

于是，帕乌鲁掏出他的小本本，用铅笔写了几句话：

"我从×××地回来，今晚在唐·佩乌·科尔布的家过夜。我此行一无所获。很不走运，没有任何希望。我不知何时回去。请不要忘记我临出来时对你说的那些话。你不必害怕。"

桑图斯不识字。帕乌鲁把折好的纸条递给了他，桑图斯接了过来，放在了腰带上的小兜里，并答应一定亲自交给安内莎。桑图斯把沉默不语的儿子推到前面，继续赶路，一路上，他逢人便说他的经历。他万万没想到腰间的小兜里装的是一颗比他自身的遭遇更凄惨的悲剧的种子。

帕乌鲁还是在宪兵队长的寡妇家门前下了马，尽管唐·佩乌曾劝告过他。他没有任何打算，不过在给安内莎写了那张条并托人捎去之后，他心里感到更加惆怅与不安。不弄到钱决不回去这种念头始终困扰着他。

"我还有五天时间。"他想，"即使我像那个不幸的桑图斯那样流落四方，也决不能空手回去。否则，我面子往哪儿搁。"

不过，我上哪儿去呢？他想起努奥罗镇上的那些高利贷者，其中有个女人几年前曾以百分之三百的利息借给过他一千里拉。

"这种重利盘剥他人的女子与一个名声不太好的寡妇又有什么两样？"他寻思道。

然而，当他在扎娜小店门前下了马，看见那寡妇似乎早就料到他一定会回来似的跑到门口亲切地朝他微微笑着的时候，他顿时产生一种厌恶之感。不，不，他决不会跟她要钱。

"啊呀，"扎娜抓住帕乌鲁那匹马的缰绳，说道，"看来，您是没忘记还得找您钱。"

她推开了大门旁边的小门，把马儿牵进小院子里。帕乌鲁任由她去做；他跟在后面，拔去了马刺，但他似乎没心绪开玩笑。

扎娜却显得很高兴；她不再是举止拘谨、态度严肃地站在柜台后面卖灯芯的那个样子了，也不像是庄重地在店铺后间伺候老主顾的那个寡妇了；帕乌鲁眼前的扎娜是个年轻貌美的女子，三天来她一直思念着唐·佩乌陪来的高贵的朋友那温柔的眼睛和含情脉脉的目光。

"我一个人在家，"她系好了马，说道，"女佣去洗东西了。我没来得及准备什么，请您多多包涵。"

已近中午时分，阴霾的天空下，小村镇连同寡妇家的院子和屋子里总是笼罩在一片凄凉、静谧的氛围之中。

帕乌鲁走进屋里，坐在已摆好饭菜的桌子旁，桌上还放着撒丁岛的薄饼，暗红色的墙壁上镜框里的宪兵队长比平时更和蔼地望着他们。那天天色阴沉、闷热，昏暗的屋子里静静的。

帕乌鲁吃得很少，但喝得很多。他越喝越觉得原本跟阴沉的天色一样昏昏的头脑似乎一下子清醒了，而且许多问题似乎都迎刃而解了。

"一个放高利贷的女人与一个像扎娜那样的寡妇之间有什么差别呢？没有任何差别。没有什么高低贵贱之分。"

扎娜进进出出地忙碌着。她先端上来一听沙丁鱼罐头，然后是两个鸡蛋，后来又端上来一盘炸鱼。

"怎么，你不是说家里什么都没有吗？不过，只要最后你别给我送一张长长的结账单来就是了。"

扎娜微笑地看着他。

"这本是我自己简单的午餐，唐·帕乌鲁。您别讥讽我。"

"什么！"他站起身来说道，"你的午餐？那你呢？你吃什么？"

"甭考虑我，唐·帕乌鲁。"

但此时他已经喝得半醉了，他站了一会儿，因把扎娜的午餐吃了，故意显出不好意思的样子。随后他笑了，说道：

"你想得出吗，今天在我家要设午餐招待六个穷人，而且还得由我母亲亲自伺候他们；家里的桌子得铺上最漂亮的桌布并摆上银餐具，而我却在这儿蹭寡妇的午饭。"

"得由您母亲伺候他们？是一种许愿吗？"

"不，是一种流传下来的风俗，更确切地说是我们那一片牧场遵循的一种规矩。"

他立刻想到，也许那是他圣洁的母亲施舍给穷人的最后一顿午餐了。他脸色阴沉下来，近乎有些发青；他头脑里重又不时地闪现出想向寡妇借钱的念头。

第五章

　　每年拉凯莱大婶都请几位女邻居来帮助安内莎准备招待穷人的午餐。

　　不过，那年安内莎说她不需要任何人帮忙。午餐的开销已经够大的了；她说不少五里拉的银币都"扔给狗和乌鸦"了。

　　帕乌鲁也每年都反对，穷人们来吃午餐那天，他总不回家，免得看见母亲那么辛苦劳累、卑躬屈膝地伺候六个可怜的乞丐而发火。

　　然而，拉凯莱大婶却耐着性子任凭"孩子们"嘟哝抱怨，而且近乎焦虑地期盼着那个对她来说是神圣的日子的到来。她思忖着：

　　"我们的主耶稣给穷人洗脚，我也要让可怜的乞丐坐在我的饭厅里用餐。"

　　多年以来，甚至也许是几个世纪以来一直沿袭下来的，德凯尔基家的一位女子用她的双手伺候"六个谦卑的掩饰着自己贫困的穷人"，以履行其神圣的义务。

　　正因为拉凯莱大婶十分看重这虔敬的礼仪，所以她一直反对拍卖那片严守宗教教规的牧场。

这样，最后留下的就是这片牧场了。不过，目前随时得准备有什么意想不到的事件发生。得耐心。再说帕乌鲁还没有回来，拉凯莱大婶和爷爷们的最后一线希望全寄托在他身上了。

"算了，明年我也许不在人世了。我们还是把今年该做的事情办好吧。"这位善良仁慈的女人对紧张不安的安内莎说道。

每年不约而同悄悄来就餐的总是那六位"可怜的谦谦君子"。尽管他们行动诡秘，但巴鲁内依镇上大部分居民都知道某天某个时辰总会有那么六个人由一位贵妇人伺候着使用银制餐具就餐。每年用毕午餐的晚上，那个疯疯癫癫的传呼人，总到那六个穷汉子的家门前呼叫他们的名字，并跟他们开玩笑羞辱他们，借以取乐。

"基尔库·皮拉，你出来！你说说，今晚你也用银餐具吃东西吗？"

"马泰乌·贝特，你说说，喝汤用银勺还是用木勺更方便？"

"你还在舔手指头吗，米亚莱·卡斯蒂塔？"

招待穷人吃午餐的前一天，拉凯莱大婶的老表姐安娜大婶自告奋勇来帮安内莎。

"这样，我可以从你们请来的贵客之中挑选一位新郎官。"她开玩笑道。

"你尽管来，"寡妇回答道，"不过，你知道，饭桌上得由我一个人伺候。我不愿意你帮我忙。"

"那怎么办呀？我看不见客人了。"

早晨安娜大婶按时来了，她一到就又开起玩笑来了。她说客人中有一位叫马泰乌·科尔布的，人称"狮子的肚皮"，有一回曾向她求婚。

"我不愿意，因为他是个大肚皮，特能吃。可不是，他把什么都吃光了；最后他会连老婆都吃掉的。"

但安内莎不理会安娜大婶。她一边烧饭菜，一边焦虑不安地思念着已经三天没回家的帕乌鲁。他在哪儿呢？为什么不回来？他那极带威胁性的话语重又浮现在她脑海之中：

"这是我最后一次旅行了。不弄到钱，我决不回来！"

当小路上不时地响起马蹄声时，她的心怦怦直跳。但不是栗色马的马蹄声。希望消逝了，心里越来越感到不安。跟平时一样，她穿得很得体，干干净净，头发梳得很整齐。拉凯莱大婶从卧室到厨房，又从厨房到生着火做点心和烤肉的院子，她进进出出，忙得团团转，但她从安内莎身上发现了某些异常和奇怪的神态。

"你一会儿脸色苍白，一会儿又满脸通红，"她用手指轻轻抚摸着安内莎的前额说道，"你怎么啦？病啦？累啦？"

"没什么！是炉火烤的。"安内莎恼怒地说道。

安娜大婶也看了看她，并且不再开玩笑了。安内莎温柔而又忧郁的眼神里，往常的温顺已消失不见了。她的双眼不时地闪烁出一种凶残的目光，直直地发呆，而又漫不经心，像是一个幻觉症人的目光。

"姑娘今天心情不好，我们让她安静些。她发脾气了，因为她今年不愿意准备午餐招待穷人。"拉凯莱大婶对表姐说了心里话。

安娜大婶真的不责怪安内莎。牧场过几天就得拍卖给别人了。还遵循着教规办事未免太愚蠢了。但她什么也没说，继续在熊熊燃烧的炭火上转动着烤肉钎。

气喘病老人的卧室里已摆好了饭桌：浅黄色的桌布上，在布满红色小花的白色盘碟旁边，放着最后六套银餐具。

两位客人，就是那老哥俩基尔库·皮拉和普雷杜·皮拉，已经在气喘病老人的小床前就座了。那是两位出身名门望族的不幸的老人，他们一直想试办个商店，搞个什么企业，但总是办不成。他们穿着体面，一身便服，但是他们那苍白松弛的面庞，干瘦的双手和充满忧伤的双眼，说明他们有过一段长期和痛苦的不幸遭遇。这些谦卑的穷人，的确是一贫如洗；而拉凯莱大婶是为了让祖阿大叔高兴才请他们来的，比祖阿大叔年轻的老人基尔库是他的知心朋友。当他们等着别的客人时，祖阿大叔趁拉凯莱大婶到院子里去的当儿，说他亲戚们的坏话。在那凄凉的屋子里回响着他那低沉而又气喘吁吁的声音，像是一种呻吟。从半开着的窗户射进一缕灰色的光线，渗入一种潮湿的叶子的气味儿。屋里一片凄凉：垂死的老人，淡黄色的桌布，面黄肌瘦饥肠辘辘的老哥俩。

祖阿大叔说所有人的坏话，甚至还说罗莎的坏话。

"科西姆·达米亚努今儿个去乡下了。一向游手好闲的老头儿，现在想干活了。太晚了！现在他已是半截入土的人了。一辈子靠着别人过日子，现在倒想干活了。唐·西莫内遛弯儿去了，他需要走路，这样吃饭好香，高贵的老人。散步，散你的步吧，我亲爱的；来年就轮到你被新的牧场主请去用招待穷人的午餐喽。"

两位老人凄然地一笑。但令祖阿大叔讨厌的那位年长的老人存心跟他作对，说道：

"帕乌鲁今天会弄到钱的，人们说他去努奥罗镇了，在那里……"

"去你的吧，"祖阿大叔打断了他的话，他竭力从枕头上抬起身子，一想到帕乌鲁他就来精神了，"那个浪荡鬼，那个无赖能弄到钱回来才怪呢；谁还会再借钱给他？没有人不笑话他。咳，没人不笑话他，真的，都笑话他……咳……"

他一发火胸口就憋得慌。年长的那位老人站起身来，把枕头放在祖阿大叔背后垫好。

"祖阿，你别这么生气，这样对你身体不好。"

"我是生气，因为你看，大家都相信他出远门旅行是去办他的事的，是去……算了，算了吧，不说了……哼……哼……"

"实际上他是去寻欢作乐，这我们都知道。"基尔库·皮拉说道，他竭力想使朋友平静下来，"这我们都知道。"

"这就对了，我的老兄弟们。他是去过圣·伊西多洛节的，而且他是借了钱走的。咳，他不想过五天之后房子和牧场的第一次拍卖就要进行了；他根本不知道着急，这家子人谁都不着急。嘎，大家还都蛮开心的呢！他们都满不在乎！你们看见唐·西莫内了吧？他去溜达去了，为了吃饭更香。也许他们巴不得我在这五天之内就死去呢，但我的命大，我有七个魂儿，跟猫一样。我不会死的，我的老兄弟们，而且，如果我死了，会有人来的……来看……哼！"

"来看什么呀？祖阿，你别发火，"年老的那个朋友一再说道，"这样对你身体不好。"

然而，另一个兄弟追问道：

"来看什么？"

可是气喘病老人已经后悔自己失言了，他不想再说什么。

"那么多的苍蝇。"他一边抱怨道，一边慢慢地摆动着那只腕上挂着一串念珠的手。"天气真糟糕！每当这么闷热时，我就觉得特别难受。昨晚我真以为自己要憋死了。安内莎那头母驴，也够坏的，丧门星一个，她看着我时，神情像是要……哦，他们来了……"

有人进来了；可以听到罗莎在前厅那凄楚的笑声。瞧，她那大得出奇的脑袋，活泼的眼睛和红蓝相间的小童装。她身后是穿着黑色衣服，拄着拐杖，戴着大檐帽的唐·西莫内。

尊敬的老人看上去比平日要高兴，他扯着女孩子系在头上的头巾一角，同她嬉戏着，在天真地说着什么：

"朝前走啊，小马驹儿。走啊。"

祖阿大叔鄙夷地看了他一眼。

后来，其他客人来了，其中有一位非常年轻，从小就失明了。唐·西莫内破天荒地跟穷人们坐在饭桌旁，而且要罗莎坐在他身边。

"拉凯莱大婶，"他开玩笑地喊道，"我们都就座了。不过，今年您搞错了人数，您邀请了七个人，不是六个；应该说是七个半。"

拉凯莱大婶穿着黑色的民族服饰，神情严肃，脸色苍白，端着满满一大盘通心粉走了进来；她微笑着，但当她看到老叔公坐在就餐的穷人中间时，怔住了；痛苦的泪水润湿了她的双眼。但是老人却双眼充满喜悦地微笑着望着她，而她却想道：

"他好像想跟我说什么。莫非有了好消息？是不是帕乌鲁给他写信了？"

席间，唐·西莫内总开玩笑，但客人们因为他在场都相当拘谨；他善意地捉弄起他们来：

"狮子肚子马泰乌，

胃口大得像鲸鱼，

晚餐吃两顿，

夜里还得加一餐。"

他是冲着马泰乌·科尔布说的，这个贪吃的小老头儿对人夸口说有一次他吞下了一整只小羔羊。

四分之一公升的酒下肚之后客人们兴致来了；有些人想讨主人喜欢，也捉弄起小老头儿来了。

"你年轻时最喜欢唱的是哪首歌来着，马泰乌？"基尔库大叔问道，"你好好想一想！"

然而，这位秃着脑袋，长长的稀发留到后颈窝的小老头儿活像是小圣·彼得似的平静地吃着东西，一声不吭。坐在他身旁的瞎子尼库利努触摸着桌布微笑着。

"你想不起来了？怎么了，马泰乌？聋啦？不过，我倒记得你最喜欢唱的那支歌：

'要是山川是用通心粉做的话，

要是山谷是用干酪粉做的话……'"

罗莎听得入神了,突然哈哈大笑起来,她凑近唐·西莫内想对他耳语什么。

"你说什么?我听不见,罗莎。"

"我们出去,我到厨房里对您说。"

她吃力地从椅子上下来,拉着太爷的上衣。老人站起身来,跟她到了厨房。

"让他们再唱一遍通心粉的歌子,太爷爷。"

"我的小淘气鬼,你让我到这儿来就是为了这个呀?哎哟,我的小淘气鬼!"

她转身就逃,老人一直追她到院子里。安娜大婶在厨房里,安内莎在伺候气喘病老人;拉凯莱大婶到了院子里,俯下身把烤肉钎从炉子上取下来。这时,唐·西莫内马上跟她说道:

"维尔迪斯神甫跟我说了件事,可是得绝对保密。他说服了祖阿买下房子和牧场;这样,一切就都解决了。不过,看在上帝分上,你千万别对任何人说,对安内莎也别说。"

"罗莎,我们走吧,"老人对女孩儿说道,"我让他们再唱唱那支歌。"

当寡妇端着烤肉进去时,大家发现她换了一个人似的。因为高兴,她双眼熠熠生辉,启动着略显红润的双唇,不断地说着充满爱心和温柔的话语。安内莎也发现了她很激动,但她把这理解为圣洁的女人在伺候穷人时所感受到的那种近乎神秘的喜悦;而安内莎却越来越忧郁和气恼。有时候，她把自己的恩人也想得很坏；真是这样，当她看到他们的家业濒临彻底破产的时候，还那么若无其事，那么舒心开怀，心里就十分恼火。而帕乌鲁又不回来。帕乌鲁在哪儿？安内莎的思绪在寻觅着他，追随着他，她似乎看到帕乌鲁在沿着无边无际的荒无人烟的牧场行走，穿过凄凉的小路，在那阴沉的恐怖的天空之下长途跋涉，她觉得那天幕犹如一块大石头压在自己的头上，令她痛苦难忍。

同桌吃饭的人谈论着瞎子尼库利努：

"他说一段时间以来，有些天，他似乎看见远处的一丝微光，他生下来到3岁一直没有瞎，他是在一场大病后瞎的。最近他去努奥罗镇参加耶稣升天节，他认为自己的视力在慢慢地恢复。是不是这样，尼库利努？"

作为回答，瞎子画了一下十字。

"以上帝、耶稣基督和圣灵的名义，"拉凯莱大婶一边画着十字，一边大声说道，"上帝是万能的，神通广大的。愿上帝保佑，谢天谢地。"

她用手拍了拍尼库利努的肩膀，像是告诉他说，在此之前她也是有眼不识真人，现在才开始隐约地看到远处的一线希望之光。哦，是的，她重又开始寄希望于人类的善良，而这种希望正是她高兴的缘由。她真想走到气喘病老人的床前，对他说：

"德凯尔基大叔，我感激你，不是因为你为我们保住了房子和最后一块土地，而是因为大家都以为你很坏的时候，你却显示了你的仁爱善良。"

可是唐·西莫内望着她，而她也明白得保守秘密。

她保守了秘密。不过，下午她对气喘病老人表现出无微不至的关心；老人猜出了其中的理由，就更加恼怒；而老人的恼怒又更加激起安内莎的反感。

天变得越来越阴沉和忧郁；远处深黛色的群山那边传来隆隆的雷声。到处都笼罩着某种令人焦虑不安的和悲凉的气氛。

午餐过后，穷人们都走了，一切又恢复到原先那种沉闷寂静的状态。唯有祖阿大叔在不时地呻吟着，当安内莎从房间穿过时，那呻吟就常常变成了一种咆哮。

她默默地干着活：收拾好桌子和餐具，打扫干净厨房和院子；然后头上顶着两耳细颈罐去泉水边，她在柱式护栏跟前待了好长时间，凝望着远处的山谷。在布满乌云的黑沉沉的天空之下，山谷似乎要沉落下去，峭壁上的岩石似乎要翻倒倾覆了似的；山上的树林跟低处的云彩混为一体难以分辨。

帕乌鲁没回来。安内莎头疼得十分厉害；她头昏脑涨，觉得头上顶的不是水罐，像是一块大石头，晃晃悠悠的，似乎要掉下来。她脑子里不断地回荡着隆隆的雷鸣声。她正要起步走时，看见牧人桑图斯和另外三个男人，还有一个男孩子沿着乡间小路朝她走来。莫非迎面走来的那个前面有两个老人带着，后面有父亲和另一个同乡人跟着的孩子真是桑图斯失踪了的儿子，还是她发烧产生的幻觉呢？好奇心使她暂时忘却了自己的痛苦，她把水罐从头上取了下来，把它放在柱式护栏上，等着他们过来。那群人越来越近；桑图斯那洪亮欢快的声音在一片寂静的荒凉的小路上听得越来越清晰。

"这个该死的，我立刻带他去见宪兵队长，如果他还想逃跑，就让他跑吧，让他见鬼去吧。"

孩子一声不吭。安内莎望着他们；当桑图斯高声喊叫时，她一点也不感到惊讶。

"安内莎，喂，安内莎！逃跑的小鸟给抓回来了。你看见了吧？你仔细瞧瞧他，你不会说不出他是谁吧？"

"这段时间你究竟去哪儿啦？"当人群来到跟前时，她问道。

小男孩只是用他那天蓝色的眼睛恶狠狠地瞪了她一眼，没回答。

"我们碰见了唐·帕乌鲁，"牧人告诉她说，"今晚他不回村了，你们别等他了。"

安内莎重又把水罐顶在头上，她全身都在颤抖着，为了掩饰她的局促不安，她让众人先走过去。不过，她似乎觉得桑图斯回转过头来，并停住脚步等着她。

"他大约有什么话要跟我说。"她一面想道，一面追上了他。

其他人在他们前面几步远的地方朝前走着。

"你在什么地方见到唐·帕乌鲁的？"她低声地问道。

"在去马古达斯的岔道上。他要去马古达斯。他还有一张条子要我交给你，许是给唐·西莫内的……"牧人加上了一句。桑图斯是个好人，但并不是没有歹意。他敏捷地从腰间的包里取出那张纸条塞到她手里。

安内莎把纸条紧紧地捏在手里，她的心不再那么火烧火燎的了。牧人还在说什么，但她都没听进去。她只听见远处隆隆的雷鸣声，她觉得手里捏着的仿佛不是一张纸条，而是一颗在跳动的心，一颗在呐喊和痛苦煎熬中的心灵。究竟发生什么事儿啦？以往帕乌鲁从未给她写过信，为什么现在给她写信呢？是好消息还是坏消息呢？她只犹豫了片刻，断定准是个悲伤的消息。她生怕是个坏消息，不愿意过早地得知它。

一个骑在一匹白马驹上的小个子女人追上了人群，她一眼认出了桑图斯的儿子，高兴地惊叫起来：

"他给抓到了，是的；是他！啊，我多么高兴呀！我说不会吧，本来嘛，巴鲁内依的村民怎么会把自己的儿子杀了呢。不把这孩子抓回来的话，我们全村都将蒙受耻辱；否则，就连流浪汉们哼的歌子里也会点到我们巴鲁内依的名字的，那可就丢尽面子喽！"

"胡说什么，安娜·皮卡，"桑图斯喝道，"你的嘴跟刀子一样。"

当别人停住脚步时，安内莎也停住不走了，但她只感觉到隆隆的雷声和手里攥着的这张要命的纸条。对她来说，除了这张纸条，其他一切都似乎不存在似的。

其他人又朝前走了；他们从村里穿过。她跟了上去，也走在慢慢地聚集在牧人周围的人群之中，她听着他们说话，微微笑了。突然一道闪电，一阵轰隆的雷鸣，豆大的雨点打得人群四处逃散，她几乎是孤零零地站立在通向她恩主家的小路上，后来她也跑了起来。

拉凯莱大婶带着罗莎去做九日祈祷了；空寂的房子里只听到气喘病老人的呻吟，那天他比往常更加忧郁，心绪更为不宁。闪电不时地照亮黑洞洞的卧室和寂静的门厅。

手里紧捏着纸条的安内莎把水罐放了下来；然后，她走进院子里，吃力地读了那令人伤心的纸条："记住我动身之前对你说过的话……"一道可怕的闪电，一声巨大的雷鸣，使天空充满了恐怖，她以为霹雳落到她头上了，她跟老人一样呻吟着。

"他没弄到钱。他会自杀的。这一次，这一次是真的。再过两三天，当失去一切希望时，他会去死的。事情居然到了这般地步了。"

又一声巨大的轰鸣，一道蓝色的闪光，接着又是一声雷鸣，院子里一片明亮，充满了恐怖的气氛，大雨滂沱如注。她躲进了厨房，把前额靠在关着的门上，她想如果帕乌鲁这时候在外旅行，一定全身湿透了。这种思绪久久地令她坐立不安，比那张纸条带来的恐惧更令她心烦意乱：一阵紧张的颤抖使她难以平静下来；她觉得那倾盆大雨就好像是顺着她的双肩流下来，腰背、全身一直到脚跟都淋湿了似的。

但她不能喊叫，不能哭泣：她的喉部像是被一个绳结使劲地勒住了似的。外面的雷雨越来越猛，雨水泼打着大门，隆隆的雷声像发了狂似的。而她依然把脑袋顶在门上，想念着在雷电交加的夜晚、在狂风暴雨吹打下痛苦茫然的帕乌鲁，而且，她似乎觉得，大自然如今也跟命运和世人沆瀣一气，残酷无情地与不幸的人作对。无论是在家里，还是在房子四周，里里外外，无论是在空阔的田野，还是在无限的空间，似乎有一股作对的势力在折磨着一个孤独的人，一个软弱而又不幸的人，并以此为乐。没有人帮他，没有人维护他，甚至连他的母亲也不为他感到痛苦，还面带笑容，按惯例招待穷人在她的餐室用餐，而她自己的儿子，比最穷的叫花子还要穷而可怜的儿子，却为筹集钱款和寻求帮助从一个村子流落到另一个村子。

"没有人,没有人。"安内莎叹息着,把脑袋靠在门上左右蹭动,犹如长了寄生虫的母绵羊在橡树干上蹭身子解痒似的。"没有人,没有人!唯有我这个女佣想你,帕乌鲁·德凯尔基,不幸的孩子。可是,一个女佣怎么能抗拒创造了世上众生的主呢?怎么能抗拒命运呢?"

"安内莎,你这个女魔鬼!"祖阿大叔叫喊道,他白白地喊了足有一刻钟了,"该死的安内莎,你点个亮呀。"

她走进了老人的卧室,但她没点灯。一道晚霞懒洋洋地从窗口照射进来,在祖阿大叔的床脚下形成了一个浅黄色的光环。然而,电闪不时照亮卧室,一次次地老人似乎从阴影中跳了出来,而后又坠落在神秘的黑暗之中。

安内莎两眼茫然地望了他一眼,似乎老人已经死了,但却还大声喊叫着、咒骂着。从那一时刻起,她萌生了一个顽念:走近老人躺的床,卡住他的喉咙,让他从此不再出声,把他扔到黑暗的深渊里去,他愿意喊就再出来喊吧。

她站立在厨房门口捏紧十指伸开双臂,紧闭的嘴里发出一声呻吟。当时老人以为她是害怕雷阵雨,就降低了喊声。

"安内莎,"他恳求道,"你倒是点个亮啊!看,你自己也害怕了吧。你看,他们是怎么让我独自一人在家的。谁知道他们都去哪儿啦!罗莎也出去了,他们全会被淋湿的。"

她走进了厨房,点上了灯。她想起来帕乌鲁是带着外套走的,一想到他能有东西挡雨,心里就感到几丝安慰。于是她轻松地舒了口气,就像孩子们在听到童话故事里被暴风雨逼得无处躲避的英雄终于躲进树林的小房子里时所感到的那样轻松。她掌着灯走进了老人的卧室。

雷阵雨一直持续到深夜；后来，天空突然晴朗了；最后的几片乌云像是被最后的一阵雷声赶跑了似的，四散奔逃，躲到山后面去了。树林上空高悬着一轮皓月，在突然出现的寂静里和湿润的夜空中显得那么忧郁和苍凉。

拉凯莱大婶、罗莎和老爷爷们都留在教堂里直到雷雨停止，他们才回来，吃过晚饭马上就去睡了。

安内莎独自留在厨房里，因为院子里搭起来的棚子进水了，所以她在厨房里生起了火。她觉得像是在冬天似的。火光照亮了棕褐色的墙壁，火苗的影子在潮湿的地面上抖动着，地上全是唐·西莫内和科西姆大叔沾满泥泞的鞋子留下的大泥脚印。她全身冷得直打寒战，神经质地打着哈欠。

整理好厨房后，她走进卧室，点燃了门后角落里地上放着的夜间用的床头灯。这时，祖阿大叔的形象重又出现在她眼前，他睡着了，但比往常呼吸更急促，情绪更不安，他似乎像是陷入了半明半暗的深渊之中。安内莎踮着脚多次挨近床边，她在长沙发上铺好了毯子，但没躺下，她觉得还有什么事要做。什么事呢？什么事呢？她不知道，她想不起来。

她重又坐在炉火旁，朝着火光蜷缩着身子，又读了一遍帕乌鲁写的纸条，然后就把它烧掉。她久久地一动不动地呆坐在那儿，肘关节支撑在膝盖上，双手捂着脸，两眼直瞪瞪地望着炭火，炭火中那张发黑的变皱的纸条像一片干树叶似的慢慢地化成了灰烬。

她内心深处的某些东西也这样消耗着。她已经失去了良知和理智。一条轻纱飘落在她身旁，把她同现实隔开，使她的周围充满了阴森和恐怖。她已记不得自己这样麻木地蜷缩待了多久了。她幻想着，为使自己苏醒过来她搏斗着，但是噩梦却占据了上风。曾有一刻她站了起来，走近卧室门口：老人睡在那儿；在桌子四周仍坐着那六个穷人，他们没在吃东西，也没说话，而是用忧伤的目光盯着她看。尤其是瞎子尼库利努，用那眼皮青肿的泛白的大眼睛直盯着安内莎看。

她回到自己的位置上，并闭上了眼睛。但她总是看见瞎子那乳白色的眼睛和青灰色的肿眼皮。瞎子说他记得看到过光亮和色彩，犹如遥远的童年时代的一个梦境一样，但比他更不幸的是安内莎对她出生后的童年时代一点儿都不记得了。无人道明她神秘的不明不白的身世，也无人能勾画出她过去的模样。

"我没有父亲，没有母亲，也没有亲戚。"她在谵妄之中想道，"我的恩人都曾是我的敌人。没有人将为我哭泣。我只有他，就像他只有我一样。我们是两个相依为命的盲人，但他比我坚强，而且，如果我倒下了，他是不会倒下的。"

她真的觉得她和帕乌鲁都成了瞎子了，她的双眼泛白，眼皮跟瞎子尼库利努一样虚肿；在她眼前只看见一堵红色的燃烧着的墙头，火焰把她全身都烧着了。她耳朵里回荡着神秘的响声；她以为听到的还是雨水顺着大门倾泻而下的声响，是夜幕中发出惊人巨响的雷鸣。似乎暴风雨围封了住宅，像是一群拦路抢劫的人突然发起袭击，而且要摧毁它似的。

后来，从老人的房间里闪出来一个人影，擦着墙壁走来，坐到炉灶旁边。她无法转过脸去，但她感觉到了身边的幽灵。开始时，她以为是瞎子，后来突然感到有一只粗硬温热的手在轻轻地抚摸她的手，她觉得像是甘蒂内的手。那只手一直抚摸到她的脸颊上，亲切地抚弄着；托住她的下颏，卡住了她的喉部……在她面前顿时出现一个脸色发黄的人，两眼炯炯有神，留着灰色的长胡子，在湿漉漉的长胡子中间是一张黑色的扭曲着的嘴。那是祖阿大叔。他在卡她的脖子。

这时，安内莎惊醒过来了，她惊恐万状，久久地待在那儿一动也不动，一种莫名的惧怕心理攫住了她。最后，她终于站了起来，还去门背后窥视。六个穷人的形象消失了，老人依然睡在那儿，双肩和脑袋靠在枕头上，双手伸放在床单上。他的气喘平息下来了，他就那样一动不动地平静地待在那儿，跟死了一样。在那阴森森的房间里，唯一有生气的就是那小油灯的火光，它像是自己躲在门背后似的。

安内莎走进房间，挨近了床，望了一眼老人。只需一会儿的事，只需一点儿力量和一点点勇气，一切就会了结了。

然而，她缺少力量和勇气。她感到浑身冰凉，一阵痉挛颤抖，以至手指头都抽搐起来。不，她不能，她下不了手。

她重又回到了厨房，打开了门，走到院子里。她惊讶地发现暴风雨已经停了。像水晶一样清澈的月亮高悬在蔚蓝的天空；银色的月光洒落在窗玻璃上、院子的石板地上和棚子的瓦棱上。在死一般的寂静中，不再听到蟋蟀的鸣叫，以及每天夜里菜园深处树林里的黄莺的歌唱。

狂风骤雨也终止了蟋蟀的鸣叫和鸟儿的歌唱。在月光下被雨淋湿了的黑洞洞的村子里的居民们，就像传说中的那个被摧毁了的村落里的人一样，都神秘地消失不见了。然而，这种寂静，这一切事物的死亡，不仅没有使安内莎平静下来，反而更刺激了她。谁也无法窥视她的心理，谁也无法看到她做什么。外部世界的告诫和威胁对她而言已不存在，因为她的内心世界重又一片黑暗。那种顽念又占据了她，使她陷入一种半昏迷的紧张状态；这不，她仍然与支配她行动的盲目的感情冲动搏斗着。她回到厨房，又出来走到院子里，她进进出出跟织布机上的梭子一样，在编织着一幕可怕的阴谋。

传统的观念本能地压制着她的顽念，最后似乎拯救了她。她关上了门，熄灭了蜡烛，坐在了长沙发边沿上，弯下腰去脱鞋子。但是此时老人叹了口气，并且烦躁不安起来，她弓着腰倾听了片刻，然后，就慢慢地站起身来。她最好不脱衣服，因为老人好几个晚上都犯气喘了，随时随地都可能发作。因为她得随时起来照应他，所以最好和衣而卧。

她躺下睡了，把床单蒙在脸上。从头到脚打了个寒战，恐怖的现实重又攫住了她的心。

她是和衣躺下的，不是为了随时起来帮助老人，而是为了在老人气喘病发作时，去帮助死神：稍用点力气，一只手捂住病人的嘴，把镇静剂撒翻在小桌子上，一切就将了结了。

她的心紧张地跳动着；她仍在挣脱这狠毒的意念，然而却又在期盼着。她觉得她像是埋伏在丛林中的刺客在伺机下手似的。

老人头天夜里气喘发作时的形象重又出现在她眼前：老人像是已经奄奄一息，眼睛睁得大大的，而且张着嘴巴贪婪地吸着气。

"也许只要我不扶他坐起来他就会断气；只要我不给他镇静剂他就得完蛋。他今晚必须得死；否则，另外一个人就得死。得让帕乌鲁明天就获悉老人去世的消息。是时候了。是时候了。"

她的愿望是如此强烈，以至于她觉得不可能不实现。因为老人该死，该立刻就死。再过二十天就太迟了，再过十天也不行，即使再过两天也嫌太晚了，因为得尽快地让帕乌鲁知道老人死去的消息。不是这个死，就是另一个死。

她觉得这不幸家庭的命运似乎就掌握在她手里。她在谵妄状态之中甚至自言自语地说，如果她无法阻止帕乌鲁的死，无法避免她的恩人们的最后的毁灭，她就将会犯下比她的预谋更为严重的罪恶。不是这个死，就是另一个死；不是这个死，就是另一些人死。

小路上不时地传来疲惫不堪的马蹄声；随后，就是更为深沉的寂寥。

时光在流逝。疲惫、高烧、失眠症重又使安内莎陷入了昏迷；似乎六个穷人重又在饭桌旁就座，瞎子泛白的眼珠死死地盯着气喘病老人躺着的小床，罗莎的大脑袋又在纤细的脖子上摇晃，似乎要从脖子上掉下来似的；拉凯莱大婶手里端着一个托盘迎面走来，她笑着，昏迷中的安内莎那么多年从未见过她这么笑过；而老太太这种突然的不同寻常的狂笑却激怒着安内莎。在昏迷梦幻之中，她注视着老人，并想道：

"即使老人气喘发作，有这么些人在场，我又能做什么？众目睽睽，连瞎子尼库利努也看得见的。莫非他们都不走了？"

他们都不走，因为雷阵雨还下得正冲呢；雷声震撼着整个房子，从屋顶上渗漏下一股雨水，刚好落在安内莎的肩上，她神经质地一激灵；她一直期盼着，而在狂热的梦幻中，她的期盼变得那么神秘，充满着恐惧和不安。她期盼谁呢？期盼什么呢？她心里明镜似的：她知道死神该来了，而她得像女仆帮助女主人一样地照料死神；不过，除了这之外，她还期待着更为恐怖的幽灵的来临，她猜想着即将发生的更为可怕的事情。一种比她所经受过的一切痛苦更为难忍的痛苦，一种她将要蒙受凌辱的处境，一种对恩人家的强烈的同情，一种担忧帕乌鲁会惨死的恐惧心理，撕破了她长期伪装的假面，使她的灵魂坠入了罪恶的深渊。那是一种莫名的痛苦，那是下沉在松软而又苦涩的海底深谷行将淹死的人，在回想起人生一切痛苦时所感受到的那种悲凉凄楚，但人生在世时的痛苦比起死的痛苦要显得美好和轻松得多了。

小路上又传来了马蹄声。

她从昏睡中惊醒过来，掀开盖在脸上的被子谛听着。上帝呀，上帝呀，这怎么可能呢？马蹄声越来越响，步伐听起来那么稳健，像是帕乌鲁骑的马走近了。

她拖着被子从长沙发上站起来，跌跌撞撞地像疯子似的朝门口冲去；但马儿走过去了。老人猛然惊醒过来了，看到扔在房间中央地上的被子，看到穿好衣服的安内莎，吓得一惊。

"安内莎？"他低声地叫道。然后又大声地喊道："安内莎？安娜，出什么事啦？"

那喊叫声使她回到了现实。她立刻想起了每一件事，她感到得对老人表示歉意。

"我以为是帕乌鲁回来了，"她嗓音嘶哑着、昏昏沉沉地说道，"我等着他回来，所以没脱衣服。您需要什么吗？"

她朝小床走过去，企求、忧虑和恐惧向她袭来；但在昏暗中，她似乎觉得老人很警觉，像是猜到了她的心思。

"给我一点儿水。"

她从一把椅子上拿起杯子递给他。她的手在颤抖着。

"刚才我在做梦。似乎他们要把我的勋章夺走，噢，在这里呢。"祖阿大叔一面颤颤巍巍、气喘吁吁地说道，一面在寻找什么，后来从怀里掏出了勋章。

"真是的！连这么个脏玩意儿他们也要拿走，"安内莎愤愤地回答道，"真是的，如今，拦路抢劫犯连您的勋章也要夺走哩！"

老人抬起了头。

"嗳，姑娘，说话可得留神哪！他们要是不拿我的勋章，不就会拿走你主人的破烂了吗！"

"我没有主人！睡您的觉吧，睡吧，您行行好吧。连夜里都不让人安宁。"

"你们没有主人？噢，这倒是真的，明天你们就全都变成仆人了，"老人又说道，而且越说越恼怒，"是的，变成仆人，变成仆人！就连你那漂亮的'浪荡鬼'，要是他想活下去，也得肩扛锄头铁锨了。"

他一发起火儿来，就咒骂她"主人们"落魄、寒酸已不是第一次。两人深知如何能更有力地伤害对方，怎么能伤害就怎么来。

她气得直哆嗦，下意识地离开了床，她捡起了被子，坐在了沙发上，直打哈欠。老人仍不停地嘟哝着：

"啊，我连夜里也不让你安静？你有什么毛病了吧，竟敢这么责备我？哪里是我烦你啦？你这条毒蛇！明明是你吵醒了我，你还是脱了衣服去睡吧。你的那个'浪荡鬼'不会回来了，你死了心吧，他不会回来了。要知道，你这是白等他，我的美人儿。此时此刻他是不会想你的。"

她不打哈欠了，也不再颤抖了。

"什么？什么？您说什么？"

"没什么。我是说，他们可以拿走我的勋章，但不能拿走我的眼睛和耳朵。"

"您再说！"她恫吓道。

"说完了。你去睡吧，告诉你，'浪荡鬼'不回来，你别冲着我出气。我跟你说了，今晚他不会想你的。"

太过分了。安内莎的视线模糊了；她下意识地站了起来，拖着被子，又把它扔在了房间中央；她朝老人冲过去，扑在他身上，双手掐着他的脖子。老人大张着嘴嘶哑地喘着粗气；四周一片漆黑，耳畔轰鸣作响，但老人用力把掐住他脖子的双手掰开，大声喊叫起来：

"救命！救命！"

她并不想下毒手，只是大声地冲他喊道：

"您再不闭嘴，我就真的掐死您。您再喊，再喊一声试试！"

他害怕了，不敢再喊了，但他出于自卫，本能地用双手护着自己的脖子，他脑袋耷拉着，瑟缩着肩膀，全身颤抖着，像孩子似的惊恐万状。他的胡子轻轻地碰触着被子，那老朽衰竭的躯体在被子底下一个劲儿地抖动着。

可怜的女人眼前一片漆黑；现在她只知道老人怕她，她也怕老人。

"明天，他会揭露我的，"她一面想，一面死盯着老人，两眼闪出兽性的目光。"我完蛋了。他会揭发我的，会叫人把我撵走的，那样一来，一切就都完了。我是不是完蛋并不重要，"后来，她绝望地想道，"但是，别人不能，别人不能完蛋！"

她的额角像是有一把锤子在不停地敲击，就像在敲击一扇就要击穿的门。

"有他就没别人。有他就没别人的活路。"

但她下不了这毒手，她做不到，她不能。她力图使老人平静下来，俯身用断断续续的话语对他说着；但她的声音嘶哑，富有恫吓性，那声音像是来自魔鬼、野兽和怪物盘踞的黑洞洞的、遥远的世界。

已处在生命尽头，省悟到永恒奥秘所在而反省着自己的老人，深知那不是一种人说出来的声音。也许他连听都没有听见，只感到恐惧。不管安内莎怎么说，他都一动也不动，始终用双手护着脖子，脸贴在床单上。

她疲惫了。她站了起来，再次从地上把被子捡起来。这时，房间里又传来一声喊叫：

"救命！救命！"

她失去了最后一丝理智，猛地扑在了他的身上，并把被子蒙在他头上，用全身力气死劲儿地压住他。

一声沉闷的呻吟，被子底下的肢体一阵绝望的挣扎之后，呻吟声慢慢地微弱了，似乎是从遥远的黑暗处传来，从幽谷深底传来；在安内莎痉挛的胸腔之下，抽搐的双臂之间，她只感到老人的身躯颤动了几下，那是一种轻微的抖动，然后就什么也感觉不到了。

过去了多长时间了？她似乎觉得过去了两三分钟，她对被害者如此软弱的反抗感到惊异。她生怕老人在装死，就用手扳住他的脸，往枕头上猛撞他的头。

又过去了几分钟。她逐渐恢复了一点知觉，她开始意识到自己所干的事，怕被人撞见。也许有人听见了死者的喊叫声，科西姆大叔、唐·西莫内或者拉凯莱大婶随时都可能出现在房间门口，问她发生了什么事。

她静听着，那张惊惧的脸不时地朝门口张望。然而房间里是死一般的寂静，在阴暗的屋子里，一切东西都原封不动地在那儿放着，唯有角落里的一盏小油灯仍然点燃着，在那里平静地窥视着，像是个没被人看见的目击者一样。她突然感到一种神秘的恐怖；感到四周的东西都蒙上了阴影，似乎它们都害怕她，但实际上是她害怕四周的事物。如果此时此刻有家具嘎吱作响，她就会叫喊着逃跑的。

最后她欠了欠身子，她在死者面前站了好一会儿，她不敢掀开床被，随后，她听到一个像是从上面房间里发出来的响声，于是她跑去锁上了房门。但她很快又打开了房门，走到过厅里。

怎么办？她突然想到得喊叫，得求救，说老人要死了。她登上了楼梯的平台，走到拉凯莱大婶的房门前，但当她要敲门时，想起来自己的被子还在死人的身上呢，而且她脑子里又起了疑心，怕老人没有死。

她又下了楼，但她又不能马上掀开被子，她怕看死者的脸。但她得做点什么；叫人来，假装着急，说老人气喘病发作死了。

"我的上帝，我的上帝。"她用双手两次抓挠头发喃喃自语道。

她走过去坐在长沙发上。她的心不再激烈地跳动。但她觉得很累，以至觉得自己再也站不起来，走不了路了；她很想躺下睡觉，因为一切都已经结束了，或者说，事到如今她只有睡觉，睡得沉沉的。

"我可以说他是在我睡觉的时候死去的。我干吗要喊醒他们？有时间……还来得及……"

她垂下头，闭上了眼睛：可她立刻又见到了老人的那张脸在她四周令人眼花缭乱地晃动，但是在夜的宁静中，立刻又传来了一阵回荡在湿漉漉的石子路面上的脚步声。她重又感到一种恐怖，因为她辨认出是帕乌鲁的脚步声。

那脚步声越来越近。她腾地站立起来，拿出来蜡烛，俯身到油灯那儿想点着它，并伫立在那儿谛听着，心里越来越害怕。不可能是帕乌鲁，无论如何他得骑马回来才是。然而那懒洋洋的脚步声确实像是他的。

蜡烛的火焰越冒越高了，火焰在灯芯上摇曳不定，像是在向灯芯传递着一个秘密，然后就变小了，变得更加平静和胆怯了。而那新的淡黄色、凄凉的光亮洒向并寻觅着凄切的房间的每一个角落，照亮了隆起在床上的那一动不动的一堆。安内莎的头脑似乎也清晰了：她明白了她所干的事，而且她害怕起自己来了。

"我杀了个人，我，安内莎，我杀人了。我的上帝呀，我干了什么了？"

随着越来越近的脚步声，她感到越来越害怕。怕老人没死，会动起来，会像从一个土堆里钻出来一样从土黄色的被子底下钻出来；她害怕越来越近的脚步声，她不敢动，又怕待在那里不动，挨着烛光的火焰，因为那烛光就像活人的眼睛那样看着她。

脚步声停住了。有人敲门。她一点儿都未迟疑。敲门的是帕乌鲁。

第六章

　　她走出房门到了过厅，但没马上开门。

　　"安内莎，开门，是我。"帕乌鲁又敲着门说道。

　　她关上门，但后来担心帕乌鲁要穿过卧室到厨房去，就回到屋里，走近床边，掀开了被子。

　　老人脑袋耷拉在枕头上，紧攥着拳头，大睁着眼睛，张着嘴。他的脸红红的，呈绛紫色，像是咧着嘴在狂笑。她永远难忘那种颜色的脸，那露出四颗烂牙大张着的嘴，那反照出她手里端着的蜡烛的光焰的眼睛，那眼睛似乎还活生生地带着讥讽和嘲笑。

　　帕乌鲁又敲门。

　　她把被子铺在床上，一直盖到老人的脖子，然后走出房门，并把灯放在楼梯上以后，才去开了门。

　　"安内莎，你在干什么？"帕乌鲁问道。

　　"我穿衣服。怎么，是你，帕乌鲁？马儿呢？"

　　他走进了房间，身上的长外套全淋湿了，手里提着一个小兜儿。他脸色苍白，但微笑着，而且，目光炯炯。可是，安内莎在梦见过奄奄一息的帕乌鲁之后，见他竟如此异乎寻常地平静时，感到异常不安。

他开玩笑地说道：

"马我卖掉了。"随后他又一本正经地补充道："刚才你没听见我经过这儿吗？我想雷阵雨可能把棚子淹没了，所以把马牵到卡斯蒂古大叔那儿，让他明天去放牧。"

他这样做已不是第一次了，但她却感到惊讶，像是碰到一件意外的事似的。帕乌鲁脱下了外套，她赶忙从他手里接过来，并且想起雷阵雨时她的担惊受怕。

"我的心告诉我，你在旅途之中。"她低声说道，因为她似乎觉得老人还能听得见。"不过，我们没想到你回来。我收到了条子。多可怕呀！我发烧了。"

"我看你全身在发抖，"帕乌鲁低声说道，"可你知道，我弄到钱了。你等我一会儿。我先上去，马上就下来。"

她朝他猛地冲了过去，睁大了眼睛端详了他一番。他拥抱了她，紧紧地搂住她，吻了她的双唇。

"是的，我弄到钱了，我弄到钱了。你等我一下。"

他放开了她，拿着灯，到楼上的房间去。她没感觉到他的拥抱、他的亲吻，她只意识到两件十分可怕的事情：他已弄到钱了，在她还未犯下罪孽之前他曾经过这儿，但却没敲门。她坐在黑洞洞的楼梯的台阶上，膝盖上放着重重的、湿淋淋的外套，她感到有一个沉重的负担压在她身上。他曾经过这儿，却没有告知她；他得救了，而她却完蛋了。

但是，绝望的本身却给予了她一股力量。她摆脱了痛苦、愧疚、恐惧，摆脱了一切恐怖的事物，这些恐怖的事物困扰着她，窒息着她，就像被子窒息了老人那样。她站了起来，外套滑落在地上，她穿过了过厅，打开了通向菜园子的门。她看到了黑黝黝的树林上空的银色的月亮，她倒吸了一口气。

"我为他做了一切，"她神经质地绞弄着双手，"我瞎了眼，昏了头了，我什么也没看见，什么也没听见，而他经过这儿，却没有让我知道！他条子里说他想死，而实际上他还抱有希望。他骗了我……他骗了我……"

帕乌鲁在敞开着的大门口碰上了她，以为她打开门是为了跟他一起去菜园子里，他们往常就是这样的。于是他搂住她的腰，拖着她走了出去。地上湿漉漉的，夜空清澈；菜园深处因暴雨涨满的水沟在月光下闪闪发亮；树林散发出青草味儿和泥土的芳香。这一切安内莎都视而不见，但帕乌鲁却激情满怀，尽管长途跋涉之后很疲劳，但他感受到这夜的温馨，他想与情人分享这欢乐。他觉得应该为自己的某些过错求她宽恕。那天夜里，他们没有走到树林太湿的地方，他们紧挨着房子走，而且在院子小门旁边就止住了脚步。

"让你担惊受怕了。"一直紧紧搂着她的帕乌鲁说道，"我真后悔让人送给你那张条子了。当时我真绝望了。现在，我把一切都告诉你，把你吓着了，是不是？"

安内莎没回答，看来她恼怒未消。

"得了，宽恕我吧。你高兴点嘛，你听我跟你说说我遇上的事。"

"最好把大门关好，兜个圈子进来，我们最好待在院子里。已经晚了，太晚了。"她竭力想挣脱他的拥抱，小声嘀咕道。

"等一等，安内莎。你还没吻过我呢。"

他比往常更为热烈地吻了她一下，似乎他经历过某种危险，担心过再也见不到她了，而一旦重新见到她时，就感到比自己想象的还更爱她。

她全身发烫，颤抖着，但不是因为他的吻，而是因为她眼前总浮现出老人那绛紫色的脸和令人毛骨悚然的微笑，而且她既害怕又希望老人能起死回生。

"也许叫医生来就可以……"她想着。

"安内莎，你怎么啦？发烧了吗？"帕乌鲁接着说道，"你这就去睡吧。等一下，我只想告诉你给你写了纸条以后发生的事。我回到唐·佩乌所在的村子，他介绍我认识了一位宪兵队长的寡妇，一个靠借贷钱款取利为生的女人，她叫扎娜，第一次她不愿意借。我在走投无路之下又去找这个寡妇，我对她说……"

他在编瞎话，而且他感觉到自己编得并不高明，但安内莎没有发现。安内莎对他讲述的故事并不太感兴趣，因为如今她头脑里考虑的完全是另外一些事情。不过，她对那个寡妇并没有什么好感，据帕乌鲁说，她深切同情帕乌鲁的处境，当即仅以百分之十的利息借贷给他六百个银币。

"她年轻不年轻？"安内莎问道。

"谁知道呢？看上去年轻，但仔细看她……总之，"帕乌鲁又立刻改嘴道，"这并不重要，重要的是她借给我钱了。"

"放开我，我得走了，我得关门了。"安内莎惊恐地恳求道，"我似乎听到一种响声。拉凯莱大婶可能醒来了。你那么吵吵嚷嚷的。"

"他们都睡着了，你放心吧。"

"让我走，帕乌鲁，我害怕。如果他们知道我们在院子里那倒关系不大，我们可以假装拾柴烧火，烘干你的外套。可这儿不行……太晚了。"

他放开了她。她跑掉了，轻盈而又悄悄地走进屋内，关上了门。刚才帕乌鲁把油灯放在过厅里了，她拿起灯火，踮着脚走进了卧室，一种神秘的力量诱使她走近了病床。

脸色发青的老人始终一动不动地躺在被子底下。他好像仍在那里笑，是一种令人惊惧的狞笑，他脑袋软塌塌地枕在枕头上，铁青色的大张着的嘴巴露出四颗黑牙。她望着他，似乎觉得他不可能已经死了。她本想推醒他，呼唤他，但她害怕。她又踮着脚回到厨房，重又打开了房门，又碰上了帕乌鲁，他悄声问她道：

"他没有醒？"

"没有，没有。"她回答道，"他睡着呢，你敲门时他都没醒过来。他气喘发作过，然后就睡着了，好像死了似的。我害怕！"

"真死了才好呢！"他若无其事地说道，"何况我们不再需要他了。也就是说，要是他死了，我才高兴呢，这样，我们就不会欠像宪兵队长的寡妇那样的女人的钱了。"

她本想坚持让他去找医生来，但是她怕人发现那可怕的真相。帕乌鲁也马上转了话题。他们俩都有事相互隐瞒着，而且正因为有这种担心，所以相互没有发现对方的破绽。不过，她明白自己应该显得更高兴些，伪装得更巧妙些。

"你弄到了钱，我很高兴。"她声音颤抖地说道，"我希望你别马上就动身走。你的纸条把我吓得够呛，你知道，我以为你想去死呢。"

"我们不谈这个了。我在这儿，而且我的确也希望不马上就走。我一直想念你，安内莎。我想到，如今我们可以松口气了；我可以干活了，我可以……对，我想干点儿事情，该是考虑考虑我自己的出路的时候了。唐·佩乌建议我干一件大事：他拥有一个大矿在路拉山头上，他想开发矿山。我开玩笑地求他雇我当一个监督员，并经营一家供矿工吃饭的酒店，我想远离这个村子一段时间，我讨厌这里的一切。他接受了我的要求。"

"你，当酒店老板，你？"安内莎痛苦地说道。

"是啊，我当酒店老板，这有什么不好？干活不丢脸，安内莎。再说，那也算不上是干活。我花一千里拉开一个小酒店，也就是说开一个馆子，让矿工们在那儿能吃到中饭和买到他们所需要的东西。我挣十分之一。是的，是的，划得来，我已仔细考虑过了。有了这干活的机会我比弄到钱还要高兴。谁知道呢，安内莎，也许厄运已不想再折磨我们了。但是，你什么也别说，对妈妈也别说。我先得把我们的事情料理好。噢，我真的很高兴。"他又得意忘形地说道，"我也为那该诅咒的老病鬼感到高兴。我将让他看到，我们不再需要他了。而且，要是他再继续折磨我们，我就让人把他从家里赶出去。不，我们不再需要他了。你怎么浑身颤抖？安娜，为什么你不吃点儿东西呢？你试着喝点咖啡了吗？你听我说，我也想喝点儿什么，我感到有点儿冷。"

"你想吃东西吗？家里有吃的，今天我们招待穷人吃午饭了。"

"吃是吃不下什么的，喝点儿吧。我去酒窖，一会儿就回来。我还想跟我母亲说说，告诉她我弄到钱了。算了，明天再说吧。"

"你想从卧室过吗？"她惊恐地问道。

"那又怎么啦？他醒来了又有什么关系？我在自己家里难道就不能做我想做的事啦？我不再怕他了。"

"不，你等等，我把饮料端来。别过卧室，别吵醒拉凯莱大婶，她那么累，干了很多活。"

因为安内莎又要走开，帕乌鲁就拦住了她。

"你等一下。我有件事想告诉你，现在又想不起来了。算了，我不想喝了。我不想再喝什么了，你知道，昨晚我喝了，今天也喝了……只一点儿了。"

"还有明天。"安内莎低声说道，她深知帕乌鲁的诺言值几个钱，他许诺要给他自己找个工作和要开始干活也只是说说而已。

"啊，你不相信！"他反驳道，"不过，你会看到的，你会看到的。从明天起，我想成为另一种人。"

"明天，"安内莎想，"明天会发生什么事呢？"

帕乌鲁感到她浑身在哆嗦，就叫她去睡觉。但她坚持要去取酒。

"我替你去拿喝的，我去去就来。你等一下，我也有件事得告诉你。"

"你说吧！我重申一遍，我不想再喝了！啊，你不相信我会遵守诺言吗？我已不再是个小孩子了，最近这些日子我想过我的处境，我已决定从此再也不干任何蠢事了。"

"包括跟我！"

"是的，也包括跟你。"他声色俱厉地说道，"你听着，安内莎，我想先跟我的母亲谈谈，问问她有什么好主意，因为我觉得她一定会劝我尽我的责任的……我想对你说……行了，是的，你一定已经明白了我想说的。"

"我不明白。"她抬起了一直低垂着的眼睛低声说道，她似乎已困得不行了。

"你不明白？我想娶你，安内莎。我要把你带走，我们一起去矿上，这样就谁也不会插在我们中间了。"

他没有说出来，也许是因为他对自己也没有承认过这一点，他的这个决定里有一些个人的打算。为了耐得住荒凉的路拉山头上度日的寂寞和冷清，他需要伴侣，而且，当酒店老板也需要一个女人帮他处理琐事，做他的帮手。何况，说实在的，因为打算要去矿里干活，他才有勇气提出要娶安内莎，或者把她带走。

不管怎样，他本以为从安内莎方面，应该有一种异常喜悦的表示；可是，她似乎没有明白，或是她压根儿就不相信他的话；她第二回感到异常奇怪，感到窒息，感到头晕目眩；她好像听到从远处传来一阵神秘、忧郁、讥讽的笑声。

"你为什么笑？"帕乌鲁惊讶地问道，"有什么可笑的？你不再相信我对你说的，那我就不说了，不过，我重申一下，你将会看到我骗你还是没骗你。我们明天再好好谈。我现在也得去睡；我很累，这里挺冷，而你又在发烧。我们明天再谈。"

他走了一步，然后又停下来，带着些许讽刺意味地说道：

"你是不是不喜欢跟我去矿上？"

她没有回答，但她钩住他的颈脖，大哭起来。她的哭泣中倾注了人类最深切的痛苦，绝望、愧疚和怨恨都交织在她的哭泣之中，那是对可怕的以折磨人为快的命运的怨恨。

帕乌鲁已习惯于见到他那多愁善感的情人哭泣了。有时候他也受感动，有时他也恼火。现在，因为对她的此番激动无法加以解释，就把它归因于她一时的高兴、希望和激情，而当帕乌鲁自己高兴的时候，他是喜欢见到别人高兴的。

"安内莎，"他说道，"别这样。你知道，我不喜欢见到你哭。我们已经哭得够多的了。掉眼泪的时候已经过去了。来，我们告别之前，对我说些高兴的事，因为你一开口就是报告坏消息。不过，你心情好的时候，挺会说话的。给我说句好听的话，然后我们就去睡觉。今天这一天很长，也过得很累；不过，现在一切都过去了。你干吗还这个样子，我的姑娘？你相信我吧，如今一切都过去了；我们大家都该休息休息了。"

她把脸抵在他的胸口哭着。她真想就这么死去，把自己化作眼泪，永远熟睡过去。她累得好像肩上压着千斤重担，她疲惫得抬不起头来。帕乌鲁的每句话都深深地打动着她，她听来是那么温柔又令她那么痛苦。

他竭力想离开她，但他做不到。她生怕他从房间里走过会发现她犯下的罪行。而且，她怕独自一个人待着，尽管她困得不行。正像发烧的人和处境危险的人不想睡觉一样；她看到远处有千百个幽灵；她周围的一切都变得越来越混沌和可怕了。

本已感到疲惫不堪并想走开的帕乌鲁把她一直拉到厨房门口；

但当她看到放在炉灶旁边地上的油灯时，就又开始颤抖起来，牙直打战，而且紧紧地搂住了他。

"别搂得我透不过气来。"他在她耳边开玩笑地说道。

她立即放开了他，僵直地站在那儿，但为了不让帕乌鲁走，就开始说起话来，像是在说胡话：

"等一下，我有件事要跟你说。不必等到明天再说。我跟你去矿上。一言为定，如果你愿意，我明天就去，今晚去也行。我一定去。你怎么能往反面去想呢？这就是说，你不了解我；要不然你就会知道，我跟你去流放，远走他乡，天涯海角我都会去的。要是你犯了滔天大罪，我就跟你去服无期徒刑蹲监狱，戴上镣铐，我拉住你的手，让镣铐把我们的手铐在一起，永不分离。"

"但愿不会如此。"他神色略显不安地提示道。

"你听着，帕乌鲁。我得告诉你一件事，你等一下……"她用一只手抹了抹脸接着说道，"哦，对了，关于我们的婚姻大事，我不愿意你跟我母亲去说，不要对任何人说。"

"你怕甘蒂内吗？"

她连想都不曾想过，她坦率地加以否定。

"你只对你母亲说，你要去矿上工作，把我带去伺候你，因为你独自一人无法在那儿生活。他们会让我去的，真的，然后，如果需要的话，我们就结婚。我不强求这个，这你知道，只要你不抛弃我就是！如果有上帝存在，会原谅我们的。神甫会赦免一切人的罪孽的，不是吗？你说呢？维尔迪斯神甫会赦我的罪的，我知道，他会赦免我的罪孽的。"

"我母亲更愿意我们成亲，而不愿我们俩天各一方单独到一个遥远的地方去。"

"我感到遗憾，但我照样跟你去，即使她不同意。我感激收养过我的恩人，但我要跟你去，帕乌鲁。如果你走，我就逃走。"她接着说道，她抓住他的一只胳膊，并紧紧地搂着他。"你不会把我扔在这儿的，对不对？注意，你已经许诺我了！我不愿意你娶我，但我要你把我带走。你已经答应了，帕乌鲁，你答应了。噢，噢……帕乌鲁……"

"安内莎，你怎么啦？"他不安地说道，"我答应了，而且我会履行诺言的。你去睡吧。你服点药，没见你发烧吗？你去吧。如果知道这样，今晚我就什么也不对你说了。"

但她在冥思遐想，根本没注意听他说的话。

"矿山离这儿远吗？"

"不远。得经过努奥罗镇，然后再骑马走五六个小时就到那儿了。不过，你去睡了，我的宝贝；我们明天再谈这个。我会踮着脚尖进屋子的，坏脾气的老头子不会醒的。你关好门，赶快睡去吧。听话，安内莎，别惹我发火。"

他又吻了她，但从她的双唇上吻到的只是眼泪的咸味儿。然后，他轻手轻脚地走过厨房，而她发现他没有拿着灯走时，感到高兴极了。

她张大眼睛，屏住呼吸谛听着；当听不见他那悄然的脚步声之后，她感到自己在这世上是孤单一人，已被众人所抛弃，站在通向恐怖和死亡的门槛上。

迟疑了一阵之后，她走了进去，关上了房门。但她再也没有勇气走进卧室，尽管里面有一种魔术般的诱惑力在吸引着她。她坐在炉灶旁边，几个小时之前她就是蹲伏在那里用一根细枝条拨弄着炉灰。炉火已完全熄灭了。她感到很冷，但她不敢或者说再也没有力气动了。

她把肘关节支撑在膝盖上，双手捂住脸，她觉得颈脖上的脑袋在令人晕眩地旋转着。这种感觉似乎使她感到挺舒服。她几乎想这样一动不动地在那儿待上一整宵。一切都像是一场梦，先是可怕，而后来却是伤悲和甜蜜。老人依然睡在那儿，帕乌鲁裹着打湿的外套在长途跋涉着。

发烧的幻觉重又萦绕在她周围；幽灵重又在雾霭之中时现时隐；她不时地辨认出他们来：卡斯蒂古大叔，维尔迪斯神甫，罗莎，甘蒂内。但是随后，在变幻莫测的雾霭之中出现了一些奇怪的变态形象：卡斯蒂古大叔咧着那张她年轻的未婚夫的嘴朝她微笑；维尔迪斯神甫的长袍衬托着罗莎哀伤的面容；在雾霭沉沉的夜晚骑着一匹奇异的骏马，戴着风帽在远处艰难跋涉的不是帕乌鲁，不，而是一个神秘的老人，一个老叫花子在朝路拉矿山走去，似乎在寻觅一个迷了路的小女孩儿。安内莎焦躁不安地呻吟着。在睡梦中她听见了自己的呻吟，而且知道自己是在做梦，但不管她怎么使劲，她都醒不过来；就这样她在焦躁不安和昏昏沉沉之中睡了好几个小时。

当醒来时，她全身麻木。想起了每一件事情，而且她突然头脑十分清醒地想到了要做的一切。烧退了，她不再感到恐怖和惧怕，也不再感到惊慌失措。她又变成了一个善于伪装自己和寡言少语的人，一个跟厄运搏斗的人。为什么要颤抖？为什么要惊慌失措？她没什么可失去的，只要不发生有害于她恩人的事。她对这个世界无所求，她不相信有来世。

她站起身来，打了个哈欠，又打了个寒战。夜还是黑沉沉的，但从银色月光洒落在那寂静的乡间小路上，已传来了公鸡的报晓，还有远处车轮的滚动声。油灯还在燃着，但灯芯烧成了一个小蘑菇状，冒出一缕呛人的黑烟。

像是个犯罪老手似的，在叫醒她的恩人之前，她就着手做好了一切准备。她取来了油灯，灌上了半瓶油，用剪刀剪去了烧过的灯芯。她小心翼翼地走进卧室。首先，她看了看长沙发是否乱，然后就从死者脸上掀开被子，并久久地凝视着。老人仍然朝她狞笑着，但他的脸变成了铁青色，两眼微闭着，并已失去了光彩。她想推一下尸体，让它换个姿势躺着，但她不敢。一种难以抑制的恐怖心理支配着她，她似乎觉得自己的手指一碰触尸体，就会黏附在死人的皮肉上。

而后她脱去了紧身上衣和围裙，把它们放在椅子上。她披散开头发，双手抚了抚脸庞和双眼，似乎是想装出一种若无其事的样子；随后，她上了二楼，去敲拉凯莱大婶的房门。男人们都睡在顶层，科西姆大叔索性在堆满麦子和豆子的阁楼里搭了一张小床。

拉凯莱大婶是锁上房门睡觉的。她晚上只睡几个小时，但睡得很沉，安内莎敲了三次门才把她叫醒。

"拉凯莱大婶，开开门；祖阿大叔不行了，他快要死了。"

"我的上帝呀！你快去叫维尔迪斯神甫。你快去叫我父亲。"这位寡妇一边跑着来开门，一边大声喊道。

跟奶奶睡在一个屋的罗莎醒了，她哭了起来。安内莎端着油灯走进屋来，当拉凯莱大婶全身颤抖地系着衬裙时，安内莎平静地说道：

"您别害怕。我想祖阿大叔已经过去了。"

"你说什么！"寡妇一边光着脚板朝门口跑去，一边大声喊道，"就这样连临终圣事都没做就死了，什么也没做就死了！我的上帝呀！人们会怎么说呢。他们会说是我们让他这么死去的！可你怎么不早叫我呀？"

"我什么也没察觉到。我几分钟之前才醒来，我没……"

拉凯莱大婶没再听她说下去，穿着衬裙，光着脚板就冲下楼梯去了，女人摸着黑，一边呜咽着，一边叫喊着：

"连临终圣事都没做！上帝呀，我的主呀，连临终圣事都没做！"

罗莎一直在哭。唐·西莫内用拐杖敲击着他房间的地板，帕乌鲁打开了自己房间的门，问道：

"出什么事了，安内莎？出什么事啦，妈妈？"

安内莎重又害怕起来，不过事到如今，她对自己所做的一切很清醒，对即将可能发生的事也很清楚，但她竭力克制着自己。她想方设法使罗莎平静下来，她回答帕乌鲁道：

"你马上下楼去；赶紧叫爷爷们来。祖阿大叔死了。"

帕乌鲁立刻穿好衣服，并马上跑到唐·西莫内那儿，老人为了让女孩子安静下来，在越来越使劲地用拐杖敲击着地板。

"你别哭了，我下楼去一下，马上回来。祖阿大叔不舒服了，他肚子疼，我去给他送药。你别动啊。"安内莎说道。但罗莎听到了奶奶的话，也呜咽着重复说道：

"他没做临终圣事就死了。他死了，人们会怎么说呢？你没有早叫人。"

"你给我住嘴！"安内莎生气地喊道，"你动一动看，别找不自在。"

她冲出房门，跑下楼梯，神情越来越不安，但不暴露自己的决心也越来越大。她从卧室门口看到拉凯莱大婶俯身察看死者，并扶起他的头，晃动着他的胳膊。

"没救了，没救了。他真的死了。这到底是怎么回事啊，安内莎？上帝，我的主呀，人们会怎么说呢？"

安内莎走了过去，感到一阵轻松；死人的脸部表情变了，不再狞笑了。

"您这么光着脚要得病的，"她推开拉凯莱大婶，并对她说道，"他已经死了，您没看见吗？他已冰凉。昨晚他气喘病又发作了，跟前天晚上一样，而且还使劲叫喊。我以为你们都听见了。后来，他平静下来睡着了。当时，我也累了，睡得死死的。刚才我醒来，我听了听，可什么也没听见。我想再睡，不过，我有一种不祥的预感，于是，我点上了油灯，一看……"

"上帝呀，上帝，你昨晚怎么不喊我们？现在我们谁都别吭声了，千万不能说他死之前我们没有发现。"

"对，对！我们就说当时大家都在。"安内莎起劲儿地说道，"哦，唐·帕乌鲁来了。"

听到他的脚步声时，安内莎脸色顿时煞白，一阵剧烈的颤抖以致她的牙齿直打战，咬疼了舌头和嘴唇。但帕乌鲁没注意她。他手里也拿着蜡烛，跑过去看死者。他俯下身子，盯着看了看，摸了摸。他那困乏的脸上既没有显露出痛苦也没有显露出欢乐。

"他过去了！全身都冰凉僵硬了。安内莎，是怎么啦？"随后，他一面把蜡烛放在桌上，一面问道。

"昨天夜里他又气喘发作，跟前天夜里一样。"她又说了起来，把对拉凯莱大婶说过的话又说了一遍，而拉凯莱却在房间里来回走着，寻找着她没找着的什么东西。

"妈妈，您去穿上鞋子。您找什么？值得这么失望吗？他已经死了，我们有什么办法呢。"帕乌鲁说道，他脑袋里闪过一个疑团，老人也许是在他跟安内莎幽会时死的。

拉凯莱大婶什么也没听见，她一直在为让老人就这么没做临终圣事就死去而感到内疚。她似乎看见老人在炼狱的熊熊火焰中，举起了双臂，张大着嘴巴，贪婪地寻求光亮和宁静。在四处搜寻一番之后，她终于找到了她要找的那件东西：一个黑色的小十字架。她把那十字架放在死者胸口。

"得给他洗洗身子，换换衣服。"她平静下来以后说道，"安内莎，你去点上火，烧点儿热水去。你待在那儿发什么愣啊？安内莎，安内莎，你干什么呢？"

这番训斥虽说很温和，但深深地刺激了安内莎，如今旁人的每句话对她来说都像是一语双关。但当她点火准备烧热水擦洗尸体时，她一再告诫自己得坚强些，得准备应付一切意外。

过了一会儿，传来了唐·西莫内的声音：

"究竟是怎么回事儿？莫非是死了？安内莎说什么？为什么她不叫人？"

"她有什么过错？你们让她平静些嘛。"帕乌鲁生气地说道，因为拉凯莱大婶又开始抱怨起来。"他死了，愿他的灵魂得到安宁。"

"而这事儿，帕乌鲁……"寡妇又说道。

"算了，妈妈！您以为他忏悔过后就可以进天堂了吗？"

"帕乌鲁！"爷爷严厉而又忧伤地说道，"对死人得有起码的尊重才是。"

帕乌鲁不再争辩。在突然的寂静之中听到了罗莎的哭声，接着就看到了科西姆·达米亚努大叔抱着女孩儿迎面走来，他问道：

"安内莎呢？你们得叫她照管好罗莎。究竟发生什么事啦？安内莎都干了些什么？"

老是安内莎，安内莎。人人都跟她过不去，然而她决心跟众人干到底了。

她走到院子里，取了水。天色还未发白，但已透出朦胧的光亮，黎明即将来临；凄清的圆月从院墙后面落下去了。逐渐变得暗淡的星辰似乎想急匆匆地离去。安内莎真想留住夜晚，她害怕天亮，害怕醒来的人们会不怀好意地去揣测别人的事。人们？她憎恨人们，他们像毒蛇一样，得由着他们吮吸你的血。正是由于怕人们非议，她曾放弃了所有正派女人都想嫁给心上人的梦幻。正是由于怕人们窃窃私语，正是由于担心帕乌鲁在人们把爷爷们和母亲从祖辈留下的住宅赶走之后会受到磨难，她才犯下了这一罪过。再过一会儿，人们就该醒来了，他们将闯入死者躺着的屋子里，他们将发现死者，脱去他的衣服，对尸体仔细察看，也许他们会猜到可怕的事实真相。

再后来，当她与拉凯莱大婶擦洗尸体时，坐在火边的唐·西莫内、科西姆大叔和帕乌鲁正在议论起有人在某些时候往往给别人添麻烦。科西姆大叔哭泣着，他竭力把脸藏在罗莎的大脑袋后面。女孩儿在他的膝盖上睡着了，但她时不时地打个寒战，她那温暖的小手紧紧攥着他的一个指头。

"是这样，"唐·西莫内说道，"现在他们就要来找碴儿了。在这种情况下，往往在人们想求太平的时候，就会有人出来添乱，中间插一杠子。古人把死者都埋葬在家里，不需要举行什么葬礼。至少传说是这样。在古代，人们在用石块垒成的平顶圆锥形建筑物中发现过死人的骨头。

"不，"帕乌鲁大声说道，"譬如，我就不愿意把祖阿大叔的遗体葬在家里。但愿他的灵魂得到安息，可是他把我们折磨得太苦了。"

"事过成千秋。"唐·西莫内说道，"你说话得有分寸，帕乌鲁。别在人们面前这么说话，越是在这种时候，人们对一切都观察得很细。"

"我心里坦然得很！德凯尔基老人家，您放心，对于老人的去世，我感到遗憾，但我哭不出来。"

"因为你贪恋生活了，我的孩子。"科西姆大叔说道，"看到人死了，居然也引不起你的尊重。"

科西姆大叔这么严厉地跟他说话也许还是第一次；外祖父这些

简短的言语比唐·西莫内没完没了的责备更使帕乌鲁感到不安。

"太贪恋生活了！"他似乎在自言自语，他想起头天他还想过自杀呢。"如果我真像你们所说的那样，我早就……算了，现在不是谈这些事的时候。"

"那就闭上你的嘴！有个死人躺在那儿呢；你还是想一想我们谁都得死的。祖阿·德凯尔基并不是个卑鄙小人，在他的尸体面前不许说三道四，说长论短的。他生前是个硬汉子，更是个正直、勤奋和富有正义感的人。身体上的病痛使他变得粗暴刻薄，然而人们往往在痛苦中才吐露真情呢。而真相却往往使人感到遗憾。"

帕乌鲁没有立刻回答。再说，他在老人面前是个晚辈，总是恭恭敬敬的，而且从来没有跟长辈闹过口角，也因为他觉得这样于事无补。虽然他从未跟家里人闹过矛盾，可是做事他总是由着自己的性子来；也因为他自认为在智慧和意志力方面都比愚昧无知、头脑简单的长辈们要高出一筹。而在这种哀伤的时刻，科西姆大叔非同寻常的一席话却深深地刺激了他，甚至令他感到遗憾。不过，他后来想，也许外祖父说得有道理，而且，也许正因为这个，过了一会儿，他低声说道：

"一个正直的人！不过，他死得并不像个正直的人。"

"住嘴，你给我住嘴。"唐·西莫内说道，几乎像是大声地恳求。"你不知道你在说些什么。为什么说他死得不像个正直的人？他不是自然地死在床上了吗？为什么他没忏悔呢？不过，上帝是大慈大悲的，他比我们更能正确地衡量人们所做的好事和坏事。"

安内莎进来又出去了，自然听到了老人的话。不信上帝也不信邪的她，如果当时能笑的话，那她一定会情不自禁地笑出来的。但她在想别的事。

"你们完了吗？"当安内莎把跟拉凯莱一起用来擦洗尸体的水从门口往外泼时，科西姆大叔问道。

她走近炉灶，摇头示意还没洗完。她什么都不说了，她的嘴像封上了似的。帕乌鲁说道：

"不过，别计较我对死者的评价，我相信对人的宽恕需要上帝的全部慈悲，因为……"

"混账东西，"科西姆大叔怒斥道，"怎么这么不懂事，能这么说话吗？你可要留神？"

"可我有什么好怕的？"帕乌鲁大声喊道，"但愿他们不至于说是我害死他的吧。"

"哼，他们恰恰会这样说的。"老人压低嗓门回答道，"再说，目前还顾不上这个。当务之急是确定做祈祷还是默不作声呢。"

"再说！再说！……"唐·西莫内摆动着一只手说道。在沉默了一阵子以后，又说道："他并不是这么坏的人，不是的。他是想为我们好。也许是我们没好好对待他，不了解他。我们同他一天比一天疏远，总让他独自一人待着，在我们需要他的时候，才想起他。这是事实。"他压低声音继续说道："也许我们没有给予他所应该得到的爱。现在我可以这样说了，他是想为我们做好事。他托付维尔迪斯神甫把房产和牧场赎回来。"

帕乌鲁猛地抬起头来；他看见安内莎在厨房深处盯着唐·西莫内看。她好像怔住了似的。

"别说了，我们祈祷吧，"尊贵的老人最后说道，"我们在真正了解一个人之前，永远别对人妄加评论。"

然而，帕乌鲁恨祖阿大叔，尽管他已经死了；他认为该让爷爷们知道他已不需要那个老吝啬鬼的帮助了。

"我们让他安息吧。"他说道，"但是，他要是真的想为我们做好事，他本可以免除我们的许多不愉快；可以不至于让我顶着烈日冒着大雨跑遍了整个邻近地区，也可以使我不必在高利贷者那儿低声下气，使我不必在那些庸俗的女人和粗鲁的人面前忍气吞声地恳求。你们希望我不说话，但我不能沉默。我还有几句要说。昨天夜里我回来晚了，我不想吵醒你们。我弄到钱了，但忍受了屈辱啊！我不得不从一个名声不好的寡妇那儿弄来了钱，而且把钱拿了来。我有什么办法？"他补充道，老人并没有想责备他，他自我辩解着："我处境十分困难。我觉得自己差点儿就完蛋了。"

"谁说什么啦？如果你把那些钱还上，那寡妇名声的好坏又跟你有什么关系呢？"

"我当然要去还的！但你们别以为我用死者的遗产去还钱。绝不，我得告诉你们这个。我找到了一份工作。我要工作的，到矿上去。"

两位爷爷望着他，唐·西莫内摇了摇头。科西姆大叔也紧咬嘴唇，摇头表示这样不行，尽管他向来仁慈善良，对人宽宏大量，温柔亲切。不行，绝对不行；他不相信外孙的话。

然而，帕乌鲁并不反驳，因为他把憋在心里要说的话都说给爷爷们了。其他的话他以后对他母亲说；现在他连想都不去想了。

老人们又开始祈祷起来，而他则用手捂住脸，沉浸在自己的思虑之中。再说，尽管不是第一次看到死人的场面，但人死了的确令他伤心，并且在头脑里浮现出大千世界中种种难以解决的疑问。难道一切都将以死亡而结束吗？我们真的有一个不朽的灵魂吗？而在我们死后，灵魂的归宿在哪里？气喘病老人的灵魂在哪里呢？上帝真的存在吗？我们的父辈信奉的上帝，凌驾于万物之上的公正而又可怕的上帝真的存在吗？我们祖祖辈辈爱戴和敬慕的能主宰一切的上帝真的存在吗？

帕乌鲁不知道有没有上帝。他想起父亲去世和妻子去世时的情景，但他记得当时处于绝望和痛苦之中的他，不可能回答这些可怕的问题，现在这些问题重又浮现在他的脑海之中。此刻他的心情截然不同；他近乎是高兴，感到自己年轻、健壮、有志气；他有美好的未来。因此，他倾向于相信上帝的存在，相信上帝能明断一切，因此也相信上帝的公正。

可是，当安内莎得知死去的老人生前曾想"为家里做好事"以后，却变得更加忧郁和沉闷了。拉凯莱大婶则以一种虔诚的宗教信仰在认真地履行丧葬礼仪；她不停地祈祷着，叹息着，还不时地低声叨咕着：

"他就这样死了！安内莎，他就这样死了！"

安内莎缄默不语，当给死者穿上寿衣，并盖上一块浅黄色的锦缎时，晨光从朝向菜园子的窗口照射进来，使得屋里古老的镀金烛台上还燃着的大蜡烛的微光显得更加暗淡，她头上系着黑色的头巾，面容木然呆滞，就像一具蜡制的面具。

天刚亮，她就去叫维尔迪斯神甫。

神甫终止了第一次弥撒，跑着赶到死神光临过的家；当他走进停尸的房间时，科西姆大叔正守在死者旁边，他跪了下来，为死者祈祷；然后，他又走出房门，来到厨房，在饭桌旁坐了下来，他待在那儿，沉默了足有好几分钟，脸显得比平时更加虚肿；然而，他突然用深蓝色的手绢拍打膝盖，低下头，又抬了起来，长出了一口气。

"安内莎对我说，祖阿大叔临死前你们都在场。唉，你们为什么不早来叫我，我的圣洁的小天使？你们把事情都弄糟了！"

拉凯莱把一个小包放在了桌子上，长长地叹了口气。虽然她心里很矛盾，却不得不肯定安内莎所言属实。

"他几乎天天晚上都气喘发作。医生开的那种镇静剂一直很有效。不过，昨天晚上，他气喘得很厉害，又很突然，安内莎没来得及把镇静剂倒在杯子里他就过去了。我们在被褥底下找到了这个小包，我们等您来，没打开过。"

"您把它打开吧。"维尔迪斯神甫说道，"前天，他已把存折和遗嘱交给我了。"

"一切都已托付给可靠的人了。"拉凯莱大婶一边低声说道，一边打开了在被褥底下找到的那个小包。

但是已经站在跟前的帕乌鲁，愤怒地喊叫起来，他用双手捂着脑袋，显得异常烦躁。

"他早把遗嘱从家里转走了？那么，他是怕我伪造遗嘱喽。他竟然把我看得那么卑鄙？维尔迪斯神甫，您也把我看得那么卑鄙喽？"

"我们还是考虑别的事吧！"神甫挥动着手绢回答道，"我只是执行了他的意愿罢了，没有别的。现在我们应该考虑丧事了，然后再谈别的。帕乌鲁，你去禀报镇长，我来安排葬礼。"

"我？"帕乌鲁双手捶打胸脯大声说道，"我马上去乡下。昨晚谁也没看到我回来。我的马也许还在卡斯蒂古大叔那里呢。不。"他又补充说道："我，今天，我不能待在这儿。太让人气愤了，维尔迪斯神甫！死了还这么伤我的心。我走了。也许我说话不好听，但是我说的每句话都是经过慎重考虑的。把褡裢给我，安内莎，你放块面包进去。"

"帕乌鲁，我们得考虑别的事情。"拉凯莱大婶说道，而安内莎却不动声色。

然而，他执意要走，存折和遗嘱的事太让他气愤了；一想到得整天待在家里，在外人面前得装出一副痛苦的样子，就更加觉得不安。他说道：

"我到卡斯蒂古大叔的牲口棚去。"

"你走好了，邪恶的教徒，你走！江山易改，本性难移。你走，你走。"神甫说话时不停地挥动着他的手绢，像是驱赶苍蝇一样。

帕乌鲁准备走了。对帕乌鲁如此恼怒，予以谅解的拉凯莱大婶和唐·西莫内都并不加以阻拦，只有安内莎追上前去，并恳求道：

"你别这样。你别走，帕乌鲁！人们会怎么说呢？"

"要是有人看见我了，我就再拐回来。"他答应道，"让我走吧。时间还早，没人会看见。"

他走了出去，而且没再回来。拉凯莱大婶、维尔迪斯神甫和唐·西莫内又谈论了好久；而后神甫就走了，答应要为葬礼筹办好一切。

没过多久，家里就挤满了人，邻居们和亲友们都来了。头天来这儿用过午餐的两位老龄穷兄弟也来了。死者的老朋友说道：

"死得这么快！昨天还谈笑风生的呢！"

"是呀，昨天他还像只兔子一样蹦蹦跳跳的呢！"另一位老兄弟幽默地提醒道。

后来，木匠把棺材弄来了，给死者入了殓，他的勋章和黑色的十字架也都放在了棺材里。几个老亲友提议为死者唱一首送葬的挽歌，但唐·西莫内反对。他是个守旧的人，身体硬朗，也赞同古老的习俗，但他明白某些原始的礼仪已经过时了。于是他吩咐安内莎去准备午饭，而按惯例停放死者的屋里是不许点烟火的，所以安内莎退缩到屋外搭起来的那个棚子的一个角落里去做饭，她庆幸自己能避开那些借着向拉凯莱大婶和老爷爷们表示哀悼的进进出出的好奇的人的注意。

院子里空无一人。小罗莎给送到安娜大婶家去了，她到深夜才能回来。

时间在一分一秒地过去，安内莎的心情逐渐平静了，再过一阵子，无声的大地将会张开大口吞噬掉那可怕的隐秘。但当她穿过厨房去柜橱里找什么东西时，听到一声长长的叹息；她不安地转过身去，见瞎子尼库利努在门背后的角落里，他一动不动地僵直地呆立在那儿，他那肿眼皮底下泛白的眼珠子直瞪瞪地盯着前方，好像不打算很快离开似的。

"你在那儿干什么？"她不安地问道，"大家都在楼上的房间里。你去那儿吧。"

"你在干什么呢？"

"我在准备午饭。"她一边回答，一边从柜子里拿出一个盘子来。

"啊，死人不再吃了，活人还照样吃。"

"当然啦，活人只要还有嘴就得吃东西！这关你什么事？"她厌烦地说道，"可你，昨天，不是在这里吃过饭吗？你的父亲不是也死了吗？"

"是啊，我在这儿吃过，也喝了。"瞎子又说道，他的声音细弱而又温和，"因此……算了；甘蒂内在哪儿？今天他不回来了吗？"

"今天不回来。明天也不回来。他出远门了，在圣·马泰奥山中树林里干活。"

"那唐·帕乌鲁在哪儿？"

"可这关你什么事？"安内莎又说道，"我不想跟你聊天，尼库利努。我求你了，你走开。"

"安内莎，"他并不在意她的冷言冷语，又说道，"唐·帕乌鲁在哪儿？要是他回来，你对他说，昨天不是所有的人都认为在这个家里领受过圣餐了，我是认为自己领受了圣餐的。世上有恶人。很多恶人。"

"随他去吧！我知道，皮拉兄弟在这里吃饱喝足了以后，说了我们的坏话。不过，今天我们没有时间去想这些事……"

"得禀告唐·帕乌鲁。"瞎子一再坚持道。

"他不需要禀告；你让我安静点儿，尼库利努。"

她回到了院子里，但她重又感到很不安。禀告帕乌鲁？禀告他什么？禀告他无所事事的老人们的恶言中伤？帕乌鲁一定会笑的，他不喜欢闲言碎语。过了一会儿，她又走进厨房问瞎子，她想知道皮拉兄弟究竟说了些什么，然而尼库利努已经不在了。房间里听见木匠把银饰带钉在棺材的黑锦缎上的声音；那凄凉的榔头声在安内莎听来像是挺悦耳；如今再也没有人看得见死者了；唯有她依然看得见他那发青的可怕的脸，张着的嘴，玻璃球似的眼睛，但是如今黑色的棺材连同饰带和钉子，就像她一样保守着这天大的秘密。

　　后来榔头声停了，门背后有个声音说道：

　　"这就行了。我们去吃饭吧。"

　　人们逐渐走光了。而老爷爷们和拉凯莱大婶吃得很少，但他们像那些心地坦荡、深信自己履行了义务的人一样显得很平静。

第七章

三点钟，死人抬走了。安内莎叠好床，把一切都放得整整齐齐，爷爷们和拉凯莱大婶走下楼来，继续接待到老人过世的房间里来吊唁的人。

葬礼过后，维尔迪斯神甫回来了，他坐在拉凯莱大婶旁边，问帕乌鲁回来了没有。

"今天早晨他们看见他出去了，"胖神甫接着说道，他手里始终拿着红和深蓝两色的手绢。"错上加错，是的，我亲爱的朋友们，从昨天到今天，你们犯下了一系列的错误。希望不致不可收拾。"

"这话是什么意思？"唐·西莫内问道。然而维尔迪斯神甫挥了挥手绢，缄默不语。不过，安内莎不安地注意到他不断地扭转头朝门口张望。似乎他在等待着某人，但是当人们进来时，他却把头垂在胸前，挥动着手绢，一言不发，直到将近黄昏时，他才站起身告辞。

"我得去祷告。"他庄重地说道，"如果你们需要钱，尽管去叫我。"

家里终于平静下来了，两位老人出去到菜园子里，拉凯莱大婶也可以走动了。安内莎坐在朝菜园子那个门口的台阶上，凝望着群山。这是一个温暖而又明亮的夜晚。从菜园的边缘到遥远的山顶，凝滞不动而又寂静的树林呈现出一片玫瑰色，像是被远方的一场火灾映红了似的，远方地平线上灰紫色的天空清晰地映衬出尽头的桦栎树泛红的树枝，一切都那么平和、寂静。然而，安内莎感到疲惫了，尽管她似乎还听到隔壁房间里面气喘病老人的喘息，她感到头天夜里的那场暴风雨像是已经过去了好多好多年似的。她不能相信，在一天一夜之中竟会发生那么多的事情。她似乎感到自己已经老了，肩上有一种无形的负担简直要把她压趴在地上了。

"一切都已结束了。"她想道，"现在得走了。要是我还留在这个家里，我就无法笑，无法说话，无法干活了。我使别人摆脱了老人的折磨，但是，我似乎觉得自己肩上背上了一个包袱。是的，就在我的肩上，这个包袱就是气喘病老人，似乎他还在呻吟。"

她惊了一下，脸色变得煞白。神经质地打了一个哈欠使她的脸都扭曲变形了。

"啊呀，又开始发烧了；是的，太阳下山了。看来今儿夜里我得发一整晚烧。"

她在门口的台阶上一动不动地待了好长时间，但她不仅没得到休息，反而觉得更累，就像天空越来越暗一样，她的思绪也越来越朦胧。她望着山顶上，她想那儿是卡斯蒂古大叔的羊圈，她思忖着：

"帕乌鲁大概已走在路上了；也许他步行下山，以让马儿能吃草，他回到家一定很累，想吃晚饭。该动手准备了。我还得去泉边打水。"

然而极度的疲劳使她动弹不得。她又打了个哈欠，浑身打了个寒战。

"唉！唉！"她高声说道，"什么事都赶在一起了，我也病了。"一种令人烦恼的念头扰得她心绪不宁："要是我神志昏迷中说出来了呢？啊，千万别这样，我的嘴唇，可别吐露出来！如今大地已吞噬了秘密，难道要我去揭破它吗？"

她又打了个哈欠，并把双手放在嘴边，然后站起身来，焦躁不安地扭动着身子，竭力想摆脱搅扰着她的那种难耐的昏睡状态。她点着了火，准备了晚饭；她想到得去泉边，她找到了两耳细颈水罐，然而当她正用麻布条搓成一盘头垫时，感到一阵头晕，不得不靠在墙上以免摔倒在地上。随着夜幕降临，高烧使她两眼发黑，拉凯莱大婶发现安内莎不舒服，就把水罐子从她手里接过来。

"我的孩子，听我的话，你还是去躺下吧。"

"得走了。"她声音模糊地说道。

"得去睡觉，孩子！你没发现你在发烧吗？"

"好吧，我去领罗莎回来，并从安娜大姨那儿讨点水来，让我走吧。"

她拿起一个小水罐出去了。夜色已浓，晴朗而又温柔。在村里黑色的小茅屋那边，尚呈玫瑰色和近乎蓝色的夜空中大熊星座熠熠生辉；农民们骑着疲惫不堪的小马纷纷返回村镇，从打开的小门可以看到女人们在专心致志地生炉火，准备给她们的男人做饭。

快到拉凯莱大婶表妹的小茅屋时，开始为帕乌鲁久久未归而感到不安的安内莎停住了脚步站了一会儿，看是不是有牧人从山间小路下来。但她一个人也没见到，于是她跨进了开着门的小院子，随后就走进了安娜大婶的小屋子。那是穷人住的小茅屋；厨房门的上方搭了个阁楼似的台子，上面堆放着劈柴、稻草和麦秸。

"安内莎，你来啦？罗莎跟巴洛拉一起去泉边了，还带着女孩儿们。"安娜大婶从阁楼上探出身子来说道，她上去是去取劈柴的。"你等一下。"

她从一架木梯上慢慢地下来，安内莎从放在一块石板上的水罐里往她的水罐里舀了点儿水。

"我取一点儿水，明天我再给您送来，安娜大姨。"

"我的宝贝，我还要利息呢！"安娜大婶开玩笑地说道，"巴洛拉从泉边回来时会把罗莎送回你们家去的。他们看了遗嘱了吗？"接着又问道："他真的把遗嘱交给了维尔迪斯神甫了吗？唉，那真是个顽固不化的老头子！我的话对他来说向来是连一个玫瑰花瓣还不如，但他生前也真够吝啬的，疑心很重。今儿个有人说帕乌鲁用棍棒把他活活打死了。"

"啊，"安内莎想起了瞎子说的话，大声说道，"人们是这么说吗？"

"都是胡说八道，我的宝贝。你怎么啦？"

安内莎因发烧和害怕，全身颤抖着。不过，她想不该泄露内心的秘密，于是平静地回答道：

"好久以来每天夜里我都发烧。现在我得走，我要躺下休息休息；我累极了，安娜大姨；我的腰都快累断了。再见了，我们下次再谈吧。让我快走吧。"

"过一会儿我就去你们那儿,我的宝贝。"安娜大婶说道,她一直陪她到横穿布满岩石的斜坡上的小路。"要是你遇见巴洛拉,叫她动作快点儿,时间已经不早了。"

安内莎怀着能见到帕乌鲁已经回来的希望加快了脚步;但在半路上,在寂静的小道上,她似乎听到了巴洛拉的说话声和罗莎的哭声。她跑了起来,在小路尽头,她碰见了安娜大婶的外甥女巴洛拉,她怀里抱着罗莎也在跑,后面跟着两个吓坏了的小女孩。

"罗莎,罗莎!"安内莎一面喊叫着,一面把水罐放在地上,迎着巴洛拉跑上去。"发生什么事啦?"

罗莎搂住她的脖子,大脑袋靠在她的肩上,她那小小的身躯在神经质地颤抖。

"快往后跑!"巴洛拉气喘吁吁地说道,"宪兵们在找你呢。他们在你们家,把所有的人都抓起来了。所有的人,连拉凯莱大婶也……"

"连拉凯莱大婶……"安内莎结结巴巴地说道,她不知道自己在说什么,与此同时,巴洛拉和女孩子们吓得丢了魂似的奔跑着,像是从一个危险的地方逃出来似的。她一面跟着她们跑着,一面焦急不安地问道:

"怎么回事儿?怎么回事儿?"

"我不知道……我们到了你们家门口,本想把罗莎送回去。但你们家门口聚集了好多人,一个女人对我说道,来了宪兵,把所有人都逮起来了……所有的人……他们在找安内莎。于是我把水罐往地上一放，抱起罗莎就逃。得赶紧去告诉安娜大姨。你得躲起来，安内莎，你得躲起来，千万别露面。"

她不再想别的了。惊恐万状的安内莎，出于保全自己的本能，这时她想到她自己是唯一的罪人，她处境危险。其他人都是无辜的，他们没有什么可怕的。她一句话都没说，她不想往回跑，也不想弄清楚巴洛拉是不是搞错了，是不是夸大了危险。一种本能催促她奔跑，逼着她逃命。

巴洛拉和女孩子们也继续没命地跑着，似乎宪兵就在后面追赶着。有几个村妇从小房子门口探出头来，其中一位说道：

"是女孩子追赶着玩儿哪。"

逃跑者顺利地逃到了安娜大婶的家门口。她们一个接一个地跑进空无一人的厨房。安内莎想藏在阁楼上，但巴洛拉对她说道：

"你别待在这儿，安内莎，别待在这儿。他们到别处去找你以前，肯定得到这儿来找你。你得躲到别处去。"

"哪儿？哪儿？"她绝望地四处张望，问道。

"你离开这儿，安内莎，"巴洛拉催促她，"快走，他们好像追来了。"

由于恐惧和自私，当时安内莎什么也顾不得了，什么也看不见了，她粗暴地挣脱开像树杈上的荆棘一样缠着她的罗莎，把她从自己的脖子和胳膊上掰开；她冲出屋子，跑了起来。幸好当时周围空无一人，没有一个人看见她，确切地说，是她没看见任何人，她可以躲在教堂的院子里，从那儿她可以顺着石头台阶爬上观赏风景的荒凉的平台，在节日里教区的主任司铎们常常聚集在那里乘凉或玩牌。那是一个有三面拱门的平台，顶棚是芦苇做的，四周围着一圈石栏杆。她跪倒在栏杆跟前，把脸伸到两根石栏杆中间，透过古老的拱门，可以看到天上的星星在闪烁；一切都是那么寂静、安宁和阴暗。

她的心紧张地跳动着，全身发烧更加剧了她的恐惧心理。她觉得可怕的幽灵在追赶着她，要抓住她，并要把她扔到比她本不相信的地狱还要更为神秘更为可怕的一个地方去。恐怖笼罩着四周：阴影憧憧，雾霭沉沉，一个无尽的折磨人的夜晚。

那的确是折磨人的夜晚，比头天夜里更为可怕。从她躲藏的地方可以看到一片平地和布满岩石的斜坡以及安娜大婶的家。小茅屋里一直在亮着灯；她看得到晃动的人影，似乎听到了罗莎的哭泣，以及隐约的难以辨别的响声。随后，是一片寂静。一个壮士骑着马穿过平川。东方的天空已露出鱼肚白。心里本已变得相当踏实的安内莎站起身来，又心烦意乱地思量起来。

帕乌鲁在哪儿？他回来了没有？他是不是也被抓起来啦？其他人呢？会不会是巴洛拉弄错了呢？

"一切都像一场梦。"她想，"巴洛拉兴许是搞错了。不会，不会这么突然一下子抓人的。我昏昏沉沉的，烧得我浑身难受。"

不过，后来她想起头天夜里她也以为自己是在做梦，而一切都是残酷的现实。

"我，我是造成这一切的根源，我真该死！现在我该怎么办呢？我为什么逃出来了呢？我怕什么呢？徒刑在等待着我，我在做这一切之前就知道。那么，我现在干吗还要逃呢？我的上帝，我的上帝，一切都完了。"

她坐在石头阶梯的第一级台阶上，她竭力想好好地分析分析她目前的处境。她的恐惧心理和痛苦在逐渐减弱，她那阴暗的心灵中闪过一丝亮光。她重又变成了原来的她，她是不能离开树干生活的常青藤。

"得救救他们。"她下定了决心，站起身来，走到了院子里。"我去自首，而且，要是有必要，我将把一切都说出来。"

她又朝安娜大婶的小茅屋走去，她不再害怕了，他们完全可以把她逮住，捆绑起来，甚至把她扔到一个无穷无尽的痛苦深渊中，她绝不吐露一个字，即便要说也一定是帮她的恩人们开脱。

她上前敲了门。安娜立刻开了门。

"是你？"她举起双手惊恐地说道，"你来干什么？他们在找你，你知道，他们找遍了你们邻近的住家，我随时等着他们到这儿来，我没去睡，因为他们肯定要来的！"

"那么，是真的喽？"安内莎低声地问道，"那帕乌鲁呢？"

"帕乌鲁没回来；至少刚才还没回来。其他人都给抓走了，全抓走了，拉凯莱也给抓走了。"

"她也给抓走啦？"安内莎说道。她像是被五雷轰顶似的倒在了地上。

安娜大婶以为她昏迷过去了，就俯下身想扶她起来；但她推开了她，站起身来，用拳头捶打自己的嘴巴，像是为了让自己别说话。她转身就要走。

"哎，我的孩子，你去哪儿啊？"女人大声喊住她。

"我能去哪儿？我回家去。可又有谁在家呢？"

"一个宪兵在那儿等着帕乌鲁回来。然而，帕乌鲁肯定不会回来，肯定会有好人已经去禀告他了。你听我说一句，安内莎，我看出了你的用意。你想让他们抓走你。你要是知道些什么，可得好好掂量一下，你是个女人，比较脆弱，他们最终会让你说出来的。"

"可您……您也这样认为？……"

"我什么也不知道！全镇的人都在说是帕乌鲁用棍棒把老人打死的，你和家里的所有人都是同谋。要是果真如此，你干吗要让他们抓走呢？你要是有安身之处，就躲起来。没什么了不起的，也许明天就一切都过去了。"

"正因为如此，我要去自首。您要我躲到哪儿去，安娜大姨？我不是男人，男人们可以在树林里栖息。况且，既然他们得来这儿，您就让我在这儿等吧。不，我不进屋去，我不想让孩子们受惊吓。我在这里等他们。"

她坐在院子里的矮墙上。清澈的夜空下一片寂静，一轮黄色的圆月悬挂在山的上空，凄清的月光照耀着平川和教堂后面一幢幢的小房子。安娜大婶走近安内莎，把一只手放在她的头上。

"你听我说。"她悄声对安内莎说道，"我对帕乌鲁了解得比你更多，安内莎；我深知他的为人。他是他们家败落的根源。你听我说，我的宝贝。要是触动了法律，就得出事。"

安内莎又激动不安起来。

"您别说了……"但她随即摇了摇头，不再说下去了。说又有什么用呢？不，她不想说那些没用的话；她只想行动，只想救她的恩人。

安娜大婶用手按了按她的脑袋，并继续严肃而又神秘地说道：

"你听我说：你应该明白发生什么事了，司法部门正在找你，就是因为希望你说出实情。我再说一遍，要是你想为帕乌鲁好，你可千万别让他们逮住。你知道，帕乌鲁对你来说是位兄长。你不能失去他，你千万不能说。也许一切都会过去的，但所有的人都得像石头一样一声不吭。"

"要是有必要的话，我会说我是唯一的罪人。"安内莎胆怯地说道。但是安娜大婶用手捂住了她的嘴。

"你看，你看，你已经多嘴多舌起来了！别说了，孩子，得像蜗牛似的，别吱声。你不要说话，别去控告任何人，也不要去自首。即使你去自首，他们也不会相信你的；而且会逼迫你说出实情。这样，你就会失去他们的，孩子，你会失去他们的。"

"啊，不，不，求您别这么说。"她合着双手恳求道，"您别让我发疯。"

"安静！"安娜大婶抬起头说道。安内莎沉默不语，注意地听着，此时从平川那边的小路上传来了沉重而又嘈杂的脚步声，尽管安内莎早已准备面对一切，但仍吓得发抖，腾地站立起来。可是脚步声没有了，在苍白的月光下，一切又恢复了平静。

"您以为帕乌鲁留在山上啦？"她望着山岳问道。

"我相信。从今天早晨开始，谣传老人是让帕乌鲁虐待死的，天黑之前要把他抓住。准是某个朋友，某个好心人设法通知了帕乌鲁，他得知以后就不会从卡斯蒂古大叔的羊圈里出来了。你不觉得吗？"

"我相信，我相信！"安内莎激动地喊道，"如果他安然无恙，那一切都会过去的。"

"我能见到他就好了，"她想道，"要是我能跟他说上话就好了。"

她会跟他说什么呢？当然不会是实话。然而想见到他的愿望和需要，想告诉他事情发生的经过并商量以最好的自卫方式以求得救的意念，促使她朝山间小路走去。

她没有告诉安娜大婶去哪儿，像一个梦游人似的上了路。

"你上哪儿？你上哪儿，安内莎？"

她没有回答。她在想瞎子的话，维尔迪斯神甫的态度，皮拉兄弟的讥讽的目光。是的，自从早晨开始，人们肯定就听到了风传的攻击帕乌鲁的恶毒诽谤。正像安娜大婶所说，有好心人给鳏夫帕乌鲁通风报信了，也许就是瞎子尼库利努本人。

深山老林中有人迹罕至的山洞和藏身之处，而牧人们对迷宫似的山洞和隐蔽处却了如指掌。卡斯蒂古大叔对那些地方一清二楚，他本人有时也以自己是山洞的主人而扬扬自得。毫无疑问，没有回到村里去的帕乌鲁肯定是逗留在山上，待死者的亲友们所散布的谣言得以澄清之后才会回去。

安内莎绕到小教堂后面，从那里踏上山间小路，她停住脚步，又注意地听了听有没有动静，并转过头去朝村子里遥望。她觉得有人尾随着她，但她什么也没听见，什么也没看见。皎洁的月光照耀着村中像是用煤和灰建造的黑色和灰色的房舍，青黛色的广阔的地平线像是一片遥远的大海。岩石和树丛的阴影洒落在黄褐色的土地上，一切都显得那么温馨而又神秘。她放下了心。

她觉得，夜晚、月亮、阴影和寂静都是她的朋友，一切凄清和晦暗的事物如今都给予她勇气，因为她心灵里的一切都是那样凄清和晦暗。她走啊，走啊；就是从她人生旅途中的第一位旅伴，也就是那位老乞丐死去的地方开始上山，当年正是那位乞丐把她带到世界的这个角落的，犹如风把种子刮到了悬崖的边缘。厄运继续威逼着她，阴冷的风推着她朝前走。她一直往前走啊，走啊。她的脚虽然在往前走着，心里却不知要走到哪里去，就像她不知道自己是怎么走到这里来的一样。

翻过了一道山又上一道山，穿过一座丛林又进入一座丛林。在黑色的灯芯草丛中，到处是闪着亮光的一摊摊蓝绿色的水洼，大大的、圆圆的，犹如尚未沉睡的群山那忧郁的眼睛。突然小路弯弯曲曲地伸入覆盖着蕨类植物和荆棘丛的山腰之中，然后又蜿蜒在刺柏丛中和山石之间。月光透过耸入云霄的树冠洒落下来；然而，山石常常挡住月亮，小路上阴影憧憧。山路的深处像是有可怕的幽灵在那儿游荡；远处出现了神秘的黑黝黝的楼房；小路两旁处处是奇形怪状的颓壁残垣；丛林像是蹲伏在那儿的猛兽；枨柊树的枝杈支支棱棱的犹如群蛇伸出的脑袋。全是梦一般的世界，那些没有色彩和没有形状的东西一动不动地待在那里令人毛骨悚然。

安内莎走着、走着，她似乎曾经多次穿过那黑漆漆的世界，在他所熟悉的幽灵中间经过，她似乎已不再害怕她已经历过的和接踵而至的未知的危险。然而，她脚踩干树枝叶不时发出的瑟瑟声却令她惊悸不已。

　　半路上，在一个斜坡高处出现一个在移动的奇怪的影子，像是一个人影，长着一颗像美杜莎[1]一样巨大的头，在月光的照耀之下显得黑乎乎的。安内莎躲闪在一块大岩石的后面，她见一个光脚丫子的小姑娘，头上顶着一捆木柴，悄悄地迈着大步经过那儿，而后就消失不见了。那是一个靠出卖偷来的木柴为生的女孩子，她的小脚丫子上覆盖着一层泥巴，像是穿了一双可以疾走如飞的轻便的凉鞋。安内莎重又继续赶她的路。爬啊，爬啊。在远处白茫茫的高地上又出现了一个黑影，是一位骑摩托车的运动员吹着口哨，朝云雾茫茫的地平线疾驶而去。然后，就什么也看不见了。此时，乳白色的天边尽头，出现了大海，犹如一片银蓝色的云彩，黑色的小教堂耸立在小路右面布满石头的斜坡上。耳边听见牧场上的一批羊群系在脖颈上的响铃发出的单调而又清脆的叮叮当当声。那准是卡斯蒂古大叔的羊群。安内莎循着那凄凉的叮叮当当声，穿过斜坡下面的平地，来到了老牧民的茅草屋。她没见到任何人；但是狗开始叫了起来，卡斯蒂古大叔很快就出现了，他迅速地从树林里走了出来。

　　"安内莎，什么事儿？是你呀，我的宝贝？"他惊恐地喊道，"发生什么事啦？"

　　"他在哪儿？"她低声而又急切地问道，"他在哪儿？"

　　老牧人走上前来望了望她，觉得她似乎衰老多了，而且跟疯了似的。

---

① 美杜莎：神名，为蛇发女怪，传说被其目光触及即化为石头。

"谁啊？"他问道。

"谁？帕乌鲁！"她像是恼怒地说道。

"帕乌鲁！谁看到他啦？"

开初，她以为老人在撒谎。

"告诉我，他在哪儿！我想，您对我总可以说实话！我是来找他的，我有话跟他说。"

"可到底发生什么事啦，安娜？我没见到唐·帕乌鲁，我向你发誓。"

此时，安内莎的身躯一晃，似乎真的要疯了似的。

"他会在哪儿呢？他在哪儿？"她叫喊道，似乎她是在向上天、向夜晚、向不可抗拒的命运发问，那不幸的命运总是摆布她，欺骗她，无情地捉弄她。

"究竟发生什么事啦，安内莎？"

"唉，倒霉透了！我以为帕乌鲁躲……躲在这儿呢……他们在寻找他，我的卡斯蒂古大叔，在寻找他呢！他们也在寻找我。他们把唐·西莫内、科西姆·达米亚努和拉凯莱大婶都给抓起来了，他们还要把帕乌鲁和我抓起来。他们指控我们把祖阿大叔杀了。帕乌鲁在哪儿？他在哪儿？"老人也脸色煞白，神色异常不安。

"我的侄子巴洛雷今天早上来过这儿，他对我说唐·帕乌鲁把马牵走了，说是到乡下去。我没见到他。"他说道，"把事情经过都一五一十地告诉我吧，我觉得像在做梦。你说的事可能吗？你不会是……疯了吧？"

"不，我没疯，卡斯蒂古大叔。我真想疯喽，但我没有疯。"她绝望地说道。于是，她把她所知道的有关她的恩人们被捕的事讲了一遍。

"拉凯莱大婶也抓走了！唐·西莫内也抓走了！这是什么世道呀？莫非司法部门抽风了？安内莎，你还知道别的什么？"

她告诉老牧人只知道这些，但她突然又害怕起来了；她想，唯有她才真的处境危险，而其他人都是无辜的，解脱是早晚的事；于是她攀住老人，低声地对他说道：

"救救我！救救我！看在您已经故去的主人们的面上，把我藏起来吧！哪儿有山洞？把我带到山洞去吧。我得躲起来，在他们得救之前，不能让任何人听到我的声音……"

她抓住老牧人的胳膊，然后，跪在地上，抱住他的膝盖，蜷缩着身子，恨不得躲在老人的脚底下去。他望了望脚下的安内莎，脑子里闪过一个念头，像一道闪电那样清晰和凄切。

"好，我把你藏起来。不过，你知道……是你干的还是你看见的。"他严肃地说道。

"我什么也不知道，我什么也没看见。您把我藏起来吧。大伙都劝我别让他们抓起来。您把我藏起来吧，卡斯蒂古大叔，把我藏起来吧。"

"大伙……"他追问道，"大伙是谁？"

"所有的人，所有的人，我的卡斯蒂古大叔！而且您也不会眼看着……不……不，您把我藏起来吧！"

"现在我马上就把你装在我的口袋里！"老牧人不耐烦地说道，一面拍了拍她的肩膀。

她全身一阵震颤，那震颤使老人悟到了事情的八九分，意识到了事情的严重性。不过，与其说他感到了恐怖，不如说是感到一种深深的忧伤。这位孤寂的老人面对一个像受伤的羔羊一样跪在他脚下的女人的痛苦，他那纯朴而又胆怯的心灵变得富有同情心，于是他壮起了胆子。

"你起来，跟我来。"他简洁地说道，"要是你是无辜的，你就不必害怕。"

她站起身来，望了望四周，感到得求他出主意。在此艰难的时刻，一颗富有同情心的心灵比世界上所有的律师都更有价值。

"卡斯蒂古大叔，请您告诉我，我该怎么办？"

"别作声，孩子，"他用一只手捂住嘴巴回答道，"暂时什么也别说。现在我将顺从你的意愿把你藏起来。你就待在我带你去的地方，你得跟山石一样沉默不语直到我回来。我将把你藏在岩石洞里。"他朝草屋走去，又说道："我会把你藏好，即使他们来寻找你，就像大海捞针一样肯定找不到。我会给你送吃的和喝的，我将像给以利亚①送食的乌鸦一样。"

他走进茅屋，取出一个软木水罐和一个大麦面包，然后又朝树林里走。她跟着他，她想起过去曾有一次穿越过那块没有树木的林中空地，那里堆满了干枯的刺菜蓟和干草，她记得那次曾看到过的那排树林，像是一片乌云延伸在银色的天空之下。

皓月当空；远处徐徐升起一道道明亮的雾霭，当他们两个人穿

---

① 以利亚(ELIA, 公元前九世纪)：犹太人的先知，他行了不少神迹奇事。据说他并没有终老而死，而是乘着旋风踏着火轮升天而去。

越林中空地时，透过繁多的树干窥见一片银色的雾海，呈棱锥状的蒙特·戈那雷山头犹如一块浮现在海面上的青色礁石。她怔了一下。那正是她跟帕乌鲁相恋第一天所走过的那条路。

"我们犯了不可饶恕的弥天大罪，上帝把他的巨手重压在我们头上，并惩罚我们。"她低着脑袋想着。

在宁静的月光下，当他们来到高大而神秘的巨人墓底下时，卡斯蒂古大叔拉着身后那个因痛苦和眼泪而失去理智的女子，一块岩石一块岩石地往上攀登。

"你干吗还哭呀？你听我说，别怕，你这就会看到的。你慢慢走，小心别摔着。哎，你不是长着眼睛吗？而且视力蛮不错。"

她感到脚底下的石头在摇晃，就像当初一样，随时都可能栽到一个深渊里去。他们真的爬上了一道峭壁，一直爬到像口棺材似的巨石上面；然后又从山头的另一坡面下去，钻进了两道峭壁之间。月光照耀着狭窄的过道；然而老牧人依然小心翼翼地擦着峭壁朝前走。突然峭壁狭长的过道变得开阔了；另一道山的坡面又呈现在眼前，山谷连绵，层峦叠嶂，阴影幽幽，雾霭迷漫，月光皎洁，眼前的景色格外奇妙。安内莎擦干了眼泪，从高处往下望，见卡斯蒂古大叔跳到下面的一块大岩石上，他帮着安内莎往下跳。他们重又沿着悬崖上的一条石径走，终于来到了一座岩洞的低矮然而却很宽阔的洞口跟前。

"看，就这儿，你进去之后，我用一块大石头和一些树枝堵住洞口，"牧人说道，"没人能发现你。"

"我害怕。"安内莎说道。

"你怕什么？只有魔鬼能发现你。我们进去吧。"

他俯身爬了进去。安内莎也匍匐着往里爬，牧人从里面拉着她的双臂，把她拖了进来。

她看到的不是一个低矮而又黑暗的普通岩洞，而是一个用山石奇妙地砌出来的房间。除了洞口之外，在两块巨石之间还有一道一个人头宽的大缝隙；安内莎惶惑地把头伸出去张望，只见岩石间一道瀑布咆哮着倾泻而下，落至群山的谷底。在银色的月光下，青色的悬崖的隙缝中到处是柽柳树丛和灌木丛，犹如石化了的魔鬼那粗硬的毛发。一道柔弱的光线从洞口射进来；然而，卡斯蒂古大叔却点着了一根火柴，上上下下照了照；安内莎发现岩洞深处有一堆尚未完全熄灭的灰烬，这烧过柴火的痕迹旁边是一块靠着岩壁的石头。这就是说，曾有人在这神秘的地方停留过，那些人也把他们带往这岩洞里的痛苦和恐惧留下来了。她坐在那块石头上，犹如坐在一个赎罪的宝座上，当老牧民走了以后，她似乎觉得自己并不完全是孤身一人，她用脚拨弄着灰烬，那行将熄灭的火光曾使人超脱她那样的一种痛苦，或是救赎了一个类似她所犯的那样一种错误。

时光一小时一小时地过去了。她思忖着：

"是的，是的，我不是唯一有罪的人。多少个男男女女也都有过过失，犯过罪孽，做过坏事。然而，却并不是所有的人都像我现在和今后这样受到惩罚。为什么厄运偏偏这样折磨我呢？为什么？"

不过，她已近乎听天由命了。她知道自己该做些什么。只有等待，别无他法。也许卡斯蒂古大叔会给她出主意的。要是必须面对法律的话，她也会挺身而出的。再以后呢？她无法再想下去了。她疲惫了，困倦了；但她躺在那块石头上怎么也睡不着，因为就在这儿其他的杀人犯和犯罪者也曾怀着惴惴不安的心情，像被猎人紧追不舍的嗜血成性的猛兽渴求逃生一样地逃到这里躲藏起来。

"在这儿我怎么能睡得着呢？我的恩人们还都被关押在一个比这个洞穴更糟糕的地方呢。"她这样想着，但很快就不去想了。她仿佛觉得石块在移动，洞口打开了，一个大胡子的汉子出现在那块岩石的后面。

她竭力想挪动一下身子，但她动不了；后来她就一切都记不得了，似乎重又见到了密林深处的银色雾霭、棱锥体的蒙特·戈那雷山头和巨人的墓。

她仿佛觉得自己并没有睡，但当她看到无数稀奇古怪的东西之后，并在阴森可怖的山峦中气喘吁吁地艰难跋涉和奔跑之后，她突然张开眼睛，不禁打了个寒战。

淡紫色的晨光照亮了岩洞。她站起身来从洞口朝外张望。四周一片寂静。苍穹朦胧，一条条宽展的白色雾带犹如一道道溪流，把山谷和山头划出道道印痕。

从沟壑深处传来了一阵哀怨的尖叫声。她从洞口退缩回去，重又坐在重重叠叠的石头上，期盼着。就像在梦中一样，她以为自己在动，以为看到了尽管可怕然而却是真实的东西，现在，明明是现实，她却以为是在梦中。

种种含混和杂乱的形象在她茫然失神的眼前一幕幕地掠过：那洞口岩石的轮廓在她看来似乎就是被她害死的那位老人的浅灰色的

侧影。似乎老人还活着，并且健在，就坐在自家大门的外边，跟唐·西莫内和科西姆大叔在一起，用他那令人生厌的声音在讲述着他战争中冒险的经历：

"……哎，突然，响起一阵鼓声；随后又是一阵，而后就如排山倒海……似乎到了世界的末日了，到了最后审判的日子了，当耶稣基督要降临到人间，就要天崩地裂了。众人全都站立着，就像准备接受审判的灵魂似的……"

坐在门槛上的安内莎注意地听着，隐约地感到一种恐惧。她不信上帝，也不信有什么最后的审判，但老人的话使她心惊肉跳。

卡斯蒂古大叔终于回来了。

"哎，女强盗，"他一面匍匐着钻进洞穴里来，一面开玩笑地说道，他把一个盖着盖儿的罐子推到跟前，"兵士们来了。"

"我的大叔，"安内莎双手按在胸口上恳求道，"别这么说话；现在不是开玩笑的时候。有什么消息，您快告诉我呀……"

他站起身来，并把盛满冻奶的罐儿递给了她。

"快告诉我……快告诉我……"

"唐·帕乌鲁还没有被捕，但是他们在到处找他。他们也在找你；他们搜查了所有的邻居家，安娜大婶的家，维尔迪斯神甫的家，弗朗基斯科·贝拉的家。"

安内莎睁大眼睛听着，像是从沉睡中被猛地惊醒过来似的。

"帕乌鲁在哪儿？您认为他可能在哪儿呢？"

"嗳，小鸽子，他在我的小口袋子里呢，"牧人把一只手放在口袋里说道，"我怎么能知道呢？你喝点儿奶。把这块面包吃了。"

"您快告诉我。"她催促道，"您不是到山下去了吗？"

"我是下山去了，我与维尔迪斯神甫交谈过。他认为不会出什么事的，因为他认为你们都是无辜的。今天从努奥罗镇来了两个医生，是来验尸体的。要是查不出什么来，就不会有什么事了。再过几个小时，我的侄子巴洛雷会上山来报告我消息的。我待会儿再来。"

她把牛奶和面包放在岩石上，没吃。

她双手搁在腹部，眼睛直瞪瞪地望着远方，重又一动也不动地待在那里，但她不再抱幻想了。

"要是查不出什么来，就不会有什么事了。"

其他人完全可以抱有希望，但她没有什么可指望的。

"他们在寻找我，在寻找我。"她近乎全身战栗，她想着，"他们最终将会在这儿或某个地方找到我的。也许还是离开这儿为好。我等什么呢？死去的气喘病老人会说话的；他会把秘密启示给学识渊博的大夫们的。他们会由此发现问题的真相的。死人会说话的，他会说话的。"

她还在恨他。

"他们在寻找我，他们在寻找我。他们还到老婶子弗朗基斯卡家里去找我。可怜的老太太，她会怎么想我呢？"

于是，安内莎重又见到了一位病弱的老太太形象，她过去常给她捎吃的东西，并替她打扫简陋惨淡的小屋子。她是个心地善良而又有忍耐力的老太太，可气喘病老人却是非常令人讨厌而且凶恶；每次安内莎给她送吃的，她总要吻安内莎的手，对她感激涕零。

"要是他也像大婶那样就好了！"可怜的女人想道，"可现在弗朗基斯卡大婶会说什么呢？当她想起曾经吻过我的手时，一定会害怕得哭起来。"

　　过了一会儿，她感到口干舌燥，喝了点儿奶，岩洞的瘆人的寂静使她鼓起勇气把头伸出洞口，久久地注视着悬崖。那是炎热多云的一天。滨海的石灰质群山显得很近；宽阔的山谷里每一条小路，每一座树丛，每一道溪流清晰可见。然而，萦绕在山坡上的阴影雾霭就像是覆盖在山岩上面的轻纱一样波动起伏着；打从黎明时起她就听到过的哀怨的尖叫声，现在变得更加凄厉和清晰，就像人的一种嘶喊。

　　而当她开始确信那是某个牧人的喊叫声的时候，却发现原来是两只鸢正在岩石缝里筑巢呢。两只鸢儿相互追逐着，从一棵树飞到另一棵树，一会儿就降落到深谷的底部；忽然，那只雄的扶摇直上，像在做探索性的飞行，随后一头栽下去，又环绕着在哀怨而又柔情地呼唤它的伴侣飞舞着。

　　后来，两只眷恋着的鸢儿又双双径直飞到了岩洞附近的那棵桴栎树上；它们欢快的叫声似乎使沉浸在寂静中肃穆的风光增添了生气。

　　于是安内莎重又想起她的情人，他跟她一样，也躲在无人知晓的地方，她为失去的幸福而焦虑万分。

　　"他们会判我罪的，会把我弄到十分遥远的地方，监禁在一个阴暗的地方。"

在那儿她肯定会想念她的帕乌鲁的，犹如不幸的天使想念上帝一样。她将再也得不到他的任何东西了；也许，甚至连他的思念也得不到了，因为帕乌鲁肯定不会想念她这样一个凶手的。

"我干吗这样干呢？"她跪倒在地上，自问道，"上帝说过：别杀人，别私通……而我无视上帝的教诲，所以失足了，就像所有那些闭着眼走路的人一样。"

她又哭了起来，在岩石上碰撞她的前额；然而此时有一道隐约的光指引她朝向远方的某一处，就像灯塔的光辉在狂风暴雨中呼唤和导引着航海者穿过黑暗和咆哮的大海一样。

第八章

　　卡斯蒂古大叔在将近黄昏时分才回来。安内莎发现他神情严肃、神色不安。

　　"他们把他抓起来啦？"她问道。

　　"他去自首了。他把事弄糟了！"

　　她脸色铁青，但情绪激动。

　　"为什么说他把事弄糟了？莫非您以为他是罪人？您也这么以为吗？好吧，那我们就走着瞧，待医生们验了尸体以后，死人会说话的。我们会知道死人是否挨揍了，会知道实情到底如何。"

　　"安内莎，你在胡言乱语；让我摸摸你的脉，你肯定在发烧。你没碰过吃的东西，为什么？"

　　他抓住她的手腕，眼盯着她看了看。她那双带有讥讽而又忧伤的大眼睛也盯着他看，目光中蕴含着无奈和忧虑；她把自己的双手从卡斯蒂古大叔手里抽了出来，朝他的胸口，用力推他，并叫喊起来：

　　"您也以为他是罪人吗？您，您，您这个吃过他们的面包，在他们家睡过觉的卑鄙小人，居然也认为他有罪？那还有谁会相信他们是无辜的呢？”

"镇静些，孩子，"卡斯蒂古大叔挥动着双手说道，"你发火了，你有理由发火，但你别跟我过不去。你听我说，让我们好好想一想。没有人比我更相信我的主人们是无辜的了。我哭了整整一夜，你看，还有整个白天。我就像家里死了人似的为他们的命运哭泣。你听我说，孩子，我要说件事，你应该跟维尔迪斯神甫去谈谈。"

她平静下来，重又坐在石头上，但不作回答；而且她双唇紧闭，就像生怕自己无意中会说出什么来似的。牧人把一只手放在她头上。

"你说呢，安内莎？我是说……"

她摇头表示反对。

"起先你大喊大叫，现在你又连一声都不吭。是的，我也确实提醒过你要像石头一样缄默不语。不过，从昨天到今天，很多事情都已经发生了。"

"无论是昨天，今天，还是将来，我对任何人都无可奉告。"她嘶哑着嗓子喊道，"您为什么要我跟神甫去说呢？"

"这样是为了商谈一下怎么办。"

她依然摇了摇头。

"不管怎么样，今晚或明天早晨我要去村子里，我会知道些情况的。"

"您别说我在这里。您收留了我，别出卖我。否则您就成了犹大了。"

"你的话不值一理！"他愤然地说道。随后，他又心软了，摸了摸她的前额，把奶罐移到她身边。"你发烧了，你听我说，我把我的外套给你，留在这儿，一会儿我给你送个口袋来。别害怕，你待在这里很安全，跟待在娘胎里一样。"

尽管听他这么说，她还是担心会出问题。再说，她就像处在一个石头魔鬼的肚子里，或是一个岩石建造的坟墓里，那坟墓就像安葬死去的巨人的墓一样。是厄运狡黠而又凶恶地把她拖进那坟墓里去的。然而，只要她能够，她就要反抗和搏斗。

"卡斯蒂古大叔准都猜到了，"她想着，"他让我去忏悔，让我把一切都告诉神甫。但我不愿意……我还不想忏悔。"

又熬过去了一个高烧和焦虑的夜晚。她觉得自己筋疲力尽了，似乎石头压在身上，她自忖道，是不是监狱就是这样子，一个终身监禁的地方。没完没了的高烧促使她想逃跑；可怕的噩梦使她感到窒息：她似乎觉得自己被压在一床黑色的被子底下，被子上面躺着被害的老人，三位医生俯身朝她低声说着离奇古怪的言语。逃，快逃！可逃到哪儿去呢？如今，整个世界对她来说哪儿都充满着危险和忧虑。

白天过后，黄昏又来临了。卡斯蒂古大叔带来的消息总是那么令人忧伤，人们不知道医生检验的结果，也不知道初审法官是怎么以长时间的审讯折磨被告们的。

"明天，我的主人们可能要被押解到努奥罗镇的监狱里去。你想想，安内莎，你好好想一想啊！"卡斯蒂古大叔双手攥在一起绝望地说道，"唐·西莫内·德凯尔基和拉凯莱大婶将像囚犯一样被捆绑着装在一辆囚车上。想到此番情景，就是石头也会掉泪的呀。"

"怎么办呢？"她问道。

"怎么办呢？"老人重复道。

他们绝望地相互对视了一下，随后她突然问道：

"可是，那些亲戚呢，他们做些什么？为什么他们不想想办法，不去找律师呢？"

"亲戚们？俗话说，大祸临头，亲戚都怕沾边儿！没有人挺身而出。唯独维尔迪斯神甫在设法营救他们。但他能做什么？你想想，我的孩子，为了能解救他们，我恨不得自己代他们去顶罪。"

"他们会说你只是个同谋。"她忧伤地说道。

第三天晚上，憨厚的老牧人钻进了岩洞，坐在安内莎身边，他无计可施，想以牺牲他自身的自由来拯救他所深爱的主人们。

"您有什么要告诉我的吗？"她立即瓮声瓮气地问道，"有什么新消息？"

"是这样：大伙儿都说，你应该面对法律。大家都说，她躲了起来，说明她知道某些内情，维尔迪斯神甫也是这样看。是神甫劝帕乌鲁去自首的，他要你也出面。"

"他知道我什么事儿？"

"安内莎，他知道我能见到你……"

"您，您出卖了我。"她站起身来喊叫道，"犹大，犹大，比犹大还卑鄙。您把一个可怜的女人出卖了。现在您就差把我捆起来去送交司法部门了。"

"别胡思乱想，"老人平静而又难过地说道，"你听我说。我没有出卖你，我的确是去维尔迪斯神甫那儿了，因为他是唯一关心我们可怜的主人们的人，并想尽一切办法去营救他们。你知道，是他劝帕乌鲁到司法部去投案的。他对我说：'我哪怕少活十年也想跟安内莎谈谈，因为也许只有她才能救出她的恩人们。他们的命运掌握在她的手里，就像一件玩具捏在一个孩子手里一样。'安内莎，上帝的女儿，你就听从我们两个好心人的话吧。我与维尔迪斯神甫从未做过任何坏事，我们不会去有意折磨一个不幸的弱女子，做出伤天害理的事来的。何况，你也说你很想去解救他们，这也正是我们的目的。得救他们，安内莎，得救他们。"

她把脑袋倚在岩石上，哭泣着。她感到老人说得有道理。她还等什么呢？已经过去三天了，而她却没为他们做什么，没为他们做任何努力。得想办法，得克制自己，不能感情冲动，得迫使自己像一头受伤的野兽那样把自己隐藏起来。

"如果你是怕回村里去，维尔迪斯神甫可以到这里来。再说，并没有人强迫你做自己不愿意做的事。你也是有良知的，安内莎，它会启迪你什么吧？"

"好吧，但我不能对您说！"她自豪地站立起来，回答道，"您让神甫来吧。"

他们是在小教堂的拱廊里会的面。

天色又晚了；月亮悬挂在飘浮着片片乌云的灰黛色天边，但东边已可清晰地看到雾霭蒙蒙的大海。在寂静的树林中，要不是随处可见被露水打湿的树叶闪闪发亮的话，人们还以为是落日黄昏的时刻呢。

维尔迪斯神甫是徒步来的，他在路上还摔了一跤，把一只手给摔坏了。这算不了什么，这一类小事故他已习以为常了。要是他徒步行走，特别是在夜里，他总是摔得不轻；要是他骑马，马也总滑倒；柽栎树粗糙的枝条不是划破这位神甫的脸，就是把他的发套碰掉。村里刻薄的人和不信教的人说，每当他用过午餐或晚餐之后，准发生这类小小的意外事故。可偏偏这一次既不是吃过午饭之后，也不是吃过晚饭之后，而且月光明亮，又有强壮的卡斯蒂古大叔陪伴着他，照样还是摔了。

安内莎见神甫在拱廊的矮墙墩上坐着，长袍撩到膝盖，一只手用他总随身带着的那条红蓝两色手绢包扎着，他在大声祈祷着，并朝远处空地那边的地平线上望着，惨淡而又凄凉的月亮正在徐徐升起。

当安内莎出现时，神甫那双灰色的小眼睛正对着她，但似乎没有看到她，因为他继续在祈祷。她也惊讶地看了他一眼：他像变成了另一个人；比平时消瘦多了，面容憔悴，脸色煞白，肌肉松弛；下巴的两边顺着嘴角有两道深深的皱纹。看上去，像是一个厌世和饱受痛苦的人，不过，都是蒙受不幸的天真无邪的孩子那样的一种烦恼和痛苦。

"好吧，"他突然说道，同时手里不停捏动着他那串黑色的小念珠，"我们总算在这儿见面了！过来，你坐这儿来。"

安内莎挨着他坐在矮墙墩上，自从这时起，他们相互都不再望对方，两人的眼睛都朝拱廊外面看，望着凄凉的远方，那里月光黯然，空中的雾霭像一层层轻柔的面纱，而后又缓缓地沉落在天边的群山后面。

安门莎说道：

"让您亲自上山来，我很抱歉。您摔疼了吧？哎，早知道这样，就不劳您神了！可直到昨天晚上我还一直害怕；我是一位弱女子，维尔迪斯神甫，请您宽恕我。昨天夜里我考虑了我的处境，要不是卡斯蒂古大叔叫我别离开我躲藏的地方，我可能早就回村里去了。我想去司法部门投案，既然他们也要抓我。"

"你把事情详详细细地讲给我听听，"老神甫要求道，"把一切都告诉我。"

她叙述了她是如何逃出来的。

"不光是这个。你说说老人是怎么死的。"

"可您都已经知道了……"

"这没关系。你说你的。"

她又接着说下去，声音无力而又冷漠。她把对她的恩人们说过的话又重复了一遍。

"这就是事情的真相。我的过错是，当老人去世时，没有立刻去叫人。"

维尔迪斯神甫一边听着，一边呼哧呼哧地喘着粗气。她没有望着他，但感到了老人那急促的呼吸，她觉得神甫对她所说的不太感兴趣。

"你没说实话，安内莎，"他终于给她指出来了，神甫一动不动地坐着，双肩和脑袋始终靠在墙上，"我来这儿是为了了解事情真相的，不是为了别的。"

她没回答。

"你听我说，安内莎。我既不是一位法官，也不是一位听忏悔的神甫。法官将会让你说出实话，不管你愿意还是不愿意，因为这是他的天职。法官会从你的嘴里掏出实情来，就像从口中拔掉一颗蛀牙似的，而且让你不知不觉。找听忏悔的神甫，你什么时候想忏悔，就什么时候去找。我只是一个普通的人，一个热爱他的同胞，并诚心诚意想帮助他们的人。如果你见到了一个可怜的老人跌倒在地，你愿意扶他起来，对不对？要是你不这样做，你就会觉得自己不是一个有人性的人，而是一个没有理智的畜生。行了，我们不谈这些了。我想告诉你的只是这个，就是我想帮助你的恩人们摆脱困境，而你应该帮助我。"

"这我都明白，而且我已随时做好准备。我该做什么呢？到目前为止，我不是一直在听我恩人们的朋友们的劝告吗？他们让我躲起来，我就躲了起来；他们叫我别吭声，我就没吭声。"

"好吧，现在你该说话了。你会说实话的。不必说别的。"

"我说了实话了……我说了实话了……"她一再重复道。

于是他放低了声音：

"不，安内莎，你没说实话。不过，我知道真相，比你还知道得早，很多很多年以来我一直知道，我目睹了那事实，也亲眼看到了你是怎么长大的，而且那是一种可怕的事实；它就像是与你一起成长起来的蛇，它缠绕在你身上，你的双臂和你的颈脖上，并且同你融为一体了。女人和蛇。这融为一体的东西就是安内莎。"

"维尔迪斯神甫，"她睁大着眼睛，提高了嗓门，又生气又害怕地说道，"您可别这么说！我干什么啦？"

"你干了什么啦？你自己知道，不用我来说。你知道那个把冻僵的毒蛇抱在怀里温暖它却被毒蛇咬伤的农夫的故事吗？行了，我再说一遍，我不想对你说教，只想告诉你一件事：帕乌鲁在有人向他通风报信后就跑到我那里躲了起来。我像卡斯蒂古大叔接待你一样接待了他。陷于痛苦之中的帕乌鲁把一切都告诉了我。"

"是吗？但他能对您说些什么呢？说我们相爱了。可我不是一直当我的用人吗？我做了什么坏事啦？"

"蛇终于开口了！你做了什么坏事啦？你有罪，这还用说吗？你觉得这还不够吗？"

"好吧，就算我有罪。但我的所作所为只是于己有害。"

"可你不该做于己有害的事，于人有害、于人无害的事也不能做。上帝赐予你一个纯洁的灵魂，而你却把它玷污了，而且想把它当一块污秽的抹布似的呈现在上帝面前。你自己糟蹋自己，往自己身上抹黑，你这是与自己过不去。"

"是这样。是这样。"

"这是你最大的罪过。上帝给予你一个人的灵魂，而你却扭曲了它，而且在罪恶的道路上你陷得越来越深，你扼杀了你的灵魂，你窒息了它，你的灵魂在你身上就像一座坟墓里的一具僵尸一样已经腐败溃烂了；它腐蚀了你，使你变得肮脏污秽。就如同一座刷白了的陵墓，从外表上看它很漂亮，而里面却全是尸骨和腐烂物。"

"维尔迪斯神甫！维尔迪斯神甫！"她用双手捂住脸，呜咽着。

"请让我说下去。我这么对你说话，是因为我知道你懂得我的意思。换了另一个女子，是听不懂我说的话的，而你不同于其他女子，你很聪明，也许你已多次对自己说过我现在一再对你说的这些话。你还记得吧，安内莎，我多次责备过你总不来做弥撒，因为你不再接近上帝了。你已误入了歧途多年，而我一直关心着你，或者说是盼着你回心转意。唉，我没想到你会盲目地走向深渊的。如今，谁能拯救你呢？"

她沉默不语。老神甫的话既简单又直率，而且又很平常，何况，这些话过去他也对她说过好多次了；但他的话语气很严厉，又很有分寸，声音中蕴含的怜悯多于责备，伤悲又多于怜悯。他的每一句话都扣动了安内莎的心弦，又如石头落在沼泽地里戳破了泥潭表面那层污浊发臭的浮皮一样。

"只有上帝能拯救你。"他说话的声音越来越低沉，"你一而再，再而三地犯错误，这是走上邪路的人的必然命运。只有死去的人无法站起来，活着的人跌倒了是可以重新站起来的，病人也可以治愈。安内莎，刚才我说你的灵魂已经死了，这话不对，因为灵魂是不会死的；但是你的灵魂害病了，害的是一种瘟病，一种把周围的空气都毒害了的传染病毒。我们要设法治愈它。安娜，你回答我的问题：你还相信上帝吗？你不回答？我再说一遍，现在我不是听你忏悔的神甫，也不是判你罪的法官，而是你的医生。"

"我不知道。"安内莎回答道，"多年以来我已不再相信上帝了，这是真的，因为降临在我们家的灾难太多太多了，就像霹雳多次打在同一棵树上一样。太多了，实在太多了！我的恩人们都是虔诚的人，他们都敬畏上帝。可为什么上帝还这么折磨他们，使他们总是那么痛苦呢？不过，这几天，我有好几次想到了上帝。现在，我想您是有道理的，维尔迪斯神甫，但我并不像您认为的那么坏；我做了于己有害的事，不错，但我那么做是为了他人好。我重申一下，我准备承受一切后果。您说，我该怎么办？我得去自首说是我杀死了老人吗？我已有了这样的思想准备。我会说：我恨他，我把他杀了；你们把我捆绑起来，把我扔到黑暗的牢狱里囚禁起来，就像把一块石头扔在井里一样，从此人们就不再谈论我了。可他们会相信我说的吗？"

"他们不会相信你，因为这不是事情的真相。你不该这么说，不，不！这不是事实真相。"

"啊，"此时，安内莎尖声喊叫起来，"那么，事实真相是什么呢？人们想从我这里得到什么呢？您告诉我吧，维尔迪斯神甫。"

"我当然会告诉你的。好，你得这么说才是：'我是唯一的罪人；是我，是我杀了人了，但不是出于仇恨，不是出于爱，而是出于利害关系。我是毒蛇化身的女人，多年来我环绕着禁果树匍匐着，我勾引意志薄弱的男人跟我一起犯了罪。当我对肉欲感到厌倦后，就把欲念转向别的方面了。我对自己说：我要用别的绳索把那个男人捆绑在我身上……'"

"我不明白，我一点儿也不明白。"她低声说道，"请您明白地告诉我。"

"总之，你应该这么说：'我杀了老人，为的是一旦罪恶被人揭穿时，人们会相信帕乌鲁是主犯，而我只是他的同谋。我想用这作为武器，像一根绳索套住帕乌鲁，把他永远捆绑在我身上……'"

"我是该这么说吗？他们会相信我吗？"

"当然会相信，因为这是事实。"

她腾地站了起来，神情严峻，脸色发青，紧握着双手，眼睛睁得大大地望着神甫，目光呆滞而又凶狠。

"维尔迪斯神甫，"她结结巴巴地说道，"是帕乌鲁这么对您说的吗？是他？是他？我要立刻知道这个，您快说不是这样的。否则……我……"

神甫不动声色，连看也不看她。但说话声音洪亮，语气中既带有讥讽的意味，又饱含着忧伤，与刚才那种微弱并富有怜悯心的语调截然不同，他缓缓地问道：

"否则怎么啦？你要像对待祖阿·德凯尔基那样对待我，是不是？"

此时，她似乎明白了一件可怕的事实：神甫怕她，就像怕一头猛兽、一只疯狗那样地怕她，而且神甫还竭力假装不怕她，并小心翼翼地设法打动她。这时候，她真的意识到她所犯罪孽的深重，而且觉得自己真的成了像维尔迪斯神甫所比喻的毒蛇一样的女人。

"维尔迪斯神甫，您看着我，您以上帝的名义看着我！"她声音嘶哑而又呼吸急促地说道，她站在他面前，逼着他看着她。"您再说一遍，您是不是真的相信您刚才所说的一切。维尔迪斯神甫，要是您这么以为，帕乌鲁也这么以为……那么我就也这么以为吧……我会把自己看作比凶残的野兽都不如，我会把自己看作是吞噬摇篮里的婴儿的狼狗。您说呀！您倒是说呀！您再说一遍。只要您再这么说一遍，我就义无反顾地立刻下山到村子里去，跪在监狱的大门前，并恳求他们把牢门打开，让那牢房的门像教堂的大门一样为我敞开。"

神甫抬起了头，用怜悯又带探究的目光望着这可怜的女子。她那绝望的眼神，她那变得憔悴的面容，她那颤抖着的纤弱的身躯，绝不是一个狡黠和凶残的女子所该具有的。

"平静些，安娜，"他抬起裹扎着的手对她说道，"也可能是我搞错了，我们每个人都有可能犯错误的。现在，你听我说。你还回到你那儿去，你听我的话儿。我已经跟你说了，帕乌鲁在我那儿住过一夜，我把他藏起来了，所以宪兵没搜出他来。当他的心境一平静下来，我们就促膝长谈起来。他毫无保留地把一切都告诉了我。他对我说，头天夜里他回过家，跟你谈过一席话，当时老人正睡着。他告诉你说他已弄到钱了，并且把他未来的打算也全都告诉了你。他答应要娶你，但你不相信，你说你担心他一走就会把你给忘了。这次幽会以后，老人就死了。那么，是不是可以认为，你是为了阻止帕乌鲁出走而犯下了罪孽呢？"

"可帕乌鲁说什么啦？他说什么啦？"她问道。

"他认为你是无辜的。至少他是这么说的。"

"维尔迪斯神甫，"她用一只手捂着自己的眼睛说道，"我在您的眼里就像孩子们眼里的巫婆一样，甚至把我看得比巫婆还坏。帕乌鲁回来时，老人早已死了。好吧，"在沉默片刻之后，她露出了脸，提高了嗓门，又接着说道，"维尔迪斯神甫，我把一切都告诉您，是我把老人杀了，因为我以为那样一来帕乌鲁就得救了。而帕乌鲁从外面经过，却没有发现我。以前命运把我带到这该死的村子里来，现在命运又逼我落得这般地步。难道我愿意这样吗？不，不，维尔迪斯神甫，我深知我把自己给毁了，但这是命运安排的。我何尝不想做一个与所有其他女子一样的女人，有一个父亲，一个母亲，堂堂正正地生活。如果真有上帝的话，上帝难道不愿意我这样吗？"

"上帝认为你是有道理的，安内莎；此时此刻，难道你不感到你做得对；而且你的命运完全是你自己安排好了的吗？为什么你不早像现在这么考虑问题呢？那是因为你总以为你能掌握住你自己，能够做一个自己想做的人。你觉得自己可以为所欲为，因为你不受任何人约束。可现在，你却发现自己是你所称作的命运的奴隶了，所以如今你怨天尤人了。你没发现吗，安娜？你没发现是上帝在给你指路吗！"

"我的天哪！别那么说呀，维尔迪斯神甫！上帝是不愿意老人去世的。"

维尔迪斯神甫气得呼哧呼哧地直喘粗气。

"你不能评判上帝的意旨。也就是说，老人已经活到头儿了，不该由我们去评判老人的命运。你想想你自己吧，安娜。你还没有活到头儿呢，你以什么方式去死，这倒关系不大，这不用你去操心。你只须考虑怎样带着洗刷掉一切罪恶的灵魂去面对上帝。"

"我该怎么做？我已打定主意去投案了。"她冲动地说道，"您要我怎么说，我就怎么说。"

"我要你怎么说？这关我什么事？我再说一遍，只要你说实话，没让你说别的。"

"可他们会相信我吗？"她又疑虑重重地说道，"他们不会说我只是个同谋吧？总之，我一人做事一人当，维尔迪斯神甫！我不想加害于……他们。"

她不敢再称他们为她的恩人了。

神甫摇了摇头，以忧郁的目光朝外望着，似乎在反驳距他很远的一个人说的话似的。

"你还是没有听懂我说的话，安娜。要说实话，说实话！这是一切的一切。得说真话，别的就甭管了。你会不会因此而受到惩罚？别人会不会由于你而蒙受痛苦？这都是次要的。唯一重要的是你得走上正道。"

"我会按您说的去做。"安内莎又说道。

然而，似乎他并没有听见她说的话。他站起身来，疲惫不堪而又痛苦地做了一个怪相，并仍然朝远处望着。

"嘻，现在不光是这个问题，"他接着又说道，"安内莎，你应该最严厉地惩罚你自己才是。你看，上帝并不像人那么残酷。他对陷入泥潭之中的人说：'站起来，小心别再跌倒了。'他在对你说：'安内莎，不幸的女人，我使你心明眼亮，我扫去了你心灵中的阴影，犹如黎明驱散了空中的夜雾。继续朝前走，别再犯罪了。'"

她长叹了一口气，合起了双手。

"别再犯罪了。别再犯罪了。"

神甫最后的这一席话比那些暗喻和威胁更令她心神不安。

"别再犯罪了……"她重复道，"这些日子我考虑得很多，维尔迪斯神甫！我想过，我不想再犯罪了，我不想再欺骗任何人了，我不想再做对不起任何人的事了。"

"好，好！"

"如果我被判刑……"

"不忙！不忙！"他不耐烦地抬起包扎着的那只手说道，"还有时间。也许事情的发展要比我们想象的好得多。你还是想想如何拯救你的灵魂吧。"

他一边不停地说着话，一边一再重申生命是短暂的，并充满着欺骗，幸亏我们相信人有来世，永不消逝的来世，那里的一切都是真实的，纯净的，那里充满了正义，就像地球上充满了空气一样。然而，安内莎如今已不再需要聆听别人的教诲了，她的心灵深处有一种声音在悄悄地慰藉她，指点着她要走的路。

神甫对她说道：

"为了使你的出现不致引起非议，你今天晚上回村子里去吧，这样没有人会看见你。你到我家去，我们商议一下怎么办。同时，我在这里按你的意愿做一次弥撒。我把圣饼也带来了。"

他们把拿着小教堂钥匙的卡斯蒂古大叔叫了过来，他们开了教堂的门。太阳尚未露头，但东方已经发亮，霞光四射，晨曦透过小教堂的小窗口照射进来，把蒙着一层灰尘的墙壁染成了金色。教堂里的一切都是那么简朴和温馨。穿着已褪色的黄袍的圣母怀抱着她那胖乎乎的睡眼惺忪的婴孩，活像一位乞求施舍的年轻的母亲，似乎她是隐居在一个僻静处，以橡子充饥，跟山上穷苦的牧民生活在一起。墙上既没有装饰画幅，也没有安放雕像，有的却是许多耗子，当卡斯蒂古大叔打开大门，耗子从他跟前惊慌地逃窜。像孩童一样害怕耗子的维尔迪斯神甫吓了一跳，似乎这群乱串的小动物要比安内莎犯下的罪过更为可怕。

"别害怕，"卡斯蒂古大叔说道，"是野鼠。我的维尔迪斯神甫，您想象一下，前天我把一袋面包和奶酪忘在这儿了，野鼠啃破了口袋，但面包和奶酪连碰也没碰。可见它们从来没有见过那些东西。"

但是，维尔迪斯神甫仍小心翼翼地往里走，他从放在祭台后面的一只箱子底找出来一件白色法衣和一件已被野鼠啃破了的十字褡，让老牧人帮他穿上。当卡斯蒂古大叔用火镰和火绒去点燃祭台上唯一的那支蜡烛时，安内莎看到神甫在不安地环顾着四周。

"您别害怕，"牧民说道，"我会摇铃把它们赶跑的。"

弥撒开始了。再也没有比这场面更动人和更可笑的了，那个胖神甫穿着满是窟窿的十字褡主持着弥撒，那老牧人像是驱赶一群恶魔似的不停地摇着铃，在一旁看着他们做弥撒。

在晨曦的光照下，荒寂的小教堂深处的墙壁上的尘埃和蛛网呈现出闪光的玫瑰色，安内莎在那里低声地叨念着已经淡忘了的祷词，而且不时地俯下身去，满怀激情地狂吻着教堂的地面。那并不是出于对上帝的信仰和畏惧，而是出于一种比委屈的心情更强烈的爱心，她才这样躬身倒地，吻着那灰尘仆仆的地面；然而，她的灵魂在哭泣，在呼唤，而且她的心灵因为某种疯狂的宗教信念而被扭曲了。

卡斯蒂古大叔使劲地摇着铃。凄凉的祭台上仅有的那支蜡烛的火焰像一只金色的眼睛在一动不动地望着这一切。突然，火焰伸长了，晃动着，变成了一条浅黄色的小火舌，而且似乎在对圣母怀里那个盯着它看的睡眼惺忪的婴孩在说些什么。

安内莎在小教堂里待了一整天。她一直轻声地祈祷着，不过却想着别的事。

"他们会判我三十年徒刑的，"她想，"也许刑满以前我就死了。也许他们判我二十年徒刑。当我出狱回家时，我都老了，还能做什么呢？我将以乞讨为生。也许在服刑期间我可以干活儿，积攒一小笔钱。马泰乌·皮拉斯在契维塔韦基亚的监狱里服了十五年徒刑，出狱时带回家四百个银币，开了一个像样儿的商店。帕乌鲁会说什么呢？他会做什么呢？他会帮我吗？他会感激我吗？他认为该怎么做就怎么做好了，我将尽我的本分。我要做个好人，我会做个好人的，上帝，我的上帝呀。"

她一面想着帕乌鲁，一面哭着，但这不再是羞怯和绝望的眼泪。后来，她决心不再想他了，因为她觉得，老惦记着他本身就是在犯罪，而她决意不再犯罪了。那甘蒂内呢？他怎么办？他会说什么呢？他年轻而又开朗，很快就会想开的。

将近中午时分，卡斯蒂古大叔来敲门。她走到柱廊里，吃了一块大麦面包，喝了一点凉牛奶，并跟老牧人说了几句话。

"你打定主意了吗？"他问她道，"今晚你回村里去？你要我陪你去吗？"

"不必了，我不怕。"

他望着她。她脸色苍白，但她已回复到平时的神态，目光仍一如昔日含有几分讥讽和几分天真。卡斯蒂古大叔认定她是有罪的，开始意识到自己受骗了。

"昨晚，我梦见安娜·德凯尔基到这里来了。她头上顶着一个装满葡萄的篮子，手里拿着一封信。但那不是安娜·德凯尔基，而是乔装打扮成安娜的帕乌鲁，他伪装得真像。他一见到我就笑了，问我：'安内莎在哪儿？我想跟她开个玩笑。'"

"葡萄，眼泪。"安内莎说道，但老牧人又继续说道：

"不过，唐·帕乌鲁笑着，这是个好兆头。啊，你看，安娜，我心里预感到今天我们将有一个好消息。噢，但愿如此，我的圣母玛利亚！如果是这样，我就天天在这神圣的门槛上跪着，我要亲吻大地。我要向上帝，向耶稣基督，向神灵祈祷。"

他跪了下来，狂吻着地面，在胸前画着十字。

一想到将有可能传来"一个好消息"，安内莎就一惊。啊，生活对她还是那么富有魅力，自己能够得救的欲望是如此诱人和如此强烈，以致使她如坐针毡。

她重又走进小教堂，而且又在阴暗处布满灰尘的地上跪了下来。最好别寄予什么希望，因为得救就意味着重新陷入罪过，就意味着忘却过去，意味着永远误入迷途。而她却永远不想再犯罪了，永远不了。

"上帝，我的上帝呀，救救我吧！如果我应该重返这个世界，那就帮帮我吧！我不想再撒谎，再欺骗，再做坏事了。我不嫁给甘蒂内了，因为我不想骗他；我也不想嫁给帕乌鲁，因为我不想跟他一起再犯罪。我配不上任何人，我将孤身一人生活，照料病人、干活，我一人做事一人当。"

她俯下身子，又吻了吻地面。当她站起来时，似乎看到小窗后面有个黑影。

"他们看见我啦？"她缩成一团，害怕极了。她满脑子都是什么监狱、判刑和拘留。她重又祈祷起来，但心里怀着无限的悲伤。在绝望的时刻，她回到了上帝的身边，就像孩子回到惩罚过他的母亲的怀抱一样，上帝是严厉的，不讲情面的。他可以宽恕，但不会忘却，他要求人们悔罪。

"不，我将不能逃避刑罚，"她默默地哭泣着，前额靠在墙壁上想着，"不可能。他们将会得救，这对我就足够了。所谓'好消息'，无非就是他们被释放出狱了，没有别的。"

她似乎看见了在巴鲁内依镇的小监狱囚室里的帕乌鲁；她见他脸色发青，既委屈又愤怒地蜷缩在那里，后悔自己白白落入愚蠢而又轻率的司法部门手中。他本来指望只消几个小时自己就会与亲人们一同获得释放。他去投案，是为了表明自己的清白无辜，但他们不相信，时光白白地流逝了，日子一天天过去了，他不再抱什么希望了。

"而我还在这儿，我还是自由的！我的帕乌鲁，帕乌鲁，我的帕乌鲁！当你知道真相以后会怎么说我呢？拉凯莱大婶又会说些什么呢？她会伤心地哭泣，爷爷们会说：'她不敬畏上帝，而且把我们拖到深渊的边缘。由于她的过错，我们蒙受了我们一生中最大的痛苦，最大的委屈。'而后他们就自我安慰，而且会淡忘掉，而生命将会流逝，我将到很远很远的一个陌生的牢狱里去生活，而且我眼前将常常浮现祖阿大叔那可怖的面容和刁钻的微笑。唯有他，唯有他不会忘记我，他将永远永远地跟着我。噢，他是早已知道他是要报复的。他知道，可我一点儿也不知道。谁能预料将会发生什么呢？我能知道明天会发生什么吗？啊，我的上帝，大慈大悲的主啊，宽恕我吧。瞧，我怎么还这么胡思乱想，还抱着希望呢！噢，不，不。"

她不想再企望什么，但是她等待着，哪怕是一点儿响动都会使她心惊肉跳。中午明亮的阳光从小窗口照射进来，天空一片蔚蓝，小教堂周围的树林沙沙作响，蜂巢四周的蜜蜂发出微弱而又令人昏昏欲睡的嗡嗡声。那孤寂的圣母抱着那稚嫩的婴孩端坐在清静的神龛里显得安详；四周洋溢着无限的宁静和一种忧伤的温馨，似乎他们就是这样地安于贫穷的处境，离跪在他们脚边哭泣的女人是那么遥远。

卡斯蒂古大叔的侄子像往常一样于黄昏时分来了，他每天晚上从山上把羊奶捎到山下的村子里去。

"维尔迪斯神甫派我来叫您，"他说道，"并托我告诉您，今晚他想跟您单独交谈。他再三叮嘱说，是跟您单独交谈。"

牧人跑到安内莎那儿，把这一信息告诉了她。

"安娜，"牧人激动地说道，"我想我的梦想要实现了！这说明维尔迪斯神甫希望你按兵不动，这说明有点儿希望了。"

她全身颤抖着。

"您别让我抱什么幻想了，卡斯蒂古大叔，别让我抱什么希望了，不，不，我不愿意……"

"为什么你不想抱有希望？黑暗过去之后就是黎明。你祈祷吧，祈祷吧，安娜。我下山到村里去。你想到我的茅屋里去待着吗？"

不过，她愿意待在小教堂里。匆忙之中牧人忘了给她带吃的来了，但她不觉得饿，她睡不着，待在角落里一动也不动。透过小窗户她看到一颗淡红色的星星出现在黄昏时刻黛色的天幕之上，随后，又看到了一些别的星星。树林中鸦雀无声，一切都是那么寂静，一种神秘的期待之中的寂静。

将近午夜时分卡斯蒂古大叔才回来。

当她听见钥匙在发锈的大门锁眼里转动的声音时，有一种奇异的感觉。似乎有一个隐形的生灵，一个来自遥远的未知世界的幽灵竭力想走进小教堂跟她进行一席谈话，并向她揭示她未来的秘密。然而，在黑暗中迎面走来的却是老牧人。她辨认出了他的脚步声，从那映照出满天星斗的灰白色的方形小窗上，她一眼就看到老牧人那大脑袋投下的黑影。不过，从他说话的声调中，她立刻就直觉到老牧人像一个从隐蔽的世界里出来的幽灵一样，是来向她透露她未来的秘密的："安内莎，你知道吗？"

"卡斯蒂古大叔？"

"明天……明天，他们就都将被释放了。律师对维尔迪斯神甫说，从医生的鉴定结果来看，老人是犯气喘病窒息而死的。而且没有人打过他，除了上帝，没有人把他弄死。"

在黑暗之中，她跪倒在地上。然而，一道像太阳的光辉一样强烈的光芒照亮了她的灵魂。

"上帝宽恕我了，因为上帝看到了我的心，他衡量了我的过错和我的痛苦；他看到了我的痛苦超过了我的过错。"

寂静中，卡斯蒂古大叔听见安内莎的牙齿直打战。

"安娜，现在你怎么办？你跟我出去吗？维尔迪斯神甫劝你在他们被释放之前别走。你听见了没有？"

"我听见了。"

"那你现在干什么？"

"我祈祷。"

"现在你可以放心了。"他天真地说道，"你可以到羊圈那儿去走走。"

"不，我就在这儿，我想祈祷。"

"在茅屋那里你也可以祈祷。上帝同样会听到你的。你还没吃东西呢，金发姑娘。"

在听到老牧人唤她的外号时，她感到十分欣慰：在整个这段恐怖的日子里，卡斯蒂古大叔从未这样叫过她。

那么，一切都过去了吗？这可能吗？莫非是一场梦？为了使自己信服这一点，她站起身来，忘却了她的祈祷，她顺从了一再坚持跟他走的老牧人。

"我们走！我们走！"

他们从小教堂走了出来。夜色明朗，星光灿烂。地平线似乎离得很近，就在一排排黑色的树林和岩石轮廓的后面。卡斯蒂古的绵羊躲在林中空地深处的树丛中吃草，系在颈脖上的小铃铛儿有节奏的叮叮当当的响声，犹如一种富有魅力的神秘的音乐，一种从岩石中、树干间和灌木丛里流泻出来的带有细微震颤的和声。

许多流星划过银白色的夜空，一向密切关注天文气象的卡斯蒂古大叔仰头望着高空说道：

"今晚，那几颗流星像是在哭泣。你瞧，它们洒了多少眼泪呀！"

安内莎抬起了头。她还在哭泣。她回想着圣·巴西里奥节的那天夜晚，就在寂静的院子里看到烟火划破苍白的天空。已经过去了十五天了，这漫长而又可怕的十五天就像瘟疫与饥荒的年月里一样。如今，一切都结束了，一切都还得重新开始。

"维尔迪斯神甫还说了些什么？"她一面问道，一面小心翼翼地跟着老牧人。牧人迈着轻快的步子敏捷地行走在石头和荆棘中间。

"说让你放心，叫你不要离开这儿，一直到……"

"我还想先跟他谈谈。"她打断了老人的话；后来，在沉默了片刻之后，她又说道："在回到我恩人们的身边之前，我想先跟他谈谈。"

她还是用的"恩人"这个词儿，但随后她又哭了起来。那不是怨愤和内疚的眼泪，更不是欢乐的眼泪，而是在她灵魂最阴暗的时刻洒下的充满悔恨和希望的眼泪，就像划破夜空闪闪发光的流星一样。

第九章

到了德凯尔基家的人获释后的第三天晚上，村里的人们就不再谈论所发生的事件本身，只议论着安内莎的失踪。她没有再回村里。

她会去哪儿呢？很多人说她躲在卡斯蒂古大叔的羊圈里了。她被吓病了，发烧发得不能动弹。也有人说在村里见过她，说她一直在维尔迪斯神甫的家里。还有人说赶邮车的那个人从努奥罗捎来了安内莎写给拉凯莱大婶的一封信。她为什么不回来呢？是因为她怕被捕。在消息灵通的人士当中还传布着有关她的一些捕风捉影而又离奇古怪的说法。医生的检验结论是，老人是因为气喘病发作自然死亡的，然而，消息灵通的人士却认为老人的气喘病发作是因为安内莎虐待所致，她没有使用烟熏疗法，也没有让病人服用医生开的镇静剂。过失并不严重，但即使是过失微小，也应该受到惩罚。说安内莎害怕了，所以不回来。她暂且不会回来了，也不会露面的，你们看着吧。德凯尔基家的人只说不知道她的下落。两位老人还是要为祖阿·德凯尔基戴孝，尽管为了他而受过罪。他们不出家门，接待着不多的来宾。拉凯莱大婶也不露面。帕乌鲁呢，谁都甭想跟他说上话，谁要是向他打听安内莎的消息，他就回答说：

"您还是管管您自己的事吧。她愿意在哪儿就在哪儿呗。"

话最多的要算是甘蒂内了。他一得知消息后，就回到村里来了；刚刚从监狱出来的帕乌鲁劈头就问他道：

"你回来干什么？卷起你的铺盖回到森林里去吧。"

"什么？我回来干什么？安内莎怎么办？我不该想到她吗？"

"安内莎没有你也会安顿好的。走你的吧。"

然而，甘蒂内没听主人那套。他在村子里到处转悠，说三道四，四处打听，做小广播。还跑到卡斯蒂古大叔的羊圈那儿，又去敲维尔迪斯神甫家的门，但安内莎都不在。人们开始戏弄他，很多人跟他说：

"安内莎到森林里找你去了！也许你们走岔道了。"

实际上内心很痛苦却又不愿意表现出来的甘蒂内，很想让别人相信他是知道安内莎躲在什么地方的。

"她去努奥罗镇了。她在主人们被捕那天就乘长途汽车走了。她住在维尔迪斯神甫的一位侄女家，那位侄女嫁给了努奥罗镇上的一位商店老板。"

"那她为什么不回来？"

"因为她惧怕你们的流言蜚语！你们这些愚蠢而又可恨的人！"

可怜的甘蒂内一家一家地串门，听着旁人各种各样的议论，然后就跑到拉凯莱大婶那儿，让她出点主意，他望着这个受尽折磨（但愿这是上帝的意愿！）的女人那苍白、消瘦而又仁慈的面容，竟像一个得病的孩子似的气恼而又焦虑不安地哭了起来。

维尔迪斯神甫穿着西服背心、长裤和便鞋，没戴假发，手里也没拿手绢儿，安坐在他家的木质结构的阳台上，他快要念完日课经了。他像变成了另一个人似的，活像一只被人拔光了羽毛的鸟儿。

　　房子前面那一块布满岩石的三角形空地像山地的一隅，空旷而又荒寂：远处地平线上黛色山顶披上了玫瑰色的晚霞。天空像是一块褪了色的浅蓝色的旧丝绒悬挂在房前的空地和寂静的灰房子的上方。从街道的尽头刮来了一阵夹带着罗勒草香的清风；可是维尔迪斯神甫仍觉得热得受不了，他没带手绢儿，而挥动着双手，像是在烦躁不安地赶着一群想象出来的苍蝇。

　　怎么办？怎么办？安内莎在他家已经躲了两天了。两天以前的夜里，当他从德凯尔基家回来的时候，一直躲在空地矮墙后面等着他的安内莎突然出现在他的面前。

　　"维尔迪斯神甫……"

　　"我的圣洁的天使！是你呀，是你呀。"

　　"是我。是我来了。我要跟您谈谈。"

　　"来吧。"

　　小房子里静悄悄的。神甫的姐姐保拉·维尔迪斯此时正在靠近厨房的一个底层房间里睡觉。在黑暗中，安内莎摸着黑跟在老人后面走着，她听出老人的呼吸有点儿急促。他们穿过了过道，沿着很陡的小楼梯走上去，进了带有木质结构阳台的房间。窗户敞着，传来了一只蟋蟀的叫声，闻到了罗勒草的阵阵芳香，可以看到远处的一颗星星在闪烁。

维尔迪斯神甫点上了灯。安内莎熟悉那布置得跟农舍一样简陋的房间。她已疲惫不堪，心力交瘁，但她内心激动，目光炯炯，沉重地坐在了像是被老鼠啃咬过的旧椅式箱上。她垂下了头，又困又累，似乎已经无法自持。维尔迪斯神甫关上了房门，他转过身来，显得挺不高兴似的。

"有什么事？"

"我来了，"她心神不定地说道，"我从那儿过来，我在窗口那儿听着了。"

"什么地方？哪儿？"

"那儿。"她战抖着做了个手势，像是为了说明那儿就是她刚才停留的地方，不可能是指别的什么地方。"就是您刚才待的地方！于是……我就来了这儿，我走在您前面，等您了。您见到了吧？"

"对，对，我见到了。"

他开始在房间里来回踱步。怎么办呢？这个女人想从他那儿得到什么呢？她想得到帮助，希望他能救救她。怎么救她呢？只有良好的愿望和动听的语言是远远不够的。需要行动。怎么办呢？

"这两天以来，我一直在想你的事。"他说时没有看着她，"而且我想，你不宜再待在这个村子里了。"

"是的，我想离开村子。"

"不过，去哪儿，去哪儿呢？"

"您替我做主吧！"

"我？"他用一个手指顶着自己的胸口说道，"该由我做主？啊，是呀，是啊，你们惹了祸，完了得由我来给你们出主意。"

"您是牧师，"安内莎低声说道，"不，您别发火，维尔迪斯神甫，您别不管我。您为所有的人做主，您也得为我做主。"

"已经晚了，已经晚了。"他声调忧郁地提醒她说。但她假装没听见，并接着说下去：

"有一天，您的姐姐保拉对我抱怨说：我兄弟从来不为他自己考虑；所以，我们家弄得像只窝，可人们还恶意诽谤他，说他是吝啬鬼，把钱都藏起来了，他却还是为他人着想。他是恶人和罪人之父，是不幸的人和绝望的人之父……"

维尔迪斯神甫踱来踱去，喘着粗气，挥动着手绢。

"保拉是个快嘴的女人。她是什么人哪！一个饶舌的女人！"

"我想走，维尔迪斯神甫，我不愿意再回到那个家去了。啊，您帮帮我吧！昨天晚上我狠了狠心没有走进那个家门，尽管回去的念头是那么的强烈。可明天呢，维尔迪斯神甫，明天怎么办？明天我怎么办呢？我想离开这儿，去努奥罗镇。您把我引荐给您的侄女吧，我去当女佣，我去干活，我要堂堂正正地生活。"

"帕乌鲁会去找你的，你照样得回去。"

"不，不，"安内莎十指交叉，拱手并大声恳求道，"您千万别这么说！维尔迪斯神甫，您得跟帕乌鲁去谈谈。如果有必要，您就把一切都告诉他好了。"

"我？在未说出你的秘密之前，我的嘴皮子可能早就磨破了。还是你对他说去吧。"

"我？"安内莎说道，"我……"

此时，有人敲大门。她停住不说了，眼睛睁得大大的。尽管事情已经过去了，但她还是害怕；她觉得自己犯下的罪居然无人知晓，而且居然不受到惩罚，这似乎不可能。一种凄楚而又热烈的希望重又燃烧在心头。

"莫非是帕乌鲁？"她叨咕道。

"这正是你所希望的，但愿是他！你别出声！"

她垂下了眼睑，她想，要是帕乌鲁真的出现在她眼前，她该怎么办？她将趴在地上，闭上双眼，用手捂住耳朵，嘴唇贴着地，她不想看见他，不想听他说话，也不想跟他说什么。

维尔迪斯神甫打开了阳台上的门，一个小男孩儿近乎哭泣地哀求道："维尔迪斯神甫，我父亲不行了，他想忏悔。"安内莎失望地叹了口气。

"他的病又加重了？"神甫问道。

"重多了，像死了一样。他吐了那么多血，那么多血……"

小男孩的声音颤抖着，安内莎似乎看到了那个吐血的男人，她想起了自己许过的愿：

"我要照料病人；我要给垂死的人送终。"

她站起身来，看到维尔迪斯神甫一边戴帽子，一边朝屋门口走去，连阳台的门都忘了关，也没再理会安内莎。

"维尔迪斯神甫，我可以照料那个病人。"

"我圣洁的小天使啊！你别动，就待在那儿。那个病人不需要你，我很快就回来。"

"要是保拉大婶发现我在这儿呢？"

神甫急着要走，没顾得回答她，但他拿了灯，走出房门，并用钥匙锁上了门。她重又坐在椅式箱上，待在那里不动了。从洞开的阳台门外传来了蟋蟀的叫声，飘来了罗勒草的芳香，看到了星光的闪烁，过了一会儿之后，她似乎觉得自己仍像是坐在恩人家那朝唐·西莫内的菜园子开着的大门的台阶上。甜蜜、悲伤和想重新获取已失去的一切的欲望，重又占据了她的心头。

"谁妨碍我回到那儿去啦？如果我进了家门了呢！为什么？为什么我不该回去？谁阻止我回去啦？是把我锁在这里的维尔迪斯神甫吗？为什么不该回家去？"

这种欲念越来越强烈，她疲惫了，她困倦了，她在发烧。该回家去，躺在她那温馨的小床上，她摸黑穿行在岩石和荆棘之中，走了那么多的路，该休息休息了。于是，她闭上了眼睛，昏昏睡去。一个人的形象立即出现在她的眼前，是保拉大婶，维尔迪斯神甫那位爱唠叨的姐姐。

"你是谁？你在这儿干什么？一个女人在这里？啊，这个米凯利真的疯了，本来他一直有点儿疯，现在可真的疯了。你走！"

"我是安内莎，我的保拉大婶。"

"什么大婶不大婶的！你快走。我不想过问别人的不幸遭遇，我自己已经够不幸的了。"

安内莎站起身来，走了。她沿着黑漆漆的小路走啊，走啊，终于走到了唐·西莫内的家门口。大门紧闭着，她推了推，门开了。只见甘蒂内偷偷地从他主人家溜了出来，没关门，就那样大敞着。她走进院子，进了厨房，又走进卧室。门背后点着床头灯；祖阿大叔坐在小床上，呼吸急促。她一头倒在长沙发上，准备美美地睡一觉。但她突然站起身来，恐惧地看着老人。怎么，莫非他没有死？她没有把他杀死？现在老人在干什么？为什么他们又让他躺在那儿了？莫非他还活着？他死而复生啦？他会说出实情吗？他会指控她吗？得逃走。还是得逃走，走得远远的。

她全身颤抖地醒来了，她立刻想道：

"得走，还是得走。"

过了一会儿，她听见维尔迪斯神甫回来了。她等了等他，但他迟迟没上来。

"他该是到保拉大婶那儿去了，告诉她我在这儿。那女人不知要怎么唠叨呢。"

然而，保拉大婶并没有唠叨。她正在一间布置得与带阳台的屋子一样简陋的底层小屋里睡觉。维尔迪斯神甫走进去时，叫醒了她，并对她说至少得把安内莎藏起来几天，保拉大婶高兴地回答道：

"如今你藏人藏上瘾了，因为你没财宝可藏。把那姑娘带到这里来吧。"

维尔迪斯神甫把安内莎带到底层的小屋里，让她们两个女人待在一起。保拉大婶长得挺像老神甫的，他们一直相依为命共同生活。

"你脱了衣服，跟我一起睡吧。如果你不愿意睡在我身边，那就躺在床脚下。"她简洁地说道。

安内莎听从了。床相当宽，尽管不怎么软，但她觉得那像是一张羽毛制作的床。

"好多夜晚我一直睡在地上。"她说道，"现在我仿佛是躺在一只船上，走得很远，很远……"

"你原来躲在哪儿，安内莎？能知道吗？"

"您是无法想象的！我藏在圣·巴西里奥教堂的圣器收藏室里了。"

"我的圣·巴西里奥！"保拉大婶用手画着十字，大声说道，"真的吗？可现在你为什么不回你的家去呢？"

"我没有家，保拉大婶。我没回去，因为人们说……"

"对，对。人们说，是你把祖阿·德凯尔基折磨死的。你惹他发火，还不给他服用镇静剂。这是真的吗？"

安内莎没回答。

"你去哪儿呢，安内莎？你不再回你的主人们那儿去啦？"

"谁知道啊？现在我困极了，你让我睡吧。"

"甘蒂内呢？你没再见过他吗？他在村子里到处转悠寻找你，像个疯子似的。"

"可怜的甘蒂内。他还那么年轻！"

老太太还一个劲儿地说，但安内莎已闭上了眼睛，并进入了她那惨淡的梦乡。在那从屋顶小窗透进些许光线的凄清小屋里，安内莎又躲了三天。她从窗口听到甘蒂内向老太太打听她下落的说话声。

"我的孩子，"保拉大婶说道，"安内莎大概逃到很远的地方去了。她这样做得对。要是我，也一定要走到天涯海角的，会像挨了火烫的猫一样逃走的。"

"那是为什么呀？那是为什么呀？"甘蒂内哭丧着脸问道。

"为什么？没有什么为什么！你走吧，你的心该平静些！也许安内莎不会再回到这个村里来了。"

"啊，那个死老头子！要是他还活在世上，我也会把他杀了的。死了还要折磨我们。"

"的确是啊，的确是啊！"安内莎在阴暗、凄清的小屋里抽泣着。

"她不喜欢我，"甘蒂内接着说道，"很长时间以来，她就不喜欢我。我早已觉察出来了，是的。否则她不会远走高飞的，她不会这样做的，保拉大婶。我明白她对我的主人们怀有怨恨，她不愿意回到一个使她蒙受了这么多痛苦的家。全怪他们不好。"

"得了，得了，要烂舌头的，"保拉大婶厌烦地说，"怪得着他们吗！这话得由他们说……"

"他们有什么好说的？"

"总而言之，要是安内莎及时给病人服镇静剂，老人就不会死了。"

"还什么镇静剂，她应该把他掐死才好呢！"

"得了，得了，留神烂舌头，别说了！"

安内莎自忖道：

"要是甘蒂内知道实情，他会原谅我吗？也许会的。他也恨死老病鬼了。但他永远不会知道实情的，不会的，不会的。甘蒂内，你还待在这儿干什么呀。我不想再骗你了，我不想再骗任何人了。"

念完了日课经之后，维尔迪斯神甫站了起来，从阳台探出身往外望。天色变得灰蒙蒙的；远处高山上空的星光闪烁；蟋蟀在欢叫。

维尔迪斯神甫在等着帕乌鲁和从努奥罗镇给他捎信来的邮车夫索戈斯大叔。但两个人都迟迟不来，而邮车一个多小时之前就该到了。后来，一个衣衫褴褛的老人穿过了空地，来敲阳台底下的小门。

"请您上来。来得正是时候。"维尔迪斯神甫从阳台上缩回身子说道。

他点燃了灯，寻找到了放在一把椅子上晾着的假发套，他重又戴上了汗湿未干的发套。他随手关上了阳台门，把大门打开了。索戈斯大叔一边登上小楼梯，一边叹息着。

"我们都老了，维尔迪斯神甫，我们都老了。现在路也走不快了。"

他进了屋。邮车夫个子高高的，驼着背，满脸皱纹，一头粗硬的灰白头发，活像个叫花子。

"那么，您见到了我的外甥女了？"

"见到了，我把您的信交给了她。这是她的回信。"

"您先在那里坐一会儿，您稍等。"维尔迪斯神甫一边拆信，一边说道，并没有发现信封已经是开着的了。

"好，好，"随后，他又把信折叠好，把信封放在桌子上，说道，"现在，您听着，您得帮我一个忙。"

坐在桌前椅式箱上面的老人的那双湿润而又忧伤的小眼睛盯着信封，慢慢地把手伸了过去。

"维尔迪斯神甫，您吩咐好了。您多次帮助过我。我多次对您说过：维尔迪斯神甫，您尽管吩咐好了，我是您的仆人。"

"明天，不，后天，您得用您的马车把一个人送到努奥罗镇去，那人不愿意让人看到她是从巴鲁内依走的。"

"可以，我明白了。"老人爽快地回答道，"后天早晨，那个人一大早就步行到桥那边，您就在那儿等我。"

"要是有别人想动身走呢？"

"明天晚上就可以知道了。要不，我来通知您。"

"好吧。还有……别声张，行吗？您明白我的意思，嗯？"

"没问题，您甭担心。"

老人站起身来，并把手放在信封上。

"保拉，弄点酒来。"维尔迪斯神甫探出房门大声喊道。但因为没有人回答，他摇了摇头，说道："我们下去，我让人给你端杯葡萄酒来。想喝烈酒吗？"

"葡萄酒，葡萄酒。"索戈斯大叔一面回答，一面用拳头紧攥着信封，"我不喝烈酒。"

躲在角落里的安内莎听到了老车夫的声音，叹了口气。终于熬出头来了！大概努奥罗镇方面来了消息。啊，走！走！到一个陌生的地方，生活在陌生人中间，去开始一种新的生活，埋头干活，经受艰难困苦，忘记过去，她别无他求。

索戈斯大叔刚出去，维尔迪斯神甫就走进了她的房间，说：

"怎么，摸黑待着？哎呀，那该死的女人，怎么让你黑着灯待着呀？莫非今年橄榄收不上来，没油点灯啦？"

"因为我在干事呢！"安内莎低声说道，"油灯在这儿呢。"

她站起身，找来了火柴。

"这是我外甥女玛丽亚·安东尼娅的答复。她说为你找到了一份工作，努奥罗镇有一户人家要个仆人。"

听到这好消息，她喜上心头，但突然又吓得一阵颤抖，以致划着的火柴从手里掉落下来。小小的蓝紫色火焰闪了一下，然后就熄灭了。维尔迪斯神甫沉默不语；在寂静中，在黑暗中，安内莎忘却了过去和现在，只听得帕乌鲁·德凯尔基的声音。

"您在干什么？保拉大婶，维尔迪斯神甫在哪儿呢？"

他的声音严厉中带有几分愠怒。

"哦，哦，是您呀，唐·帕乌鲁？米凯利这就来。您上来，到屋里来。"

"在哪儿？在哪儿？"

"您来吧，您上来！"

保拉大婶提着灯走在他前头，他在后面跟着。

"他想干什么？"安内莎轻声问道。维尔迪斯神甫小声回答道："我不知道。我想他跟所有的人一样怀疑你可能在这里。信在这儿，我留给你看一看。我走了。坚强些！"

她又划了根火柴，读着写得歪歪扭扭的只有几行字的信。

亲爱的舅舅：

我接到信就马上去办您托付的事。我为您推荐给我的女子找到了一份好工作。主人是努奥罗镇上的一个大财主，他有个上了岁数的妻子，没儿没女。但有的是活要干：要做许多大麦面包供仆人们食用，而且田里也有活干。不过，主人们都是些心地善良的人，他们不会错待您介绍来的女仆的。要是她愿意，明天就可以来。我们身体都很好。

您的外甥女

玛丽亚·安东尼娅

安内莎把信读了又读，但她心不在焉，思想早跑到那间小屋子去了，她断定维尔迪斯神甫和帕乌鲁准在谈论她。他们会谈些什么呢？帕乌鲁想怎么着啊？她很想听到两个男人之间的谈话，哪怕自己这惨淡的余生再少活十年。她不停地念叨着维尔迪斯神甫最后说的那句话：坚强些！坚强些，安内莎，坚强些。是的，要坚强些，要进行斗争，战胜痛苦，以免重又坠入黑暗而又无底的深渊。

厨房里再也听不到任何声响。毫无疑问，好奇的保拉大婶肯定在带小阳台的房间门口偷听呢。只要两个男人不涉及那可怕的秘密就什么也不怕。不，不会的。帕乌鲁不会知道，不会怀疑，也不可能相信。而维尔迪斯神父曾说过："我说什么也不能说这个呀。"

不会的，他们也许在议论她失踪的事。也许帕乌鲁会说：

"我知道她在这儿。我想再见她一面，我要设法让她回家去。"

维尔迪斯神甫喘着粗气，回答道：

"圣洁的小天使，你真固执，我亲爱的孩子。你还不明白吗？安内莎已远走高飞了，她再回到你家去不合适。"

厨房里有脚步声，随后重又一片寂静。哦，对了，肯定是保拉大婶上楼去到小屋子门口，在那儿偷听呢；安内莎对此深感恼怒，也很嫉妒。她又何尝不想登上楼梯去偷听呀。她克制不住这种欲念，把信纸折叠好，走进房门，悄悄地把门打开了。

她一眼就看到了甘蒂内，他正在厨房深处的长板凳上一动不动地坐着。他两眼盯着大门口，他该是发现了什么东西，因为他腾地站了起来，环视了一下四周。他什么也没看见。安内莎迅速地缩了回去，关上了门，并用整个身子靠着，似乎是想阻止这个年轻人钻进房间里来似的。过了几分钟，保拉大婶的说话声使她从惊愕和心烦意乱中苏醒过来。

　　"甘蒂内，你在这里干什么？"老妇人不安地问道。

　　"我等着你们呢。不过，刚才我正要把你们炉子上开着的锅端下来。"甘蒂内竭力显得从容自在地说道。

　　"这次你可亏了！你以为我的锅里有猪油烧蚕豆呢？不是的，你瞧，锅里盛的是土豆。你坐吧，甘蒂内；怎么，你没有再去大森林呀？"

　　"一旦来到这里，我就不会再走了。"他话中带刺儿地说道。

　　厨房里重又一片寂静。安内莎提心吊胆地听着。她担心帕乌鲁离开时进屋看到甘蒂内会引发一场风波。

　　"是的，"过了一会儿，这位仆人说道，"唐·帕乌鲁要我走，可我不理睬他。这几天他火气挺大，好像中了邪。可我不管那一套，我也发火。我跟谁都发火，也跟您，尤其是您。"

　　"至高无上的圣母玛利亚，"老太太不无讽刺地大声喊道，"你为什么火气这么大，甘蒂内？"

　　"您知道为什么，保拉大婶。安内莎在这儿，就躲在这儿，也许就在那儿，那扇门背后。好吧，让她听到我的声音吧，要是她在那儿，我得说话。"

"你说话轻点儿，"老妇人恳求道，"你说吧，但别提高嗓门。安内莎听不见你说话的。魔鬼离我们多远，她就离这儿有多远。"

"她就在这儿，就在这儿，就在这所房子里。"甘蒂内一再重复道，声音忧伤，但十分坚定。"您别撒谎，您别亵渎无辜，保拉大婶！我都成了别人取笑和怜悯的对象了，够了。不过，要我沉默不语，要我不说话，嘿，这可不行，没门儿。这么长时间以来我尽做傻事了。现在我全明白了，全清楚了，保拉大婶，我要让该知道的人都知道。"

"也该让我知道？轮着我啦？"

"也该让您知道，是的。您去对那个女人说，告诉她，我明白了这全是在演戏。我不会大吵大闹的，我不是个坏人，我。别人，别人比我要更坏。"

他简直是在哭泣。霎时间，以往曾被年轻的甘蒂内的活力和心地的善良所打动的安内莎，这时克制不住近乎母性般的温情，她真想打开房门，并且对这位年轻人说几句安慰的话语。但是，要是她这么做，另一个男人就会当场抓住他们，而她，却已不愿意再见到那一个男人了。

"昨晚，"甘蒂内接着说道，"我看到帕乌鲁跟索戈斯大叔在嘀咕什么事，他们在读着一封信；毫无疑问，他们该是在谋划安内莎出走的事。最近这几天，他们整天凑在一起。而他，帕乌鲁，我的主人，以为我什么都不知道，但我却什么都知道。我长着耳朵能听到，有眼睛能看到。"

"我可什么也不知道，我的宝贝孩子。我真的什么也不知道。"

"那就让我来告诉您正在发生的事情吧。帕乌鲁想娶安内莎为妻，而安内莎也许并不反对这个提议。安内莎早已远非昔日，她不再爱我了，不再想到我了。当我动身去大森林时，她都不想吻我。我是怀着一种不祥的预感走的。后来，该发生的事情终于都发生了。现在帕乌鲁想娶她，因为他说安内莎由于德凯尔基家的牵累而蒙受了迫害和诽谤。"

"这些事你是怎么知道的，甘蒂内？你这是在胡思乱想。"惊异而又不安的老太太说道，"你不会搞错吧？你不会搞错吧？"

"我没搞错，我没搞错，保拉大婶。事实就是如此。为什么安内莎不回家？因为帕乌鲁不让。为什么他跟他的爷爷们和她的母亲有过长时间的激烈争论呢？他们认为安内莎有罪，帕乌鲁也是这么认为的。他说他是出于义务要娶安内莎为妻；他们说他疯了。他说他想离家出走，到矿山去，走得远远的，把安内莎也带走：拉凯莱大婶总掉泪，唐·西莫内又气恼又痛苦，像是快要死了似的。可惜事情恰恰就是这样，保拉大婶，就是这样。"

"不过，安内莎也许对此一无所知。"

"不，不！不，不！她是跟帕乌鲁商定好的。否则她就回家了。她不回家，那是因为就像我说的那样。一个满嘴谎言、背信弃义的女人，就跟薄情的野猫一样。如今我对她只有恨，我不会再娶她了，即使她有各值一千银币的两个牧场，我也不娶她。"

"那你为什么还找她？她与你还有什么相干？你还是让她的心平静些吧。"

"我恨她。"甘蒂内反复说道，但声音单调而又忧伤。

安内莎在门背后低声叨咕道：

"更好。更好。这样更好。"

"我找她？"甘蒂内又说道，"不，她与我已毫无关系，我只是想见见她，想对她说我并不是傻瓜，我要告诉她，我不想做一个可笑的男人，要告诉她，我可怜她。这个不幸而又可怜的女人！她有眼不识真人；愚蠢的一直是她，而不是我。我是个男子汉，我痛苦，将来也会痛苦，不过，也许我经受得住，我会把她忘了的，我会找到另一个爱我的女人。但是她，她能怎么样？即使她嫁给了主人，又能怎么样？她永远是侍候人的女佣，帕乌鲁婚后第一天就会揍她；他会把自己蒙受的一切不幸都怪在她的头上。安内莎一直受他们的折磨和剥削，而且她仍将是他们的玩物，他们的牺牲品。我等着看笑话儿了，保拉大婶，我等着看笑话儿了，我们走着瞧吧。"

不过，这时他并没笑。他那气恼而又愠怒的声音就像一个小孩要哭时的声音。

保拉大婶不知对他说些什么好，她在厨房来回走着，忙着摆放晚餐用的桌子；她一想到帕乌鲁随时可能下楼，并且会听到甘蒂内的恶语中伤，就开始焦虑不安起来。

"何况，"他又说道，"我跟您说句实话吧，她对我来说已经无所谓了。女人我能找到！比她更漂亮、更诚实、更年轻的女人有的是。她都奔 40 的人了，可我连 27 岁还不到，让她见鬼去吧。她很快就会老的，而我却还挺年轻。"

"这话不假，我说也是。那你为什么还这么不安呢？你赶紧另去找个女人吧；别耽误了时间，我的小伙子。安娜·德凯尔基的外甥女巴洛拉跟你挺般配，她还有些家底儿呢。"

可甘蒂内两手一拍，愤怒地喊道：

"您住嘴！胡说些什么呀？现在我不考虑这个。"

"嚷什么，你听。我觉得他们下来了。"

"谁？"

"米凯利和唐·帕乌鲁。"

"唐·帕乌鲁在这儿！"他低声说道，"那我得走。"

他站起身来，在那儿听着。门背后的安内莎无法抑制内心的焦虑和不安。

"我走了，"过了一会儿，甘蒂内说道，声音都有些变了，"保拉大婶，晚安。我不知道明天我能不能再来。要是您见到安内莎，您是肯定能见到她的，您就替我转告：'安内莎，你不该这么对待我。你不应该这样做，因为我是这世上真正爱你的人。安内莎，让人捎给我几句话，你要我怎么做，我就怎么做。'另外，您就这样对她说：'人们都说是你把老人折磨死的，即使是这样，我甘蒂内也无所谓。一年前我就想让他死了，我早就想掐死他，把他扔到火里烧死。'"

"好小子，你真狠啊。"保拉大婶高声说道，"你年纪轻轻的就得下地狱去活受罪。"

"地狱就在这儿，在这个世界上，保拉大婶。"

当他要出去时，又补充道：

"以后您这样告诉她：'安内莎，你别相信帕乌鲁，他是条毒蛇，不是什么别的。他并不喜欢你。如果他想娶你，那是因为他相信你是为了他才害死老人的，他不愿意内疚。'唐·帕乌鲁可真是个有良心的男子汉哪！噢，今天早晨我又得知了一件事。"他又退回来几步，最后说道："以后，您这样告诉她：'安内莎，马古达斯有个坏女人，一个轻佻而富有的寡妇，前天她对人吹嘘说帕乌鲁·德凯尔基疯了一样爱上了她，而且她还借给了他许多钱，就在祖阿大叔去世的头天；她借给他钱，是因为他答应要娶她为妻。'晚安，保拉大婶。"

"等一下，等一下。"好奇的老妇人很想知道个究竟，追到他跟前恳求他。但他走了，答应以后再来。

靠在门上的安内莎双臂颤抖着垂在胯部，她感到窒息憋闷，就像她犯罪的那天夜里当她得知帕乌鲁路过家门而不告知她的时候一样。她竭力不去相信甘蒂内说的话，但她心里明白，甘蒂内没有说谎。沉浸在痛苦之中的安内莎不断地自言自语道：

"更好，更好。这样更好。"

第十章

帕乌鲁走后，维尔迪斯神甫始终没离开有阳台的小屋子，尽管老妇人多次叫他。他把胳膊肘支在桌子上，十指插在假发套淡红色的毛发中，喘着粗气，大声地重复说道：

"怎么办呢？怎么办呢？"

帕乌鲁向他声明说，他要不惜一切代价娶安内莎为妻室，不管众人如何反对。他知道她是有罪的女人，正因为如此，他要娶她。然而，他的这个决定里蕴含着深仇大恨，这使维尔迪斯神甫感到惊愕。

"那将是罪恶的婚姻。"他一面撕扯着假发，一面思量着。

随后，他站起身来，开始扳着指头思忖着：

"首先，我不相信帕乌鲁的决定。不过，他一定会缠着安内莎不放，赶到努奥罗镇去找她的。其次，我也不太相信那可鄙的女人真的后悔了，她的话不可全信。她并不感到愧疚，这尤其使我害怕。目前，她摆脱不了某种虔诚的意念；可是，一旦她再见到帕乌鲁，我敢打赌，她会立刻又投入他的怀抱的。再次，如果事情果真那样，我们就全完了；这两个不幸的人完了，年迈的爷爷们完了，不幸的母亲也完了。我在上帝面前无法交代，我，没有能拯救一个不幸的灵魂。全完了，全完了。"

"米凯利，今晚不吃晚饭啦？你下来呀，全准备好了。"

保拉大婶就站在房门口。他望了她一眼，似乎没有看见她，又凄然地重复道：

"全完了！"

"什么全完了？"老妇人不安地问道，两眼望着地面。

"你把那个女人叫上来，去。"他再次摘下了假发，一面在屋子里来回踱步，一面说道。

"怎么，米凯利，你不下来啦？我们吃晚饭时你再跟她谈好了。"

"现在不是吃晚饭的时候，你走。"

"我觉得，现在有人该进精神病院去了。"保拉大婶唠叨着，她一面喘着粗气走下楼梯，一面还叹着气。

缄默、忧伤，但已听天由命的安内莎上了楼。维尔迪斯神甫仍在房间里来回踱步，而且跟平时一样，看也不看她。

"安内莎，你读了信啦？你怎么打算的？"

"离开。"

"帕乌鲁刚才在这儿。我们谈了很久。你知道他想做什么吗？他想娶你为妻。他家里人不同意，但他决意这样做。噢，噢，事到如今！他已经打定了主意，圣洁的小天使！你说呢，安内莎？你想嫁给他吗？"

"不。"她立即回答道。

"你为什么不愿意嫁给他？"

"维尔迪斯神甫,这您比我更清楚。"

"我比你更清楚?对,你是这么说过,你想赎罪。今天你是这么说,但一个月之后,一年之后,你还会这么说吗?要是你再见到帕乌鲁,你会不会重又跌入罪恶的深渊中去呢?也许,你们结了婚是不是更好些?"

"不,不,永远也不。"她坚定地回答说。

"他想见你。他知道你在这儿,知道你的去向,总之,他全知道。他说他要跟着你,他要缠着你不放。你最好见见他并且把你的想法告诉他。"

"不,不。"她再三恳求道,"我不想见他。我的维尔迪斯神甫,您别答应他。"

"噢!你是怕再见到他。那么,最好你见见他;你们之间彼此可以说清楚。你若是想嫁给他,就嫁给他好了,安内莎。这也许是最好的赎罪。不过,这是令人伤心落泪的一种赎罪。而上帝,你看见了吧,我再说一遍,上帝是大慈大悲的。上帝宽恕了你,而且又不过分地惩罚了你,但上帝要你一定不要做对不起他人的事。你明白吗?"

她两眼望着神甫听着;见他恼怒了,她心里明白,他一直信不过她。怎么办呢?怎么说才能使他信服呢?

"维尔迪斯神甫,"她简洁地回答道,"时间将会替我做出回答的。"

"时间,时间。"他以单调的声音重复道,同时两眼望着阳台外面,似乎想从黑暗的地平线探索未来的秘密似的。

维尔迪斯神甫停住不说了，他扫视了她一眼，摇了摇头。

"那么，你是真不想见他喽？你好好考虑一下，明天你有一整天呢。"

"我已经考虑过了，我不想见他。"

"那我们下楼去用晚饭吧。"

于是他们下楼去。保拉大婶早已关好了大门，去地窖取葡萄酒去了。

维尔迪斯神甫像个农民似的，总是在厨房用午餐和晚餐；他的饭菜一向简朴，但总有充足的纯葡萄酒作饮料。那天晚上他也适度地饮了酒，随后就跟保拉大婶闲谈和议论起来，保拉大婶又把甘蒂内说的向他叨咕了一遍。

维尔迪斯神甫对"像个女人一样多嘴和轻率"的男仆很恼火，但他不庇护帕乌鲁。安内莎默默地听着，好像接待她的主人们不是在谈论她，而是在谈论一个她素不相识的人或是一个早已去世的人。不过，当保拉大婶又去地窖取酒时，她突然抬起眼睛说道：

"维尔迪斯神甫，我求您开个恩，明天早晨您就让我走吧。"

"圣洁的小天使呀，你太心急了，安娜。后天早晨之前你走不了。"

"您让我走吧！否则，今晚我就走着去，我必须得走，不能再耽搁了。"

保拉大婶手里拿着瓶酒走进屋来，并开始嘟哝起来：

"酒桶快倒不出酒来了，流出来的像是一条细线。我们家成了饭馆了。"

"那就再开一桶酒吧。我的亲爱的。但愿一切罪恶都像这快流干的酒桶一样！"

晚饭后，维尔迪斯神甫走了出去，回来时，他去敲保拉大婶的房门。安内莎已躺在床上，她发着烧，正昏昏欲睡，已进入一片雾霭迷茫的梦境里。神甫的声音她听得十分清楚，但她仍像是在继续做梦。

"安内莎，明天黎明时分你到桥头上去，在那儿等邮车经过。走之前你到我这里来一趟。保拉，你过来，我告诉你件事。"

戴着睡帽穿着衬裙的保拉大婶又唠叨起来了：

"你想干什么？连夜里也不让我安静！你自己不休息，也不让别人休息。我得睡觉了。"

"来一下，我的好姐姐，只两句话。"

当他们来到院子里时，神甫对她说道：

"我想，得给她准备一个包裹；不能让她就这样走。你有没有衬裙和衬衣给她几件？"

"你真疯了，米凯利！现在你竟想剥去我的衣服，夺走我的衬衣，恨不得把我的皮也剥掉！"

"在上帝面前我们可以不穿衣服，连皮也可以剥掉。"他严肃地说道，尽管说得有些欠妥，"别唠唆，保拉；你想，这是在做一件好事呢。"

"可你知不知道，我的衬衣可以套上三个安内莎？"

这个理由似乎令神甫信服了；他不再强求，摸黑登上了楼梯。保拉大婶关上了厨房的门，回到她的小屋里，但她并没有躺下睡觉，而是去打开箱子，寻到了一件什么东西以后，就打开了包袱，用手绢的一角裹好一枚银币，随后就把手绢塞进了包袱里。

这时，维尔迪斯神甫点着了灯，关上了门，他也在他的抽屉里搜寻着，数点着他拥有的不多的钱币。其中有一枚十里拉的小金币，这是拉凯莱大婶在神甫做完了五场悼念祖阿·德凯尔基的弥撒之后赠送给他的。因为其余的钱币都是铜的，太重了，所以他决定把那枚小金币送给安内莎。

曙光已照亮圣·乔凡尼山头的上空。无垠的幽谷还沉睡着，晨曦中隐约可见悬崖峭壁、花岗石的垒墙，以及成堆的巨石岩块，满山谷深绿色的矮树丛陪衬点缀着这崇山峻岭。在凄清的黎明时分，那奇妙的石壁，那幽深的密林的四周万籁俱寂，犹如一座耸立在深山老林中的巨大的公墓，岩石下面沉睡着当地传说中的巨人们。

天色灰蒙蒙的；地平线尽头一片浅淡的灰紫色，努奥罗镇和巴鲁内依镇的上空笼罩着淡紫色的雾霭，那一带的山头上飘浮着几朵浅黄色的云彩。

安内莎朝桥上走去，她怯生生地拿着一个包袱，似乎生怕打破这里时空的寂静；她那苍白和毫无表情的面容，瞳孔睁得大大的发亮的眼睛，在那死寂空漠的景色之中，在那茫茫的苍穹之下显得格外的忧郁和悲怆。

她走到了桥边，桥下是一条干涸的河道，她待在一块岩石的后面；因为距索戈斯大叔驾驭的辘辘作响的邮车前来打破大路的沉寂，还有好大一会儿呢，于是，她坐在一块大石头上，把包袱放在了地上。

离她不远有一棵树梢已枯萎的柽栎树，还有一些从树干上扯下来的散落在地上的常青藤的枝叶，那枝叶尚未干枯，但已被行人踩踏过。

看到了常青藤的枝叶，不禁令她想起了帕乌鲁曾多次把她比作常青藤。永别了，永别了！如今真的一切都完了。她重新走上了命中注定要走的路，它将把她带到远离这儿的地方，许多年以前的某一天，她就是像现在这样，手里提着一只包袱，由一位神秘的老人带到这儿来的，那老人也许正是主宰她悲苦一生的命运之神。

空中弥漫着淡红色的雾霭，预示着又将是令人困倦的炎热天气。一只云雀在歌唱，起先还有些怯生生的，随后唱得越来越欢。这时，大路上响起了一驾马车辘辘的车轮声。安内莎腾地站立起来，侧耳细听。马车走近了。是索戈斯大叔的车子吗？可时间还早啊，不过，也许老车夫提前出来了；车子在到达离桥不远的地方，果真放慢了速度，而后就停住了。她拿起包袱，朝大路走去。但刚走了几步，就又停住了，她惊讶得脸色一阵青一阵紫的。帕乌鲁·德凯尔基站在那儿，就在相隔几步远的一辆双座小马车的跟前。

"安内莎！"

安内莎木然地待在那里；她恐惧地望着他，恐惧与欢乐交织在一起。他走近了她，并对她说了几句话，但她没听见。当时她心里只有他，其他什么都忘了。在那茫然不知所措的瞬间，若是他拉起她的手说"我们回家吧"，她也许就会顺从地跟着他走的。

但是帕乌鲁没拉她的手，没劝她回家。她重又清醒过来，见他变老了，变丑了，而且发现他以一种奇怪的方式不怀好意地看着她。

"你想干什么？"她像是大梦初醒似的。

"我路上再跟你说。过来，快。我们上小马车。路上我们有时间好好谈。"

"你想干什么？你想干什么？你要上哪儿去？"她重又变得苍白和忧郁，一再问道。

"我们到你想去的地方。你走啊，我们走；该动身了。"

"我不跟你走。"

他两眼射出愤怒的目光。

"你得跟我走。快！我们走！过来！"

他伸出了手，但马上又缩了回去，似乎有一种超越他意志的力量和一种厌恶的情绪阻止他去碰触安内莎；而她觉察到了这一点，就像当初在山上她发觉自己那种本能地害怕维尔迪斯神甫的心理似的。她往后退了，离他越来越远。

"我是想走，但不是跟你走。"她忧郁地说道，但没有怨恨，她一直睁大着眼睛死盯着他那双令人讨厌的眼睛。"你干吗来？你知道我是不会顺从你的意愿的。维尔迪斯神甫没对你说吗？我不会跟你走，不会再跟你走了。"

"你得跟我走，你得跟我走！不然，我把你捆绑起来！"

"你可以把我捆起来，把我拖走。但我告诉你，一旦有可能，我就逃走。"

他神经质地交叉着双臂，像是为了克制住一种可能的暴力行为的突然爆发；他全身颤抖着，而且愤怒和情欲，怜悯和憎恨，种种矛盾心理驱使着他向她靠近而后又离开她。她从未见他这样过，即使在他说想自杀的最绝望的时刻也没有这样过；她也被一种怜悯和委屈的感情所支配，无可奈何地看着他。

"你得跟我走，"他一边说道，一边尾随着她走到那棵槎栎树底下，她躲站在那棵树的树干后面了，"你得跟我走。甭迟疑。若不是今天，就是明天，你得跟我走。现在你想独自走自己的路，你就走吧，不过，我跟你说清楚，你得注意：我不许你去当女佣。我不是一个卑微小人，这你明白，我不是一个卑微小人；我是帕乌鲁·德凯尔基，我深知自己的责任。我不抛弃你。你明白吗？"

"我明白。你不是一个卑微小人，你不会抛弃我。是我得尽自己的责任。我要这样做。"

"别说废话了，安娜。我们都别说废话了。我不抛弃你，你也别折磨我。我烦透了，这你明白，我烦透了！我对维尔迪斯神甫疯狂的举动，以及对他向你灌输的那些思想十分反感。我对一切都厌倦了，该结束了。"

"是的，该结束了，帕乌鲁。你别这样大喊大叫，扯着个嗓门。维尔迪斯神甫尽想管我们的闲事。还有，别的人，你的亲人们都瞎操心，你们让我平静些，让我重新安静下来。你别去做违背他人意愿的事，也别做违背你自己意愿的事。"

"那就是说，我是违背你的意志去行事喽？"

"那当然是。"

"那是为什么？"

"你知道为什么。你别非让我说出来。"

突然，她那失神的双眼似乎由于生理上的一种痛苦而变得生动活泼了。

"你知道为什么，"她低声重复道，"我从你眼睛里能看出来。你走，别再折磨我了。你考虑到了你的责任，可已经有点儿晚了。不过，这样更好。该发生的事情迟早要发生的，你愿怎么骂我就怎么骂我吧。你看，如今，你同我的关系已经变了，帕乌鲁！我不再是原来的安内莎了，我是个凶狠的女人。不过，你瞧，我的心上人啊，你没有骂我，我已经很高兴了。我曾担心这个。你来了，我很高兴，我别无他求。你对我没有任何责任，你别这么去想。我一人做事一人当，因为那是命中注定的。我那样做不光是为了你，而是为了大家……为了你们大家……当然，我做得不对，但当时我疯了似的，失去了理智，我当时不知自己在做什么。后来，后来我明白了，而且我还许了愿。我说过，如果他们平安无事，我也平安无事的话，我要自己惩罚我自己，我要离开这儿，我要远离他去生活，为了不再继续犯罪。这就是我要说的。我应该这样做，因为，反正，反正，你，帕乌鲁，也变了，如今你怕我，而且你是有理由怕我的。"

"你在胡思乱想，你已经失去理智了。"他双手紧抱着脑袋说道。"不是这样的！不是这样的！根本不是这么回事儿！"他失态地狂喊道。

"可这一切都是真的。过去的事情就让它过去吧。"

她摇了摇脑袋，摆了摆手，似乎想把过去的事都淡忘掉。听了她这番话之后，帕乌鲁似乎平静下来了。他低下脑袋，凝望着常青藤已干枯了的枝叶。寂静中，柽栎树枝头上的云雀啁啾得更欢。

"你打算怎么办呢？"他问道，"你打算到哪儿去呢？你有病，也不年轻。你干什么好呢？当女佣？你知道替人当女佣意味着什么吗？你了解你要去的那户人家吗？我可了解你的那些东家，他们吝啬而又苛刻。他们肯定不会喜欢你的。你会病倒的，你会像这些常青藤的枝叶一样无谓地憔悴枯萎的。"

"如果常青藤已把树木缠绕得透不过气来的时候，最好把它撕扯下来。"安内莎说道，她已被帕乌鲁最后的一番倾诉所打动。她一屁股坐在石头上，双手捂住脸。

帕乌鲁仍在继续说着。而她却木然地坐在石头上，肘关节支在膝盖上，双手捧着脸，就像当初她坐在通向菜园子的那扇门前的台阶上一样，不尽的思绪萦绕在脑际。她很清楚，帕乌鲁实际上很高兴能摆脱她，帕乌鲁也深知他自己说的那些话很空洞，打动不了她的心。

远处又响起了马车车轮的滚动声。

"你走吧，"她恳求道，"你走吧，我求你了！让我们都平静些！握一下我的手吧。替我问候家里人、唐·西莫内爷爷、科西姆大叔、拉凯莱大婶。你对他们说，我不是一个忘恩负义的女人。我很不幸，这是真的，但不是忘恩负义。你走吧，永别了。"

他木然地待在那儿。

马车声已越来越近了，大概已驶过桥头前面的那个拐弯处了。

安内莎站了起来，她拿起了她的包袱。

"帕乌鲁，永别了，握一下我的手吧。"

但是他脸色煞白，显然，他思想斗争很激烈，既想让她走，又由于她的宽宏大量而感到无地自容，他转过脸去，显得十分焦躁不安。

"不！不！我不想与你永别，也不与你握手道别。我们要再见面的！你将会痛悔你今天的所作所为。你走好了，我不拦你；但我不原谅你。安内莎，我不能原谅你；因为今天你伤害了我，从未有人这么伤害过我。你走好了，你走。"

"帕乌鲁，我的爱，"她绝望地喊道，"原谅我！看着我！你别让我这么绝望地走。你原谅我吧，原谅我。"

"你跟我走。我们一起走。我去告诉索戈斯大叔把马车径直驶过去。"

于是，她搂住他的脖子，不让他动弹。他的双臂满怀深情地紧紧地把她搂在怀里，她像一只受伤的小鸟一样全身颤抖着。

"我们走，我们走，"他一再重复道，"我们到你想去的地方。哪儿都可以赎罪。我们一起造的孽，就让我们一起去赎吧。"

马车来到眼前，停在了桥上。安内莎听见帕乌鲁充满柔情爱意地跟她说话，因为他坚信她是决意要走的。她并不是想考验一下他的真诚，她离开了他的怀抱，她觉得哪怕仅仅是碰触他一下都是犯罪。她一声没吭，拎起包袱就朝大路走去。

他没有去追她。

第十一章

时光年复一年地过去了。

老人们去世了，年轻人变老了。

安内莎要去帮佣的那家人在了解到她的身世之后，就不理会她了。她等了好长一段时间才另找到了工作，后来，她被一家小土地出租的殷实人家所雇佣。男主人企图勾引她，女主人每次外出听布道或者散步，若见到某个太太比她穿得漂亮，回来就拿安内莎撒气，有一次竟然用棍棒殴打她。

这不是犯了罪的女人梦想赎罪苦修的生活，也不是一种十分愉快的生活；不管怎么说，日子总算还可以打发过去；帕乌鲁写信告诉她说，甘蒂内去寻找他以前的那个未婚妻了。后来甘蒂内娶了亲，而帕乌鲁呢，好像也乐天安命了。

安内莎换过人家帮佣。最后是去给一位老神甫帮佣，因为这位神甫行路疾走如飞，所以大家都称其为"蝴蝶牧师"。"蝴蝶牧师"还被人誉为占星学家，他的家就坐落在村边，每天夜里，他都从他那间小屋的小窗口久久地观望着星宿。每逢有什么气象变化，大家都去找他寻求解释。

他是一位博学多才的人，但他又是个马里马虎的人。安内莎很快就俨然以那个小屋的女当家自居，她想怎么样就怎么样。她还获得了仁慈虔诚的女人的盛誉，凡是遇有葬礼都必有她在场，要护理垂死的人，或是替死者擦洗身子，穿寿衣都去找她；所有穷苦的病人、贫穷的产妇、可怜的瘫痪者，都得到过她的某些帮助。

时光就这样一年一年地过去了。有一次，拉凯莱大婶来努奥罗镇参加基督节，她去找了安内莎，两人相见抱头痛哭；围着黑披巾的老妇人脸色苍白而忧伤，就像那位寻找受难而死的基督的圣母，她拉着安内莎的手，怨诉起来：

"你知道，老人们都去世了。罗莎总生病，帕乌鲁也变老了，他失眠，还有别的毛病。我也一天比一天背驼腰弯得厉害了，得寻找埋我这把老骨头的地方了。我们家里需要一位忠厚的女人，一位热忱而又没有私心的女人。我们雇佣过一个女佣，可她什么都偷。帕乌鲁什么都不会干，罗莎有残疾。要是我死了，他们可怎么办？"

安内莎认为拉凯莱大婶是想让她回到她那儿去，尽管她是准备断然拒绝的，但她仍感到心跳得厉害。不过，老太太却没往下说。

过后不久，安内莎得悉帕乌鲁得了肺病；后来，接近秋末的一天，她见他像个幽灵似的出现在她面前。他的确变成了自身的幽灵：老态龙钟，瘦骨嶙峋，白发苍苍，眼窝深陷，牙齿外突。这些年，他仍游手好闲地生活着，惹下了很多麻烦，恶习难改。后来，肺痨病使他头脑糊涂，落下了一种怪癖：他老认为自己伙同安内莎谋杀了老人，他总感到愧疚。安内莎见到帕乌鲁时，吓了一大跳。

他向她讲述了自己的痛苦：

"我天天夜里梦见气喘病老人。有几次，他像西莫内爷爷似的，他强令我来找你，并逼迫你与我成亲。安内莎，我们怎么办呢？你没有愧疚吗？你没梦见过老人？"

她从未过多地感受过愧疚的折磨，因为她后悔了，她认为，她抛弃了情人，离开了她恩人的家，这对她来说受到的惩罚已经够多的了，然而熬过去开始的一段时间之后，她脑海里就没再浮现过老人的形象了。

"我们怎么办？"帕乌鲁重复说道，"我家里需要一位忠心耿耿而又任劳任怨的女人，我母亲已经老了，而且她健康状况也不佳。罗莎太不幸了，我是一具行尸走肉。安娜，要是你真想赎罪，你就回来吧。"

"拉凯莱大婶怕我，"安内莎回答说，"如果她愿意，我可以回去，不过，只要她活着，你就别跟我提婚事。"

"那你回去有什么意思。"深为她这种固执的思想而苦恼的帕乌鲁回答道。

他走了，连手也没跟她握。他们彼此之间都像是冷冰冰的幽灵。转眼之间又过去了一年。他没有再去烦扰她，但他那样愧疚，那样惧怕，那样固执，大概打动了拉凯莱大婶；有一天，安内莎大婶收到了一封信，老太太在信中请她"回去"。

她痛楚地离开了"蝴蝶牧师"扶着窗子同星宿攀谈的那座宁静的小屋，回到了帕乌鲁的家。德凯尔基的老房子像是一座废墟：虫蛀的大门，锈蚀了的破旧的小阳台，长满了野草的屋顶檐口，里里外外到处是一副败落的景象，那房子像是随时都会倒塌，把住在里面的三个不幸的人埋葬掉。

安内莎哭着回到了那令人痛苦的地方。她看到躺在餐厅小床上的拉凯莱大婶吃了一惊，见小床旁边坐着一位脸色蜡黄的小老太，有点儿驼背，两只发亮的大眼睛射出一种古怪而含猜疑的像猫一样的目光。

"罗莎？我的罗莎！"

但罗莎没有认出她来；当她得知那显得比她还年轻的小个子女人竟是过去她们家收养的女子，又是她未来的继母安内莎时，便异常冷漠地望了她一眼。

"罗莎，"拉凯莱大婶请求道，"你到厨房去热点咖啡。"

"我去。我认识厨房，没问题！"安内莎大声说道。

但罗莎故意炫耀地从口袋里掏出一串钥匙，打开了饭桌的抽屉，拿出白糖，说道：

"你不知道的，你不知道吃的东西放在哪儿。现在我去厨房，你跟奶奶待在那儿吧。"

她又把钥匙放回口袋里。当她们俩单独在一起时，拉凯莱大婶对她过去的养女安内莎说道：

"别与可怜的罗莎一般见识。她很在意，她想当这个家，尽管我们仅有那一点点微薄的财产。别跟她一般见识，安内莎，我的闺女。可怜的罗莎，她遇上一点不高兴的事时，就抽搐。别与她一般见识。"

这时帕乌鲁进来了。他去做弥撒，有人告诉他安内莎来了。

"努奥罗镇上有什么新闻？"他一面简单地问道，一面握她的手。"天热吗？"

"不太热。"她回答道。

她望了他一眼。仅仅相隔一年的工夫他就变这么老了：满头白发，胡须花白，很像科西姆·达米亚努大叔。

"帕乌鲁，"拉凯莱大婶小声说道，"我关照安内莎别与可怜的罗莎一般见识。你也求求她。你对她说……"

"行了，行了！"他不耐烦地说道，"安内莎已经知道了，她是回到这儿来赎罪苦修的。这我好像已跟你说过了，安娜。这我已跟你说过了，是不是？"

"是的，是的。"她回答道。

就像在遥远的一个夜晚似的，安内莎打开了通向菜园子的门，并坐在了石阶上。

夜晚闷热而又宁静，银河朦胧的微光像是给夜披上了一层轻纱；菜园里散发出罗勒草的阵阵芳香，树林像凝滞不动了似的；沉睡在繁星闪烁、寥廓无垠的夜空之下的山岳，犹如卧躺着的人体侧影。

大家都熟睡了。由于神经紧张而经常失眠的帕乌鲁也入睡了。不过近几天以来，他一直很平静，心境渐渐地安宁下来了。明天，安内莎将要有一个正式的名字了，她叫安娜·德凯尔基。简朴而又令人伤感的婚礼都已准备就绪了。安内莎把一切都准备好了，现在，疲惫不堪的她坐在门口的石阶上。

她思忖着，其实最好别去想什么，但她感到，她真正的赎罪，真正的行善积德终于开始了。从明天起，她就叫安娜·德凯尔基了。

常青藤重又缠绕在大树上，用它的枝叶服帖地黏附着树干。服服帖帖地黏附着，因为如今老树干已经枯死了。

附　录

授奖词

诺贝尔基金会主席　亨里克·许克

　　瑞典文学院将 1926 年的诺贝尔奖授予意大利作家格拉齐娅·黛莱达。

　　格拉齐娅·黛莱达出生在撒丁岛的一个小城努奥罗。在那里她度过了她的童年和青年时代，她从那里的自然环境和人民的生活中获得的感受，后来成了她文学创作的灵感和灵魂。

　　从她家的窗口她可以看见附近的奥托贝内山，看见那浓密的树林和高低不同的灰色山峰。远眺是绵延的石灰石山岭，随着光线的变化，它们看上去有时发紫，有时发黄，有时发蓝。天边则显露出白雪皑皑的吉那吉图山之巅。

　　努奥罗城是个与世隔绝的地方。游客稀少，他们通常骑马而来，女人在马背上坐在男人后面。小城单调的生活，只有到了传统的宗教节日或民间节日时，才被狂欢时节主要街道上的欢歌闹舞打破。

　　这种环境培养了格拉齐娅·黛莱达非常坦率质朴的生活观。在努奥罗城，做强盗并不令人可耻。黛莱达一篇小说里的一个农村妇女说："你认为那些强盗是坏人吗？啊，那你就错了。他们只是想显示他们的本事，仅此而已。过去男人去打仗，而现在没有那么多的仗好打了，可是男人需要战斗。因此他们去抢劫，偷东西，偷牲畜，他们不是要做坏事，而是要显示他们的能力和力量。"所以，那里的强盗得到的更多是人们的同情。如果他被抓住关进监狱，那里的农民有句意味深长的话，叫作他"碰上麻烦了"。一旦他获得了自由，恶名也就与他无关了。事实上，当他回到家乡时，他听到的欢迎词是："百年之后让这样的麻烦来得更多些吧！"

家族间的仇杀仍然是撒丁岛的习俗，向杀害亲人的凶手报仇雪恨的人，受到人们的尊敬。因而，出卖复仇者被看成是犯罪。一个作家写道："即使能获得比他的头值钱三倍的奖赏，在整个努奥罗地区也找不到一个人肯出卖复仇者。那里只有一条法律至高无上：崇尚人的力量，蔑视社会的正义。"

格拉齐娅·黛莱达成长时期所在的那个小城，当时受意大利本土的影响甚微，周围的自然环境有如蛮荒时代那样美丽，她身边的人民像原始人那样伟大，她住的房子具有《圣经》式的简朴特色。格拉齐娅·黛莱达写道："我们女孩子，从不许外出，除非是去参加弥撒，或是偶尔在乡间散步。"她没有机会受高等教育，就像这个地区的其他中产阶级家庭的孩子一样，她只上了当地的小学。后来她跟人自学了一些法语和意大利语，因为在家里她家人只讲撒丁岛的方言。她所受的教育，可以说，并不高。然而她完全熟悉而且喜欢她家乡的民歌，她喜欢其中的赞美圣人的赞歌、民谣和摇篮曲。她也熟知努奥罗城的历史传说，而且，她在家里有机会谈到一些意大利文学著作和翻译小说，因为按照撒丁岛的标准，她家算得上是相当富裕的。但是也就仅此而已。然而这个小姑娘热爱学习，她十三岁时就开始发表作品，后来写出了一篇想象奇特的带有悲剧特色的短篇小说《撒丁人的血》（1888），成功地发表在罗马的杂志上。可努奥罗城的人们并不喜欢这种显示大胆的方式，因为女人除了家务事之外不应过问其他事情。但是格拉齐娅·黛莱达并不依附于习俗，她反而全身心地投入到小说的写作：第一部较有影响的小说《撒丁岛的精华》发表于1892年，之后是《邪恶之路》（1896）、《深山里的老人》（1900）和《埃里亚斯·波尔托卢》（1903）等，她以这些作品为自己赢得了名声，渐渐得到公认，成为意大利最优秀的年轻女作家之一。

实际上，她已经完成了一项伟大的发现——发现了撒丁岛。早在18世纪中叶，欧洲的文坛上就兴起了一个新的运动。那时的作家厌恶千篇一律的古希腊罗马的故事模式。他们需要新的东西。他们的运动很快就与同时代出现的另一个运动相吻合，后者以卢梭为代表，崇尚人的未受文明影响的自然状态。这两个运动形成了一个新的流派，尤其在浪漫主义的顶峰时期，它得以发展壮大。而这一流派最后的优秀代表就是格拉齐娅·黛莱达。应该说，在描写地方特色和农民生活方面，她有不少的前辈，甚至在她自己的国家也是如此。意大利文学中人们称为"地方主义"的流派曾经出现过值得注意的代表人物，如维尔加，他对西西里的描写，与福加扎罗对伦巴第与威尼托地区的描写就是如此。但是，对撒丁岛的发现绝对属于格拉齐娅·黛莱达。她熟知家乡的每一个角落。在努奥罗城她一直住到二十五岁，到那时她才敢于前往撒丁岛的首府卡利亚里。在那儿她认识了莫德桑尼，他们在1900年结为伉俪。婚后她和丈夫前往罗马，她在那儿把她的时间用于写作和搞家务。她迁居罗马后所写的小说，仍然继续反映撒丁岛人的生活，如小说《常青藤》（1908）。但是，《常青藤》之后的小说，情节发生的地方色彩就不那么强了，例如她最近的小说《逃往埃及》（1925），这部作品受到瑞典文学院的研究和赏识。然而，她的人生观和自然观，正如她一如既往的，基本上带有撒丁岛人的特点。虽然她现在艺术上更成熟了，但仍然与过去一样，是个严肃、动人而并不装腔作势的作家，就像她写《邪恶之路》和《埃里亚斯·波尔托卢》时那样。

让一个外国人来评判她的创作风格的艺术特色是困难的。因此我要引用一位著名的意大利批评家有关这方面的评论。"她的风格，"他说，"是叙述大师的风格，它具有所有杰出小说的特点。在今天的意大利，没有谁写的小说具有她那样生机勃勃的风格，高超的技艺，新颖的结构，或者说社会的现实意义，而这些在格拉齐娅·黛莱达的一些小说中，甚至在她最近的作品中，如《母亲》（1920）和《孤独人的秘密》（1921）中都可以看到。"人们也许注意到她的作品不甚严谨，有的段落出乎意料，常给人变化仓促的感觉。但是，她的许多优点从总体上对这个缺陷给予了补偿。

作为一个描绘自然的作家，在欧洲文学史上很少人可以与她比美。她并非无意义地滥用她那生动多彩的词句，但即使如此，她笔下的自然仍然展现出远古时代原野的简洁和广阔，显示出朴素的纯洁和庄严。那是奇妙新鲜的自然与她笔下人物的内心生活的完美结合。她像一个真正伟大的艺术家，把对于人的情感和习俗的再现成功地融合在她对自然的描绘中。其实，人们只需回忆一下她在《埃里亚斯·波尔托卢》中对前往鲁拉山朝圣的人们所作的经典性描写就可以明白。他们在五月的一个清晨出发。一家接一家地向着山上古老的给人以祝福的教堂行进，有的骑马，有的乘旧式的马车。他们带上足够吃一个星期的食品，阔气些的人家住在搭设于教堂旁边的大棚里。这些人家是教堂创建者的后代。每家人在墙上有一个长钉，在炉边放有一块地毯，表明这块地方的归属，别人不可走进这块地方。每天晚上家人们分别围坐在各家的地毯上，一直到聚会结束。在漫长的夏夜，他们在炉火旁一边烧着吃的，一边讲着传说、故事，或者弹琴、唱歌。在小说《邪恶之路》中，格拉齐娅·黛莱达生动地描写了奇特的撒丁岛人的结婚和葬礼的风俗。当举行葬礼时，所有的人家都关上门窗，家家都熄灭炉火，不允许做饭。受雇的送葬队伍悲哀地唱着排练好的挽歌。小说对这种古老习俗的描写是那样栩栩如生，那样简朴自然，我们不禁要把它们称为荷马史诗之作。格拉齐娅·黛莱达的小说，比起大多数其他作家的小说来，更能使人物与自然景物浑然一体。那里的人仿佛就是生长在撒丁岛土壤里的植物。他们之中大多数是纯朴的农民，有着远古时期人们的感觉和思维方式，同时又具有撒丁岛自然风光宏伟庄严的特点。有的人几乎与《旧约圣经》中重要人物的身材相似。无论他们与我们所知的人看上去是如何不同，他们给我们的印象无疑是真实的。他们来自真实的生活，一点儿也不像戏剧舞台上的木偶。格拉齐娅·黛莱达无愧是熔现实主义与理想主义于一炉的大师。

她不属于那类围绕主题讨论问题的作家。她总是使自己远离当时的论争。当埃伦·凯试图引她加入那种争论时，她回答说："我属于过去。"也许她的这种表态并不完全正确，因为格拉齐娅·黛莱达体会到她与过去、与其人民的历史有紧密的联系。但是，她也懂得如何在她自己的时代生活，知道该怎样给以反映。虽然她对理论缺乏兴趣，但她对人生的每个方面都有着强烈的兴趣。她在一封信中写道："我们的最大痛苦是生命之缓慢的死亡。因此，我们必须努力放慢生活的进程，使之强化，赋予它尽可能丰富的意义。人必须努力凌驾于他的生活之上，就像海洋上空的一片云那样。"准确地讲，正因为生活对于她来说是那样的丰富和可爱，因而她从不参与当今在政治、社会或文学领域的论争。她爱人类胜过爱理论，一直在远离尘嚣之处过着她那平静的生活。她在另一封信中写道："命运注定我生长在孤僻的撒丁岛的中心。但是，即使我生长在罗马或斯德哥尔摩，我也不会有什么两样。我将永远是我——是个对生活问题冷淡而清醒地观察人的真实面貌的人，同时我相信他们可以生活得更好，不是别人，而是他们自己阻碍了获取上帝给予他们在世上的权利。现在到处都是仇恨、流血和痛苦；但是，这一切也许可以通过爱和善良加以征服。"

这最后的话表达了她对生活的态度，严肃而深刻，富有宗教的意味。这种态度虽然是感伤的，却绝不悲观。她坚信在生活的斗争中善的力量最终会获胜。在小说《灰烬》的结尾，她清楚明确地表达出她的创作原则。安纳尼亚的母亲受到污辱，为了不影响儿子的幸福，她结束了自己的生命，躺在儿子的面前。当儿子还在襁褓中时，她曾送给他一个护身符。现在他将护身符打开，发现里边只是包着灰烬。"是啊，生命，死亡，人类，一切都是灰烬，这就是她的命运。而在这最后的时刻，他站在人类最悲惨的尸体面前。她生前犯了错，也受到恶行的各种惩罚，现在为了别人的幸福而死去。他忘不了在这包灰烬中，常常闪烁着灿烂而纯净的火花。他怀着希望，而且仍热爱着生活。"

阿尔弗雷德·诺贝尔曾要求将诺贝尔文学奖授予这样的作家，其作品能给人类带来甘露，使人的身体和精神都因此而富有活力，遵循他的这一愿望，瑞典文学院这次把文学奖授予格拉齐娅·黛莱达，因为"她那为理想所鼓舞的著作以明晰的造型手法描绘海岛故乡的生活，并以深刻而同情的态度处理了一般的人类问题"。

在祝贺获奖的宴会上，瑞典文学院成员内森·瑟德布卢姆对获奖者致贺词说：

亲爱的夫人——俗话说："条条道路通罗马。"在您的文学创作道路上，条条道路都通向人类的心灵。您从不厌倦地满怀深情地倾听那心灵的传说，它的秘密、冲突、焦虑和永恒的渴望。习俗以及国家的社会制度会随着时间的流逝而不同，民族的特点和历史，信仰和传统，应该像宗教信仰一样受到尊重。反其道而行之，把万事万物视为一体，则是对艺术和真实的犯罪。然而，人类的心灵和心灵的问题也是与此相同的。懂得如何描写人的本色，能够用最生动的色彩表现心灵的变迁，而且更重要的是，知道如何挖掘并揭示人类的心灵世界——这样的作家才是属于全人类的，即使他写的只是他那个地方的事情。

您，夫人，并不使自己局限于仅仅写人；您首先要揭示的是，人的兽性和人的灵魂所向往的崇高目标之间的斗争。对您来说，道路宽广。您已经看见了那路标，而许多行人却视而未见。对您来说，这道路通向上帝。为此您尽管看到了人的堕落和弱点，却仍然相信人的再生。您知道人们能够留下这片沼泽地，只有这样它才会变成坚实的沃土。因此，在您的书里可以看见明亮的光芒。您让那给人以安慰的永恒之光在人类的痛苦与黑暗中闪烁。

（童燕萍　译）

黛莱达生平与创作年表

1871 年　　生于意大利撒丁岛努奥罗城。

1888 年　　在罗马杂志《新潮》上发表短篇小说《撒丁人的血》。

1890 年　　出版短篇小说集《在蓝天》。

1891 年　　出版小说《东方的星辰》。

1892 年　　出版小说《皇族的爱情》和第一部较有影响的小说《撒丁岛的精华》。

1894 年　　出版短篇小说集《撒丁岛的故事》。

1895 年　　出版小说《正直的灵魂》《引诱》和散文集《撒丁岛努奥罗的民间风俗》。

1896 年　　出版成名作《邪恶之路》和诗集《撒丁岛风光》。

1897 年　　出版小说《宝库》。

1898 年　　出版小说《客人》。

1899 年　　出版小说《正义》。

1900 年　　结婚并迁居罗马；出版小说《深山里的老人》；在文学杂志《新作选编》上发表《埃里亚斯·波尔托卢》，该书于 1903 年出单行本。

1901 年　　出版小说《黑暗女王》。

1902 年　　出版小说《离婚之后》。

1903 年　在《新作选编》上发表小说《灰烬》，后于 1904 年出单行本。

1905 年　出版小说《人生游戏》。

1906 年　出版小说《思乡》。

1907 年　出版小说《现代爱情》和《过去留下的阴影》。

1908 年　出版小说《祖父》和《常青藤》。

1910 年　出版小说《我们的主》和《临终》。

1911 年　出版小说《沙漠》。

1912 年　出版小说《鸽子与雀鹰》、短篇小说集《变迁》；出版与 C.A. 特拉维尔西共同改编的剧本《常青藤》。

1913 年　出版小说《风中芦苇》。

1914 年　出版小说《不是你的罪过》。

1915 年　出版小说《玛丽安娜·西尔卡》。

1916 年　出版小说《看不见的小男孩》。

1918 年　出版小说《橄榄园里的火灾》。

1919 年　出版小说《浪子回头》和《偷来的女孩》，在《时代》杂志上发表小说《母亲》（1920 年出单行本）。

1921 年　出版小说《狐朋狗友》和《孤独人的秘密》，出版与 C. 瓜斯塔拉、V. 米凯蒂合著的剧本《恩典》。

1922 年　出版小说《活人的上帝》。

1923 年　出版短篇小说集《森林中的笛声》。

1924 年　出版小说《项链舞蹈》和《向左》。

1925 年　出版小说《逃往埃及》。

1926 年　获诺贝尔文学奖，出版短篇小说集《为爱情保密》。

1927 年　出版小说《阿纳莱娜·比尔希尼》。

1928 年　出版小说《老人与儿童》。

1930 年　出版小说《圣诞节的礼物》和《诗人的家》。

1931 年　出版小说《风的家乡》。

1932 年　出版小说《海边葡萄园》。

1933 年　出版小说《夏日炎炎》。

1934 年　出版小说《河堤》。

1936 年　出版小说《孤独教堂》；在罗马逝世；逝世后出版自传体小说《柯西玛》（1937）和中篇小说《黎巴嫩雪松》。

（肖天佑　整理）